Heide-Marie Lauterer

Mörderisches Schicksal

Ein Reiterkrimi

spiritbooks

© 2015 spiritbooks, 70173 Stuttgart

Verlag: spiritbooks, www.spiritbooks.de

Autorin: Heide-Marie Lauterer

Herausgeberin: Ulrike Dietmann

Cover: Corina Witte-Pflanz, www.ooografik.de

Coverfoto: *wild stallion in dust* -© mariait – shutterstock.com

Autorenporträt: Gülay Keskin

Lektorat/Buchsatz/Drucklayout: PCS Schmid, www.pcs-schmid.de

Duck und Verlagsdienstleister: tredition

Printed in Germany

ISBN: 978-3-944587-32-5

Die Autorin:

Heide-Marie Lauterer, passionierte Reiterin und Pferdebesitzerin kennt sich aus in den Höhen und Tiefen des Reiterlebens. Sie schreibt Romane, Reiterkrimis und Kurzgeschichten und ist Mitglied der Autorenvereinigungen "Mörderische Schwestern", des „Heidelberger Literatursalons im Don" und der „Literaturoffensive" Heidelberg.

Für Hans-Jürgen

I loose my head
From time to time
I make a fool of myself
In matters of the heart.

Tracy Chapman, Matters of the Heart

1

An diesem Morgen weckte mich das wütende Kläffen eines Hundes. Ein Streuner, dachte ich im Halbschlaf. In unserer Nachbarschaft gab es schon lange keine zähnefletschenden Wachhunde mehr. Ich räkelte mich genüsslich und schob die Bettdecke weg. Der Lambrusco, den Gerson gestern Abend aufgemacht hatte, musste gut gewesen sein, denn ich spürte nur einen Hauch von Kopfschmerzen, kaum wahrzunehmen. Ich hatte vergessen, den Wecker zu stellen und jetzt zeigte mir ein Blick auf die Uhr, dass es schon halb neun war! Dann klingelte das Telefon. Ich sprang auf und erwischte das Gespräch gerade noch im letzten Augenblick. Es war mein Chef Massimo.

„Wo bleibst du, Vera! Komm sofort ins Büro, ich brauche deine Hilfe."

„Alles klar", murmelte ich verschlafen, aber ich verstand überhaupt nichts.

Kurze Zeit später hielt ich schon meinen Kopf unter das kalte Wasser, quetschte den letzten Rest Zahnpasta aus der Tube und zog husch, husch mein Büro-Outfit an. Saubere, auf Kante gehängte Jeans, ein leicht tailliertes hellgraues Jackett und darunter ein taubenblaues T-Shirt. Schnell zog ich mir noch einen doppelten Espresso und tunkte ein Stück trockene Apfelzimtschnecke hinein. Jetzt erst achtete ich auf den pochenden Schmerz in meinem Kopf. Nein, es war nicht der Lambrusco, den Gerson vom Italiener mitgebracht hatte. Es hatte irgendetwas mit dieser Tissa zu tun, der neuen Pferdebesitzerin auf dem Leierhof, von der mir Gerson ausgiebig vorgeschwärmt hatte; ihr Name lauerte hinter meinen Schläfen wie eine aufkommende Migräne. Warum nur, dachte ich, ich kannte die Frau doch gar nicht und eigentlich gab es von ihr nichts Schlechtes zu berichten!

Bevor ich die Wohnung verließ, schaute ich noch einmal zu Gerson ins Schlafzimmer. Er atmete ruhig und regelmäßig, ein Knie schaute unter der Decke hervor, er schien zu träumen, denn er lächelte im Schlaf.

Massimo stand vor seinem Laden und hielt nach mir Ausschau, er sah blass und übernächtigt aus. Mein Chef war ziemlich durcheinander, er fasste mich am Arm und zog mich durch die offenstehende Tür.

„Ist irgendwas passiert?", fragte ich.

„Da, siehst du es nicht?" Er zeigte auf das Schaufenster. Auf dem Boden lagen Scherben herum, und das Loch war groß genug, um einen Menschen hindurch zu lassen. Ein Einbruch, das war klar. Jemand hatte das Fenster eingeworfen, oder mit einem Glasschneider aufgesägt, denn die Ränder waren so glatt, wie es nur ein Profi fertigbrachte; im Laden war es empfindlich kalt. „Es muss heute Nacht passiert sein, als ich um neun Uhr das Reisebüro öffnete, habe ich es entdeckt."

„Hast du schon die Polizei verständigt?"

„Nein, noch nicht, ich war geschockt. Ich wollte erst mal mit dir sprechen." Massimo machte einen so verwirrten Eindruck, den ich mir nicht erklären konnte.

„Ist etwas Wichtiges gestohlen worden? Geld, die Computer, wichtige Unterlagen?"

„Das ist es ja, was ich nicht verstehe. Alles was ich gefunden habe, ist ein Stein, der mit einem kohlrabenschwarzem Papier umwickelt ist."

„Steht was drauf?"

„Das Papier ist schwarz, Vera, rappenschwarz!"

„Kein Bekennerbrief oder irgendeine Botschaft? Vermisst du irgendetwas?", fragte ich, weil ich hinter den Sinn dieses merkwürdigen Einbruchs kommen wollte. „Es muss doch einen Grund geben, warum einer so etwas tut?"

Massimo schüttelte den Kopf. „Ich verstehe es wirklich nicht. Aber warte mal, es fehlt tatsächlich etwas."

„Was denn?", hakte ich nach, denn er stierte und schien in eine andere Welt abgetaucht zu sein.

Auf einmal gab er sich einen Ruck. „Mein Schreibtisch", sagte er, „fällt dir nichts auf?"

Sein Schreibtisch sah ordentlich und aufgeräumt aus, doch irgendetwas war anders als sonst, aber was?

„Mensch Vera, da, neben dem Telefon stand doch das Bild von Magalo und dir, weißt du nicht mehr? Ich habe es vor zwei Jahren auf dem Leierhof aufgenommen und du hast mir den blauen Rahmen geschenkt. Jetzt ist es weg. Das Bild hat nur für mich einen Wert, für keinen sonst. Du weißt, was Magalo für mich bedeutete!"

Natürlich wusste ich es. Magalo war sein erstes Pferd gewesen. Es stand auf dem Leierhof und teilte sich mit meiner Stute Nine einen Koppelplatz, bis sich Massimo von ihm trennen musste. Massimo und ich hatten uns über unsere Pferde kennengelernt und ich hatte Massimo angeboten, den freundlichen Russenwallach zu reiten, wenn er auf Geschäftsreisen ging,

„Er war dein Freund, nicht?"

Massimo nickte. „Kannst du mir erklären, warum jemand in mein Reisebüro einbricht, um das Foto von meinem Pferd zu klauen?"

„Okay", sagte ich gedehnt, „ich war ja auch mit drauf!"

Massimo rang sich ein kleines Grinsen ab. „Vera, alles, was recht ist", sagte er. „Ich glaube, ich sollte statt der Polizei lieber meine Versicherung verständigen. Ich will mich ja nicht lächerlich machen!"

Ich half Massimo, die Scherben zusammenzukehren. Während er die Nummer der Versicherung heraussuchte, machte ich mich auf, um im Schreibwarengeschäft an der Ecke eine Rolle Packpapier zu organisieren. Bis der Glaser kam, würde es bestimmt noch eine Weile dauern. Als ich in die LadenburgerStraße einbog, wäre ich beinah mit zwei Polizisten zusammengestoßen, die sich gerade an der Kreuzung aufstellen, um Radfahrer zu kontrollieren, die ohne Helm dahinsausten. Ich überlegte kurz, ob ich die beiden ansprechen sollte, aber dann hielt ich mich zurück. Es war Massimos Sache, die Polizei zu benachrichtigen, und er hatte sich dagegen entschieden. Aber so richtig verstand ich ihn nicht. Der Glasbruch war doch nicht durch einen Sturm, sondern eindeutig durch einen Einbruch zustande gekommen?

2

Abends hatte ich Gerson versprochen, für das Essen zu sorgen. Der Tisch war gedeckt und ich entkorkte eine Flasche Lambrusco, von dem wir einen unendlichen Vorrat zu haben schienen; ich hatte meinen berühmten bunten Salat gezaubert, mit allem, was unsere Speisekammer zu bieten hatte. Doch Gerson ließ sich von dem verlockenden „Plopp" nicht stören. Die Balkontür stand offen, er beugte sich über das Geländer und starrte in den Blätterdschungel, der den Gartenzaun überwucherte. Er trug immer noch seine spitzen braunledernen Cowboystiefel und Bluejeans, die so lang waren, dass sie auf dem Boden schleiften. Das einzige, was ihn von einem echten Cowboy unterschied, war der verwaschen blaue Baumwollschal in seiner Augenfarbe; das Western-Bandanna sei für seinen Hals zu klein, behauptete er. Ich nahm an, dass er die grünen Sittiche beobachtete, die über die Buche im Nachbargarten hergefallen waren und mit ihren schrillen Pfiffen und Kreischen das abendliche Konzert der Amseln übertönten. Gerson hatte schon lange auf so eine Gelegenheit gewartet, um ein Foto für seine Zeitung zu schießen, aber der Zeitpunkt war wirklich schlecht gewählt.

„Komm endlich rein, die schrägen Vögel sind morgen auch wieder da, mein Salat wird kalt!"

Doch Gerson überhörte meinen Witz, streckte seine flache Hand übers Balkongeländer und inspizierte den grauen Himmel. „Er friert so leicht! Ich fahr noch schnell in den Stall und leg ihm die Decke auf", sagte er zusammenhangslos.

„Gerson, ich muss dir erzählen, was heute bei uns im Büro passiert ist. Es ist wichtig!" Doch er hauchte mir nur ein Küsschen auf die Backe und griff nach seiner Jacke: „Alles klar? Erzähl es später, ja?"

Ich goss mir ein Glas Lambrusco ein. Wir haben die Rollen getauscht, dachte ich. Früher, als Nine noch auf dem Leierhof stand, war ich es, die sich bei den unpassendsten Gelegenheiten verabschiedete, um nach meinem Pferd zu sehen. Einmal hatte Nine Kolik, das andere Mal ein geschwollenes Auge oder sie war im Koppelzaun hängengeblieben und blutete aus einer Fleischwunde. Und so etwas passierte immer dann, wenn die Steaks fertig gegrillt waren, Gerson seine berühmte Steinpilzsauce gekocht hatte oder die Gäste an der Haustür klingelten.

Aber meine Einbruchsgeschichte hätte er sich wenigstens anhören können, dachte ich schmollend, so was kommt nicht alle Tage vor! Wer weiß, wann er nach Hause käme, vielleicht lief ihm ja diese Neue über den Weg und sie hielten noch einen gemütlichen

Plausch auf der Stallgasse? Bis dahin wäre ich hungers gestorben und dann wäre es zu spät zum Reden.

Ich häufte mir Salat auf den Teller und bestrich ein Stück Brot mit Butter. Doch schon nach den ersten Bissen konnte ich nicht mehr ruhig sitzen bleiben, weil ich an meine Stute Nine dachte. Sie war jetzt schon drei Jahre in Montmirail in der Schweiz, wo sie ihr Fohlen Alles Paletti zur Welt gebracht hatte und allmählich war es an der Zeit, dass sie wieder zurück auf den Leierhof kam. Gerson würde noch eine Weile wegbleiben, die ich nutzen konnte, um in aller Ruhe mit Iris, meiner Reitlehrerin in Montmirail, über Nine zu reden. Glücklicherweise gab es Skype auf meinem Laptop, das ich auch für meine Arbeit im Reisebüro benutzte.

Iris meldete sich schon nach dem ersten Klingeln.

„Grüß dich, Vera! Gerade habe ich mein *Portable* wieder angestellt." Iris lebte seit einigen Jahren in der Schweiz und sagte *Portable* statt Handy und *Tschau* bei der Begrüßung statt beim Abschied, daran hatte ich mich noch immer nicht gewöhnt!

„Gedankenübertragung – so was soll es geben! Wie geht es Nine?"

„Sie ist den ganzen Tag auf der Weide. Ihr Winterfell ist immer noch dick wie ein Bärenpelz."

Ich seufzte. „Also keine Decke abends?"

„Vera, die Menschen brauchen Decken, nicht die Pferde!"

Das war das Stichwort, das sämtliche Schleusen

bei mir öffnete. Gerson und seine Begeisterung für Fango, den wir seit Luis Verschwinden übernommen hatten. Fango und ich, meine Sehnsucht nach Nine, es sprudelte aus mir heraus, wie aus einer durchgeschüttelten Limo-Flasche. Iris hörte sich alles geduldig an, ohne mich ein einziges Mal zu unterbrechen.

„Und du? Du vermisst Nine?", sagte sie.

„Ach Iris, ich habe solche Sehnsucht nach ihr! Und wenn ich sehe, wie liebevoll Gerson Fango umsorgt – zwischen ihm und mir stimmt die Chemie einfach nicht mehr."

„Zwischen wem? Gerson und dir?"

Ich musste erst einmal Luft holen und mir noch einen Schluck Lambrusco eingießen. Dann sagte ich: „Wie kommst du denn auf sowas? Ich habe natürlich Fango gemeint!"

„Ach so, natürlich!" Iris überging meine Richtigstellung kommentarlos. „Hör mal, jemand aus eurem Stall hat bei mir angefragt, ob ich einen Bodenarbeit-Kurs abhalten will – dein Gerson hat bestimmt Werbung für mich gemacht! Ich könnte beides miteinander verbinden und dir Nine nächste Woche bringen. Am besten zusammen mit Alles Paletti; die beiden vertragen sich gut und zu zweit stehen sie im Hänger ruhiger. Du solltest Alles Paletti ausbilden lassen, er ist beinah drei Jahre alt."

Im ersten Augenblick blieb mir die Luft weg, ich hatte nicht damit gerechnet, dass Iris den Jungspund so schnell abgeben würde. „Wolltest du ihn nicht selbst anreiten?"

„Eigentlich schon. Aber der Kleine ist so rittig und gelehrig, dass du es genauso gut machen kannst, das traue ich dir zu, Vera."

Was Iris mir da sagte, machte mich unglaublich stolz. „Meinst du wirklich, ich soll es versuchen!" Ich freute mich unbändig und meine Sorgen mit Fango waren auf einmal wie weggeblasen.

Aber Iris ließ mich meine Freude nicht lange auskosten. „Da ist doch noch etwas?", sagte sie.

„Wieso? Was denn?"

„Gerson, Fango und du – irgendwie habe ich das Gefühl, als ob in eurer Dreierbeziehung etwas mitschwingt, vor dem du die Augen verschließt."

Was sollte diese Anspielung? Für einen Moment war ich wie vor den Kopf gestoßen, ich hatte nicht die leiseste Ahnung, was sie mir sagen wollte, und dabei war ich von Iris gewohnt, dass sie kein Blatt vor den Mund nahm und klar und unmissverständlich ihre Meinung sagte. Ich stocherte in meinem Salat herum und spießte ein einsames Scampi auf eine Bananenscheibe. Seit wir Fango übernommen hatten und Gerson einen Bodenarbeitskurs bei Iris gemacht hatte, hatte sich seine Beziehung zu Pferden vollkommen verändert. Wie es Iris geschafft hatte, den Pferdevirus in ihn zu versenken, wusste ich nicht. Jedenfalls war er von ihrem Pat-Parelli-Kurs hochinfiziert zurückgekommen. Ob mich Iris darauf ansprechen wollte? Keine Ahnung – aber nachfragen hätte keinen Zweck gehabt und nur zu Missverständnissen geführt, da war ich mir sicher. Schnell ging ich zu einem anderen Thema über. „Wie geht es eigentlich dieser alten Dame, der Heilerin aus Montmirail, die Nine das Leben gerettet hat?"

„Du meinst Claire, die weise Frau aus dem Bauernmuseum?"

Genau die meinte ich. „Ich habe sie damals in Montmirail kennengelernt, den Marsch mit ihr durch den verschneiten Tannenwald werde ich nie vergessen."

„Claire hat übernatürliche Fähigkeiten", sagte Iris. „Sie stellt ja auch Horoskope!"

„Sie guckt in die Sterne?" Mir sträubten sich sämtliche Nackenhaare, ich hielt nichts von Wahrsagerei und Gerson noch weniger, darin waren wir uns einig. Aber Iris schien meine Skepsis nicht zu bemerken. „Die Leute im Dorf sagen, ihre Horoskope treffen immer ins Schwarze."

Überzeugend fand ich das nicht. „Diese Sternguckerei ist doch nur ein Spiel, aber damit verdient sie sich bestimmt ein schönes Taschengeld."

„Sie kann es brauchen", sagte Iris kurz angebunden; sie schien keine Lust zu haben, das Thema zu vertiefen. „Entschuldige Vera, ich muss noch mal in den Stall", sagte sie.

„Grüß Nine von mir", konnte ich gerade noch rufen, dann hörte ich nichts mehr und drückte schnell auf das Feld mit dem roten Telefonhörer.

Es war inzwischen schon kurz nach 21 Uhr, meinen Salat musste ich wohl alleine essen. Während ich kaute, klickte ich mechanisch mein E-Mail-Programm an, um nachzuschauen, ob mir mein Chef eine Nachricht geschickt hatte. Keine Ahnung warum, aber irgendwie gelangte mein Cursor auf die Horoskope in der Startseite und blieb direkt bei meinem Sternzeichen stehen. Ich klickte darauf und musste schmunzeln. Was ich da unter „Stier" las, gefiel mir: *Sie können sich auf ein schönes Jahr freuen: Die Sterne stehen auf finanziellen Zuwachs und romantische Stunden in der Liebe.*

Süßer Honig, dachte ich, nichts als süßer Honig, aber heute konnte ich sowas brauchen. Romantische Stunden in der Liebe und mehr Geld! Wenn Iris nächste Woche mit meinen beiden Pferden anrückte, wäre mein Monats-Budget bald aufgebraucht. Schon jetzt verschlang Fangos Stallmiete, die ich mit Gerson teilte, einen Großteil meines Geldes, von den Tierarztkosten und meinen regelmäßigen Ausflügen zu Reitsport-Vordermann ganz zu schweigen. Glücklicherweise arbeitete ich halbtags in Massimo Auditis „Reisebüro der anderen Art" und verdiente nicht schlecht. Doch wer weiß, wie lange sich mein Chef noch eine zweite Kraft würde leisten können – Massimo klagte immer öfter über die mangelnde Reiselust seiner Kunden und dass sie ihr Geld lieber in dicke Autos steckten, als ein Flugticket für einen Ranchurlaub in Texas oder einen Wanderritt durch Andalusien zu buchen.

Vielleicht lag es an der Flasche Lambrusco, die schon zur Hälfte leer war und mich in eine angenehm lockere Stimmung versetzt hatte. Jedenfalls rief ich Iris schnell noch einmal an und bat sie um Claires Telefonnummer. Iris war kein bisschen überrascht, was mich irgendwie wunderte.

„Wenn du mir dein Geburtsdatum gibst und deine Geburtsstunde, dann gebe ich deinen Auftrag gerne weiter", sagte sie.

„Wenn du meinst? Aber Gerson darf nichts davon erfahren!"

„Wovor hast du Angst? Es ist doch nur ein Spiel?"

„Bitte, Iris, kein Sterbenswörtchen, versprich es mir."

Kaum hatte ich aufgelegt, fiel mir ein, dass ich überhaupt nicht gefragt hatte, was mich der Spaß kosten würde. Fast bereute ich, dass ich dieses Horoskop bei Claire in Auftrag gegeben hatte. Aber jetzt gab es kein Zurück. Wenn ich noch einmal bei Iris angerufen hätte, hätte ich mich vollkommen lächerlich gemacht. Ich schenkte mir ein letztes Glas vom prickelnden Lambrusco ein. Es ist, wie es ist, dachte ich, sei's drum.

Als Gerson nach Hause kam, lag ich schon im Bett. Von der Turmuhr hatte es gerade elf geschlagen.

„Hast du die ganze Flasche Lambrusco ausgetrunken?", fragte er. Hatte ich das? Gut möglich, denn ich fühlte mich so angenehm entspannt wie schon lange nicht mehr.

3

Ich wollte gerade Fango aus seiner Box ziehen, da tauchte im Gegenlicht eine Gestalt schwarz wie ein Schatten auf. Ich zuckte zusammen und rüttelte an der Schiebetür, die wieder einmal klemmte. Die Fremde stand mitten in Fangos Box.

„Haben Sie mich erschreckt!", blaffte sie mich an.

Warum kam ich mir vor wie eine Einbrecherin? „Was haben Sie mit meinem Pferd vor?", sagte ich, forscher als mir zu Mute war.

„Ihr Pferd? Fango gehört Gerson! Ich soll ihm die warme Decke abnehmen!"

„Wer hat Ihnen das gesagt?"

„Gerson, wer sonst?", sagte sie. „Wer sind Sie?"

Sie legte ihren Unterarm auf Fangos Rücken und blickte mich herausfordernd an. Sie war größer als ich und schlanker; mein Blick glitt hinunter zu ihren schwarz-glänzenden Reitstiefeln, die kein Stäubchen verunzierten.

Ich zögerte einen Augenblick, dann sagte ich: „Ich bin Vera Roth, Gersons Reitbeteiligung!" Eine ziemlich blöde Bemerkung, keine Ahnung, was ich damit bezwecken wollte. Schließlich war ich Fangos Besitzerin, zu 50 Prozent zumindest.

„Ha, ha!", lachte sie, „alles klar!"

Mir war überhaupt nicht zum Lachen zumute, aber jetzt dämmerte mir, wen ich vor mir hatte. Es war die Neue, mit der Gerson manchmal auf der Stallgasse plauderte.

„Ich bin Tissa Krell, oder einfach Tissa. Wir können *du* sagen!"

„Okay, ich bin Vera." Ich wollte es nicht gleich am Anfang mit ihr verderben, schließlich hatte sie Gerson helfen wollen, doch von mir aus hätten wir ruhig beim *Sie* bleiben können!

Ihr Händedruck war fest, beinah schmerzhaft, aber ich widerstand tapfer dem Bedürfnis, meine gequetschte Hand auszuschütteln. Fango, der die ganze Zeit mit stoischer Ruhe dagestanden hatte, stieß mich mit der Nase an.

„Hast du schon meinen Bio-Dyn-Flyer?", fragte Tissa. „Wird dich bestimmt interessieren!"

Sie steckte mir unaufgefordert einen bunten Prospekt zu; ich warf schnell einen Blick darauf, dann faltete ich ihn so klein wie möglich zusammen und stopfte ihn in die Minitasche meiner Reithose. „Und hier ist noch etwas ganz besonderes für dich!", sagte Tissa.

Es war ein Papierröllchen, mit einer roten Kordel zusammengebunden.

„Dein persönliches Tageshoroskop", sagte sie.

Wir kannten uns doch gar nicht, woher wollte sie denn mein Sternzeichen wissen? Ich stopfte das Blatt schnell in meine Westentasche, mit diesem Eso-Kitsch konnte ich jetzt wirklich nichts anfangen.

„Los geht's, an die Arbeit!", rief Tissa und klatschte Fango aufmunternd aufs Hinterteil.

Ich streifte Fango das Stallhalfter über und zog ihn aus der Box. Vor der Sattelkammer fing ich an ihn zu striegeln. Nach kurzer Zeit stand ich knöcheltief in dicken Pelzflocken; als ich mich bückte, um den Striegel auszuklopfen, fiel ein Schatten auf mich. Tissa, ich stieß fast an ihre überkreuzten Beine, so dicht stand sie vor mir.

"Willst du?" Sie hielt mir einen Coffee-to-go-Becher vor die Nase, aber ich schüttelte den Kopf.

„Nicht vor dem Reiten, danke!" Der Becher trug ein knallrotes Logo, irgendein unheimliches Insekt – ein Skorpion vielleicht?

Tissa deutete auf die braunen Flocken, mit denen man ein ganzes Kopfkissen hätte füllen können. „Einer von euch scheint kein großer Putzfreund zu sein!"

Meinte sie Gerson oder etwa mich? Statt zu antworten, verschwand ich lieber in der Sattelkammer; als ich mit Sattel und Trense zurückkam, wurde sie von drei jungen Frauen umringt, die alle einen Bio-Dyn-Flyer in der Hand hielten, den sie studierten, als enthielte er *die* frohe Botschaft. Ich hatte die drei auf dem Leierhof noch nie gesehen.

„25 Euro der einfache Sack, wenn du zwei nimmst, gibt es Rabatt", hörte ich Tissa sagen.

Gerade da tuckerte ein Dieselmotor. Doktor Abnemers blauer Kombi bog in die Hofeinfahrt ein. Sofort drehte Tissa eine Pirouette auf ihrem Absatz und stürzte, kaum war er ausgestiegen, auf den Tierarzt zu; sie drückte ihm einen Flyer in die Hand und sagte: „Gern auch ein Pröbchen, oder gleich einen ganzen Sack, wenn Sie wollen!" Dann drehte sie sich zu Tom um, der auf den Tierarzt gewartet hatte und begann auf ihn einzureden.

Im Vorbeigehen bekam ich einiges mit. „Wir bauen einen neuen Offenstall!", sagte Tissa.

„Und wie soll ich das Ganze finanzieren?", fragte Tom.

„Hansi Helm vermittelt dir einen Kredit mit einzigartigen Konditionen", stellte Tissa in Aussicht.

Sie will den ganzen Leierhof umkrempeln, sagte ich mir. Aber in Tom hatte sie sich garantiert getäuscht! Unser Hofpächter hatte seine eigenen Ideen, da brauchte er weder Hansi noch Tissa.

T-I-SS-A – die Zungenspitze stieß beim Aussprechen des ersten, steil aufragenden Buchstabens an die Zähne, die Lippen verzogen sich breit zum I, dann kam ein gefährliches und schlangenartiges Zischen und schließlich entlud sich alles in einem seufzenden *A*. Diese Tissa wird mich noch länger beschäftigen, dachte ich.

4

Sogar im Reisebüro wurde ich mit ihr konfrontiert, allerdings auf eine völlig andere Art und Weise.

„Massimo, trägst du heute einen besonderen Duft?", fragte ich meinen Chef am Nachmittag.

Er warf mir einen überraschten Blick zu: „Das merkst du? Es riecht prickelnd und belebend, findest du nicht? Hansi Helm, mein Banker, hat mir das Parfüm geschenkt, der Gute will mich bei Laune halten! Seine Frau Tissa vertreibt es. Vielleicht kennst du sie? Sie hat drei Pferde, sie sind vor ein paar Tagen zu euch in den Stall gekommen."

Ich lächelte matt und verkniff mir weitere Fragen. Durch das notdürftig mit Pappe geflickte Fenster zog es, und ich fröstelte trotz meiner Daunenweste, die ich mir vom Stall mitgebracht hatte.

„Ach so?", sagte ich und wartete darauf, dass Massimo weitersprach. Massimo brauchte immer etwas länger, um die richtigen Worte zu finden.

„Ich muss schauen, dass ich aus den roten Zahlen komme. Hansi Helm will mir in der augenblicklichen Situation keinen Kredit mehr geben. Ich brauche Geld und das heißt: Sparen. Sobald ich Land sehe, kriegst du deinen Job wieder, das verspreche ich dir!"

Ich saß unbeweglich auf meinem Drehstuhl und vor meinen Augen tanzten Schlieren. Was hatte mir Massimo gerade gesagt? Dass er sparen müsse? Und was genau bedeutete das für mich? *Nein! Nein! Nein!*

Massimo hatte mir die Kündigung ausgesprochen! „Massimo, bitte! Du kannst mir doch nicht so einfach kündigen! Ich brauche das Geld – nächste Woche kommt Nine zurück und Alles Paletti ..."

„Vera!" Mein Chef saß vor mir mit einem roten Kopf und zusammengepressten Lippen. Er rang um seine Fassung, dann sagte er: „Es geht nicht anders, wenn ich es dir doch sage. Und ich verspreche dir ..."

„Wann muss ich meinen Arbeitsplatz räumen?", unterbrach ich ihn. Massimo würde sich von mir nicht umstimmen lassen, nicht einmal wenn ich mich auf den Kopf stellen würde.

„In drei, vier Wochen?", sagte er. „Lass dir Zeit, Ve-ra." Er stand auf, ging zu seinem Schreibtisch und suchte ein paar Papiere zusammen. „Ich hab noch einen Außentermin." Er schaute mich so liebevoll an, als ob er mir etwas Tröstendes hätte sagen wollen. „Wenn jemand nach mir fragt, dann sage einfach, ich hätte heute meinen freien Tag." Dann war er weg.

Nur drei Wochen? Und Iris wollte mir schon nächste Woche Nine und Alles Paletti bringen! Wenn ich demnächst arbeitslos wäre, wie sollte ich dann die Pension für zwei Pferde stemmen? Für zweieinhalb

Pferde, verbesserte ich mich, denn für Fango war ich mit der halben Boxenmiete in der Pflicht.

Ich weiß nicht, wie lange ich gedankenverloren auf dem Stuhl gesessen hatte, jedenfalls wurde ich von einem dunklen Brummen aufgeschreckt. Es kam von der Straße, doch ich spürte die Schwingungen tief in meinen Eingeweiden. Ich stand auf und schaute durch das intakte Fenster hinaus. Jemand hatte ein schweres Motorrad genau vor unserem Reisebüro geparkt und versperrte die Hälfte des Gehwegs. Das Bike sah wie ein Insekt aus, die Rückspiegel stachen wie Fühler in die Luft, die abstehenden Schutzbleche ähnelten Flügeln und der offen liegende Motor kam mir wie Gedärm vor. Den schwarzen Tank zierte ein Aufkleber. Mir blieb keine Zeit, den Schriftzug zu entziffern, denn in diesem Augenblick ging die Tür auf und der Kunde stand vor mir. Ich trat einen Schritt zurück. „Guten Tag", sagte ich schnell, „Was kann ich für Sie tun?"

Der Mann schaute sich im Laden um, als suche er etwas und deutete auf Massimos Schreibtisch. „Ich suche Herrn Auditi, ist er heute nicht im Büro?"

Ich hatte wieder hinter meinem Schreitisch Platz genommen, und während ich antwortete, stieg mir eine Duftwolke in die Nase, die mich umgeworfen hätte, wäre ich nicht auf meinem Drehstuhl gesessen. Der Duft verwirrte mich, außer Massimo kannte ich keine Männer, die sich parfümierten. Gerson benutzte ab und zu ein neutrales Deo, aber nur an wirklich heißen Sommertagen.

„Haben Sie eine Verabredung?", fragte ich und überlegte angestrengt, wo ich den Mann schon einmal gesehen hatte. Der Duft, den er verströmte, war wirklich penetrant.

„Um elf Uhr, hier im Büro", sagte er. Er schielte immer noch auf Massimos Schreibtisch, als ob er dort etwas suchte. Da fiel es mir ein: Hatte nicht Massimo das gleiche Parfüm an sich gehabt? Natürlich, es kam von dieser Tissa – ob der Typ vielleicht Hansi Helm war? Er war mir neulich auf dem Leierhof über den Weg gelaufen, als er seine Frau mit seiner schweren BMW abgeholt hatte.

Heute sah er wie ein Geschäftsmann aus, die schweren Bikerboots, die er im Stall trug, hatte er durch schwarze Straßenschuhe vertauscht, das dunkelblaue Sakko hatte er damals unter einer wattierten Karojacke getragen. Aus dem offenen Hemdkragen schaute ein roter Seidenschal hervor.

Massimo hatte mir nichts von diesem Termin verraten, aber das wollte ich ihm nicht auf die Nase binden. „Mein Chef ist gerade in einer wichtigen Besprechung", log ich. „Ich kann ihn leider nicht stören."

„Ein Missverständnis vielleicht", sagte der Mann. „Aber wenn ich schon einmal hier bin – vielleicht können Sie doch etwas für mich tun?"

Hansi Helm buchte eine Bahnfahrt in die Schweiz. Nachdem ich mich einmal an sein penetrantes Parfüm gewöhnt hatte, kam er mir beinahe sympathisch vor. Er war einer von diesen gepflegten Typen, die sich jeden Morgen die Augenbrauen zupften und die Nägel mit einem durchsichtigen Lack bemalten. Ich überlegte kurz, wie viel Zeit er wohl aufbrachte, um seine Hände in einen solchen Luxuszustand zu bringen – unter meinen Nägeln schimmerte immer ein schwarzer Rand, so sehr ich sie auch mit der Bürste bearbeitete.

Ich öffnete ihm die Tür. Bevor er sein Motorrad startklar machte und seinen Helm aufsetzte, sagte er: „Schöne Grüße an Ihren Chef, er wird bald wieder von mir hören!"

Als er den Zündschlüssel umdrehte und sich das Dröhnen des Motors in meinen Brustkorb fortsetzte, schaute ich auf den Aufkleber auf seinem Tank. Er zeigte einen Skorpion; jetzt konnte ich auch den Schriftzug entziffern. „*Final Sting*", las ich und dachte: Der Mann ist schuld an meiner Kündigung! Obwohl ich mir sagen musste, dass dieser Vorwurf jeglicher Grundlage entbehrte, hätte nicht viel gefehlt und ich wäre vor unserem Büro in Zornestränen ausgebrochen.

5

Seit dem Einbruch war mein Chef, den ich bei den Pferden als lebhaften, freundlichen Mann kennengelernt hatte, vollkommen verändert. Auch am nächsten Morgen saß Massimo hinter seinem Schreibtisch und starrte mit leeren Augen vor sich hin.

„Ich soll dich von deinem Banker Hansi Helm grüßen", sagte ich. „Er war gestern mit dir verabredet, aber du warst wegen dieses dringenden Außentermins unterwegs."

Massimo strich sich die verklebten Haare aus der Stirn. „Hast du eigentlich seine Frau schon kennengelernt?", fragte er.

„Tissa?", fragte ich, doch er murmelte nur etwas vor sich hin, was ich nicht verstand und sagte, mehr zu sich selbst als zu mir: „Tissa Krellic – ach du meine Güte!"

Dann fasste er sich, sah mich an und fragte: „Hat sie noch diesen schwarzen Hengst?"

Jetzt verstand ich überhaupt nichts mehr, es war mir nicht einmal klar, ob wir dieselbe Tissa meinten. Ihr Nachname, so wie er ihn aussprach, klang slawisch. Doch die Tissa, die unseren Leierhof umkrempeln wollte, hieß einfach nur Krell; sie hatte einen ganz normalen deutschen Familiennamen, der gut zu ihr passte, weil er mit einem harten Konsonanten anfing. Massimo nahm die Fragezeichen in meinen Augen wahr und sagte: „Ach, was rede ich da – das ist doch bestimmt 15 Jahre her, das kannst du gar nicht wissen, Vera."

Er fuhr sich mit der Hand durch die Haare, es war, als ob er aus einem tiefen Schlaf erwachte. Dann sagte er: „Ich habe mich ablenken lassen. Dabei muss ich dir etwas ganz anderes sagen."

Ich schaute ihn gespannt an.

„Es tut mir leid, aber aus den vier Wochen wird nichts. Ich kann dich noch genau eine Woche halten, dann ist Schluss!"

Hatte ich mich verhört? Oh bitte, liebe Göttin, mach, dass ich mich verhört habe! Was hatte er gesagt? Ich sollte schon in einer Woche meine Sachen packen? Aber die Göttin schwieg und ich flehte: „Warum Massimo? Was soll ich denn tun? In ein paar Tagen kommen Nine und Alles Paletti – wie soll ich ohne Job zweieinhalb Pferde finanzieren?"

„Das weiß ich! Es tut mir leid, Vera, wirklich!"

Die Verzweiflung war ihm ins Gesicht geschrieben, so zerknirscht hatte ich meinen Chef noch nie gesehen, irgendetwas musste tonnenschwer auf seiner Seele lasten.

„Ich verspreche dir, wenn ..." Massimo stockte.

Ich war den Tränen nahe und schwieg. Was hätte ich denn sagen sollen?

„Vera, ich habe das dumpfe Gefühl, dass ich verfolgt werde."

„Von wem?", fragte ich, aber mir war klar, dass ich darauf keine Antwort erhalten würde. Massimo fuhr sich mit der Hand über die Augen. „Vom Schicksal", sagte er. „Ich werde vom Schicksal verfolgt!"

Ich sah ihn ratlos an. Er braucht Urlaub, sollte sich mal ein paar schöne Wellnesstage gönnen, dachte ich. Die Sorgen um das Geschäft bringen ihn noch um. Wenn es so weitergeht, dreht er vollkommen durch.

„Entschuldige bitte, wenn ich Unsinn rede." Massimo goss sich ein Glas Wasser ein, jetzt hatte er sich wieder im Griff.

Um ihn abzulenken, fragte ich, ohne mir viel dabei zu denken, nach dem auffälligen Logo auf dem Motorrad des Bankers, dessen Bedeutung ich nicht verstand. „*Final sting,* was soll das?" Massimo lachte nervös. „Da sieht man wieder, wie jung du bist, Vera! Die *Scorpions* waren eine Rockband, ihre letzte Tournee lief unter dem Motto *Final Sting.*"

„Das klingt ziemlich makaber!", sagte ich. Massimo nickte. Er war ganz blass geworden, auf angenehmere Gedanken hatte ich ihn mit meiner gutgemeinten Ablenkung nicht gebracht.

„Noch etwas, Vera", brachte er endlich heraus.

„Ja?"

„Ich möchte dich bitten, mich nächste Woche, in

deiner letzten Arbeitswoche, zu vertreten. Natürlich nur, wenn es dir nichts ausmacht. Selbstverständlich überweise ich dir noch einen halben Monatslohn."

Das Geld konnte ich dringend brauchen und ich wollte ihm seine Bitte nicht abschlagen, also willigte ich ein.

„Es kann sein, dass ich in den nächsten Tagen noch eine längere Geschäftsreise machen muss", sagte er.

6

Noch bevor ich am Abend meine Hiobsbotschaft loswerden konnte, wedelte mir Gerson mit einem Blatt Papier unter der Nase herum.

„Du bekommst merkwürdige Post", sagte er. Alarmiert nahm ich ihm den Umschlag aus der Hand. Adresse und Absender waren mit der Hand geschrieben, die Marke kam aus der Schweiz, der Absender hatte den Brief nicht richtig zugeklebt, so dass das Schreiben beinah herausgefallen wäre.

„Hast du es etwa gelesen?", fragte ich.

Gerson nickte. „Nichts Besonderes, jemand muss dich auf einen Esoterik-Verteiler gesetzt haben! Wie du da drauf kommst, ist mir ein Rätsel."

Aufgeregt zog ich das Blatt aus dem Umschlag. Im Stehen überflog ich das sauber mit Schreibmaschine getippte Schreiben. Nein, Reklame war das nicht, unter der Überschrift „Saturnrevolution", ging es rätselhaft weiter: „Saturn setzt Grenzen in deinem Leben. Sei wachsam und vorsichtig." Und darunter stand kleingeschrieben: „Das Horoskop ist für den ganzen Monat Mai gültig." Das war alles. Und eine Rechnung über

50 Euro lag auch dabei.

„Der Brief ist von Claire! Sie ist die Nachbarin von Iris in Montmirail im Schweizer Jura, sie hat mir ein Horoskop gestellt."

Gerson sah mich ungläubig an. „Einfach so? Du hast es doch bestimmt bei ihr bestellt! Vera! Bist du vollkommen durchgedreht? 50 Euro für drei Zeilen!"

Ich ließ mich aufs Sofa fallen. „Saturnrevolution – was um Himmelswillen soll das denn bedeuten?"

Ich starrte auf den Brief und buchstabierte alles noch einmal von vorne, ohne hinter den Sinn zu kommen.

„Die Rechnung musst du bezahlen, das heißt es!", sagte Gerson und setzte hinzu: „Für 50 Euro bekommst du locker zwei Säcke Bio-Dyn-Horse-Feed!"

„Was?"

„Tissa Krell hat ein biologisches Futtermittel entwickelt. Du musst sie unbedingt mal kennenlernen."

„Tissa kenne ich schon! Wie heißt das Zeug, sagst du?"

„Bio-Dyn-Horse-Feed", sagte Gerson und betonte jede einzelne Silbe. „Die Koliken im Stall – die liegen an Toms Futter, sagt Tissa. Gestern musste wieder ein Pferd in die Klinik gebracht werden. Jeden Tag drei Schippen voll Hafer und dann noch Pellets, das Heu nicht mit gerechnet. Auf dem Leierhof haben einige das Futter schon ganz umgestellt."

Obwohl mir der Sinn nicht nach einer Diskussion über die Vor- und Nachteile von biodynamischen

Pferdefutter stand, war ich froh, dass Gerson sich so leicht ablenken ließ. Mir wäre es peinlich gewesen, wenn er noch länger auf dem leidigen Thema „Horoskop und seine Kosten" herumgeritten wäre.

„Gerson?"

„Was ist los mit dir Vera, du siehst vollkommen fertig aus!"

Er hat ziemlich lange gebraucht, bis er es gemerkt hat, dachte ich und schluckte den Kloß in meinem Hals hinunter.

„Massimo hat mir gekündigt", sagte ich leise.

Gerson warf mir einen mitleidigen Blick zu. „Oh, das tut mir leid! Aber mach dir keine Sorgen, du findest bestimmt bald wieder einen Job! Vielleicht endlich einmal einen, der wirklich deinen Fähigkeiten entspricht."

Ich schaute ihn ausdruckslos an und wusste nicht, was ich sagen sollte. War das alles, was Gerson zu meinem Unglück einfiel?

„Ach, bevor ich es vergesse", fuhr Gerson fort, „morgen muss ich früh raus, auf Foto-Tour. Ich habe schon einen Sack Bio-Dyn gekauft. Wir füttern eine Schippe voll, ich habe Tom bereits informiert."

„Wen meinst du eigentlich mit *wir*?", fragte ich. In meinen Fingerspitzen kribbelte es so stark, dass ich immer wieder eine Faust ballen musste, ohne dass das Kribbeln aufhörte.

„Tissa und ich", sagte er „und du natürlich auch", setzte er gerade noch rechtzeitig hinzu.

Ich schluckte; irgendetwas stimmte nicht zwischen Gerson und mir, für ihn gab es auf einmal nur noch Fango und ich zählte überhaupt nicht mehr. Oder war es Tissa, die ihm den Kopf verdrehte? Seit sie sich in unser Leben einmischte, war ich ihm ziemlich gleichgültig geworden. Auf einmal wusste ich, warum ich meine Stute so sehr vermisste. Nine war meine Freundin, die einzige, die mir auf dieser Welt geblieben war. Und Nine und ich, wir würden bald wieder beisammen sein.

7

Im Halbschlaf tastete ich am nächsten Morgen nach Gerson, aber seine Seite des Bettes war kalt. Im Zimmer war es stockdunkel, weil der Rollladen heruntergelassen war. Ich rieb mir den Sand aus den Augen und streckte meine Hand noch einmal aus: Sein Bett war leer und in der ersten Schrecksekunde dachte ich: Gerson war auf und davon, er hat mich verlassen! Er ist zu dieser Tissa und hat sich ohne ein Wort im Morgengrauen aus dem Haus geschlichen. Am liebsten hätte ich mir die Decke über den Kopf gezogen und mich in einen traumlosen Schlaf gebeamt, so lange bis Gerson mich mit einem Kuss geweckt hätte.

Ich quälte mich aus den Kissen, tastete mich zum Fenster und zog den knarrenden Rollladen nach oben. Die Sonne stach mir in die Augen und ich musste blinzeln. In diesem Augenblick fiel mir ein, dass Gerson sehr früh aufstehen wollte, um Fotos vom Heidelberger Schloss und der Alten Brücke im Morgennebel zu machen. Natürlich, wie hatte ich es vergessen können! Werbefotos für ein chinesisches Städtemagazin, da war Romantik gefragt. Es war sieben

Uhr, die Kirchturmuhr hatte gerade geschlagen. Ich fuhr mir mit der Hand durch die Haare und streckte mich. Schnell unter die Dusche, heiß und kalt und heiß und kalt. Um zehn musste ich im Reisebüro sein und davor noch in den Stall, um Fango das Bio-Dyn-Feed zu füttern.

Eilig stieg ich aus meinem Golf und hätte fast vergessen die Wagentür abzuschließen. Am Hoftor kehrte ich noch einmal um, weil ich meinen Reithelm und meine Handschuhe im Wagen gelassen hatte; ich bewahrte allerlei Dinge dort auf, seit ich meinen Spind mit Gerson teilte und der schmale Schrank aus allen Nähten platzte. In meinem Auto freilich konnte ich jetzt kaum noch jemanden mitnehmen, weil die Dinge die Eigenschaft hatten, sich nicht auf den Kofferraum beschränken zu lassen und sich auf sämtlichen Sitzen, sogar dem Fußboden, ausbreiteten.

Ich grüßte hinüber zu Hansi, doch seine ganze Aufmerksamkeit galt Tissa, die plötzlich aus dem Nichts hinter ihm auftauchte und ihn unsanft am Oberarm packte. Tissa war ziemlich aufgeregt, sie glühte geradezu vor Wut und ich schnappte ein paar Wortfetzen auf, die keinen Zweifel an ihrer explosiven Gemütsverfassung zuließen.

„Nein? Du weigerst dich?" Hansis Antwort konnte ich nicht verstehen, aber Tissas Schwall von Schimpfwörtern, von denen „feiger Schlappschwanz" noch das mildeste war, drangen nur zu deutlich an mein Ohr. „Versuche ja nicht, mich zu hintergehen!", sagte sie noch, dann hörte sie jäh zu sprechen auf. Sie hatte mich bemerkt. Sie stritten sich bestimmt wegen des Bio-Dyn-Futters, irgendetwas war faul an dem Zeug. Nach einer idyllischen Zweierbeziehung sah dieses Geplänkel nicht gerade aus.

In der Sattelkammer ließ ich eine Handvoll Bio-Körner durch meine Finger gleiten. Die Mixtur war mir nicht geheuer. Es enthielt blitzblaue Heublumen, roch nach frischem Heu und so stark nach Pfefferminz, als ob jemand eine ganze Packung Wrigley's Spearmint darin verkrümelt hätte. Vielleicht gefiel dieser Geruch den Leuten – es musste schließlich einen Grund geben, warum es Tissa in kurzer Zeit fertig gebracht hatte, den halben Stall mit dem Gemisch zu versorgen. Eine Sekunde lang überlegte ich, ob ich Fango wirklich damit füttern sollte. Aber was blieb mir anderes übrig? Gerson hatte es mir aufgetragen, aber ich beschloss, Fango nur eine halbe Portion zu geben. Wenn das Futter wirklich so gut wäre, wie Tissa behauptete, dann würde die wunderbare Wirkung bei Fango eben etwas später eintreten.

Ich war gerade dabei, die leeren Pappbecher mit den aufgedruckten Skorpionen, die Tissa auf dem Mauervorsprung neben meiner Spindtür deponierte, in die gelbe Tonne zu befördern, als Hansi, der zu mir kam: „Hallo Vera!"

Er hatte mich ohne Umstände beim Vornamen genannt, was mir anbiederisch vorkam und mich noch

mehr irritierte als sein nach Orange duftendes Män-
nerparfüm, das er auch hier im Stall trug. Mit Reise-
bürokunden blieb ich im Privatleben lieber auf Dis-
tanz, wollte er vielleicht sein Bio-Dyn an die Frau
bringen? Anstelle des Seidenschals hatte er heute ein
blutrotes Cowboy-Bandanna um den Hals geknotet.
Nach dem heißen Wortwechsel mit seiner Liebsten
musste er sich offensichtlich durch körperliche Arbeit abreagieren. Er schleppte einen Sack Bio-Dyn
nach dem anderen über der Schulter herbei und lud
ihn an der Wand des Schuppens ab. Dort stapelten
sich schon mindestens zehn prallgefüllte Säcke, die er
aus Tissas Minibus, der jetzt vor der Scheune stand,
herbeigeschafft hatte. Wenn sie heute nicht vor der
Futterkammer stand, an ihrem Mitnehmkaffee nippte
und mich mit ihren spitzen Bemerkungen traktierte,
dann lag es bestimmt daran, dass sie sich nach ihrem
heftigen Streit auf dem Parkplatz erst einmal wieder
in Ruhe sortieren musste.

„Braucht ihr einen Sack, oder zwei? Tissa hat gesagt, ihr füttert Bio-Dyn jetzt regelmäßig?"

„Regelmäßig? Woher weiß Tissa das?"

„Von Gerson nehme ich an, die beiden waren doch
heute Morgen zusammen unterwegs."

„Wie bitte?"

„Tissa hat ihm gezeigt, wo sie das Bio-Dyn-Feed
herstellen lässt."

Bei mir schrillten alle Alarmglocken. Ob Gerson
wirklich mit Tissa unterwegs gewesen war? Aber wa-

rum hatte er mir dann gestern noch erzählt, dass er Bilder von der Alten Brücke im Morgennebel fotografieren wollte?

„Es gibt jetzt zwei Sorten", erklärte mir Hansi, der meine Bestürzung überhaupt nicht bemerkte. „Das normale und das Bio-Dyn-Feed-Plus. Welches bekommt denn euer Fango?"

„Das normale."

„Bist du sicher?", fragte Hansi lauernd.

„Ja, natürlich!" Hansi durfte mir auf keinen Fall anmerken, dass ich in Bezug auf das Biofutter überhaupt nicht im Bilde war. Die Täuschung schien mir zu glücken, denn er verschwand und kam gleich darauf mit einem vollen Sack zurück.

„Ich stelle es vor deinen Spind", sagte er. „Das Geld kannst du dann ja Tissa geben."

Mein Misstrauen gegen die Futtermischung wuchs von Minute zu Minute. Ich musste mir Klarheit darüber verschaffen, was diesem Zeug alles untergemischt war. Schwierig war das nicht: Ich würde die Zusammensetzung des Futters chemisch analysieren lassen und hoffte, dass mir Doktor Abnemer dabei helfen würde. Ich musste nur noch auf eine passende Gelegenheit warten, denn ich wollte auf jeden Fall vermeiden, dass Tissa und Hansi vor der Zeit etwas von meinen verdeckten Ermittlungen erführen.

8

Am nächsten Abend beugte sich Doktor Abnemer vor
dem Stall schon wieder über seinen Medikamenten-
koffer. Als ich an ihm vorbeiritt, machte er mir ein
Zeichen. Das ist die Gelegenheit, auf die ich gewartet
habe, jubilierte es in mir. Heute würde ich ihm die
Analyseprobe geben, denn ich hatte weder Hansi und
Tissa noch sonst jemanden auf dem Hof gesehen. Er
winkte noch einmal und schien mir etwas sagen zu
wollen, doch gerade da spitzte Fango die Ohren und
verlangsamte seinen Schritt. Ein Plausch mit dem
Tierarzt kam nicht in Frage, ich musste mich auf meinen Weg konzentrieren, und der ging an dem vollge-
stopften, überdimensionalen Mistcontainer vorbei.
Gleich dahinter tat es einen Ruck, der mich beinah
aus dem Sattel katapultiert hätte, denn Fango erstarrte zum Reiterstandbild. Mit weitaufgerissen Augen
und geblähten Nüstern schielte Fango schräg nach
unten. Auf dem schmalen Rasenstück vor dem Reitplatz wölbte sich eine schwarze Plane, die ich gestern
noch nicht bemerkt hatte. Nur weiter und vorbei, wir
konnten unmöglich hier stehenbleiben! Aber je mehr

ich ihn antrieb und meine Absätze an seine Seiten klopfte, desto mehr versteifte er sich. Er schnaufte hektisch, verdrehte seinen Hals und ich konnte das Weiße in seinem Auge schimmern sehen. Das Pferd fühlte sich unter mir so hart an wie eine Eisenstange. Auf einmal fing er an zu tänzeln und versuchte, sich auf der Hinterhand zu drehen. Plötzlich war Doktor Abnemer neben uns und griff mir in die Zügel. Mir klopfte das Herz bis zum Hals, zitternd sprang ich von dem aufgeregten Pferd ab. Wie leicht hätte er steigen und auf dem glatten Beton das Gleichgewicht verlieren können!

„Ich habe Sie warnen wollen", sagte der Tierarzt.

„Aber wovor denn?", fragte ich zitternd.

„Unter der Plane liegt Elan. Wir mussten ihn gestern Abend einschläfern. Jetzt warten wir auf den Abdecker."

„Hat Fango den Tod gerochen?", sagte ich leise und fühlte eine leichte Übelkeit aufsteigen.

„Wer weiß?", sagte der Tierarzt und zuckte mit den Achseln.

„Eine Kolik?"

Weil er schwieg, fragte ich noch einmal nach: „Und woran ist er ... ich meine, hat er zu viel frisches Gras gefressen?"

„Das wohl nicht – eher eine heftige allergische Reaktion auf irgendetwas im Futter vielleicht. Was es genau war, bekommen wir wohl nie raus."

„Da wäre ich mir nicht so sicher!" Jetzt hatte ich

endlich meinen Anknüpfungspunkt! Gerade wollte ich Doktor Abnemer in mein Vorhaben einweihen, da hörte ich Hufgetrappel.

„Auf Sie habe ich gewartet." Tissa baute sich mit ihrer Stute Mausi vor dem Tierarzt auf, Mausi stand mit hängenden Ohren auf drei Beinen und Tissa sagte mit einem vielsagenden Blick in Doktor Abnemers Richtung: „Der Hufschmied!"

Irgendjemand musste ja schuld daran sein, wenn ein Pferd lahm ging und nur noch auf drei Beinen dastand! Mein vertrauliches Gespräch mit Doktor Abnemer war beendet und meine verdeckten Ermittlungen würden warten müssen.

Die Lust am Reiten war mir für heute verdorben. Fango tobte sich genauso gerne in der kleinen Halle aus. Ich gönnte ihm eine gute halbe Stunde, dann führte ich ihn in seine Box. Um mein schlechtes Gewissen zu beruhigen, weil ich nicht ordentlich geritten war, bürstete ich ihm ausgiebig das Fell.

Ein schrilles Lachen beendete unser Tête à Tête. Warum kam Tissa immer im falschen Moment, fuhr es mir durch den Kopf. Gerson kam nie, wenn ich bei Fango war und Tom auch nicht. Ich fühlte plötzlich einen unheimlichen Groll in mir aufsteigen, dessen Stärke mich erschreckte. Was hatte die Frau mir denn getan? Die Arme auf die Paddockstange gestützt, lugte sie zu uns herein. Warte nur, dachte ich, heute krieg ich dich dran. Ich tat so, als ob ich sie nicht bemerkte, verabschiedete mich von Fango, dann ging ich schnell hinaus auf den Hof, zur Sattelkammer. Hinter mir hörte ich Schritte, Tissa folgte mir.

„Hey, Vera!"

„Hey."

Tissa blieb vor mir stehen, verknotete ihre Beine, nahm ihren Becher, der Skorpion war direkt auf mich gerichtet. „Na, hast du dich von deinem Schock erholt?"

„Schock? Von welchem Schock denn?" Ich bekam einen roten Kopf. Hatte sie etwa gesehen, wie ich von Fango abgesprungen war? Aber egal, das war die Gelegenheit, auf die ich gewartet hatte. Ich griff mit der Hand in den offenen Bio-Dyn-Sack in meinem Spind und ließ die Körner ganz langsam durch meine Finger gleiten. Tissa beobachtete mich gespannt; es war verrückt und fahrlässig zugleich, aber ich konnte mir nicht helfen, ich musste dem Impuls folgen! Vielleicht würde ich in Kürze an mörderischen Bauchkrämpfen elendig zu Grunde gehen, doch ich steckte mir ein paar Körner in den Mund und fixierte Tissa dabei mit den Augen. Sie starrte mich an, hielt für einen Wimpernschlag lang den Atem an, dann schrie sie: „Vera!"

Mit so einer heftigen Reaktion hätte ich nicht gerechnet; fast wurde es mir selbst ein bisschen mulmig.

„Was hast du denn, Tissa? Ist was passiert?", fragte ich mit schlecht gespielter Ahnungslosigkeit.

„Warum kaust du Pferdefutter? Hast du nicht gefrühstückt?"

„Die Leute sagen, es hätte Müsliqualität? Stimmt es etwa nicht? Das wollte ich einfach mal probieren. Mir schmeckt es nicht besonders", sagte ich und spuckte die Körner in mein Taschentuch.

„Das ist Pferdefutter, kein Müsli", sagte Tissa barsch.

„Ja, und? Hafer ist auch Pferdefutter und wir Menschen essen es." Tissa hatte den Becher abgestellt, unter ihrem dunklen Teint hatte ihre Gesichtshaut eine käsige Farbe angenommen.

„Ist dir nicht gut?", fragte ich scheinheilig.

„Mir? Wieso? Nein, mit *mir* ist alles in Ordnung" sagte sie. „Welches Futter gebt ihr eigentlich Fango?"

„Das Plus, glaube ich."

Für einen Augenblick sah ich Tissa taumeln und dachte, sie würde stürzen. Doch dann fing sie sich wieder. Wie sie es geschafft hatte, den Skorpionbecher so zu balancieren, dass sie keinen Tropfen verschüttete, war mir schleierhaft.

„Zeig mir mal den Sack, ja?", sagte sie. Ich tat ihr den Gefallen und ging einen Schritt zu Seite.

„Es ist das normale." Sie schien erleichtert, warum wusste nur sie oder der Teufel. Elan hatte angeblich auch nur das „normale" Futter bekommen und nun lag er steif und kalt unter der Plane und wartete auf den Abdecker. Jetzt war ich mir fast sicher, dass das Zeug giftig war. Ach was, giftig! Hochgiftig sogar!

Ich schüttelte mich, weil ich gerade ein unheimliches Rumoren in meinen Eingeweiden spürte. Natür-

lich hatte ich die Körner vorsichtshalber nicht zer-
kaut und schon gar nicht runtergeschluckt, aber was,
wenn zum Beispiel ein Stück Mutterkorn darunter
gewesen wäre, von denen schon winzige Partikel
reichten, um einen Menschen zu töten, oder ein paar
getrocknete Hyazinthenblätter? Harmlos waren die
ebenfalls nicht. Sie enthielten Oxalsäure und Saponi-
ne, die, wie ich bei Wikipedia gelesen hatte, Schleim-
hautreizungen verursachten, und das bedeutete,
Mensch und Tier wurde es schlecht, ziemlich schlecht
sogar. Vera, hör auf, Horrorszenarien zu entwerfen,
rief ich mich zur Ordnung. Das Kommando wirkte, ich
atmete durch und meine Gedanken kamen wieder auf
die Reihe, einer hinter dem anderen. Tissa hatte sich
selbst entlarvt, das reichte. Jetzt musste ich nur noch
wissen, wo dieses Wunderfutter produziert wurde
und wer dahintersteckte und wenn ich erst einmal
die Laboranalyse von Doktor Abnemer in der Hand
hätte, würde ich ... sie ins Gefängnis bringen, vollen-
dete ich meinen Gedanken. Aber so weit waren wir
noch nicht! Ich musste Schritt für Schritt vorgehen
und fragte Tissa ganz direkt: „Wo wird eigentlich
dein Futter produziert?"

„Schau einfach auf den Sack", sagte Tissa schnippisch und ihre Augen verengten sich zu Schlitzen. „Da
steht alles drauf. Brauchst du eine Brille?"

Die brauchte ich wirklich, denn so sehr ich mich
bemühte, ich konnte einfach kein Kleingedrucktes

erkennen. Sie trickst, dachte ich, vor Tissa musste ich mich in Acht nehmen.

9

Morgens gegen zehn Uhr kamen nie Kunden ins Reisebüro und ich konnte mich in Ruhe mit dem kryptischen Inhalt meines Horoskopes beschäftigen. Schon allein die Ausdrücke waren mir fremd. *Saturnrevolution?*

Ich zerfurchte meine Stirn, aber nicht einmal ein Klick auf Wikipedia half mir weiter. Saturn braucht sieben Jahre auf seiner Umlaufbahn. Nach vier mal sieben Jahren steht er wieder da, wo er bei deiner Geburt gestanden hat. Das nennt man die Wiederkehr oder eben die Saturnrevolution, erfuhr ich dort.

Während ich las, hörte ich unser altes Faxgerät rattern. Mit feuchten Fingern zog ich das Blatt heraus, das Schreiben war an mich gerichtet, das sah ich sofort. Iris hatte es mir weitergeleitet, es kam von Claire, die sich bei mir wegen ihrer Vergesslichkeit entschuldigte. In ihrer ersten Sendung an mich habe die Erklärung gefehlt, die ich unbedingt brauchte, um mein Horoskop richtig zu verstehen. Ein Blick genügte, um mich kribbelig vor Neugier zu machen.

„Saturnrevolution. Sei achtsam und vorsichtig.

Deine körperlichen Grenzen werden überschritten. Dein Freund trennt sich von dir, oder du musst eine alte Last abwerfen, um den idealen Partner zu finden."

Ganz unten auf der Seite stand in einer steilen, altmodischen Handschrift: „Chère Madame Vera! Es sind nur Möglichkeiten, Beispiele, die so nicht eintreffen müssen. Zur Erklärung: Ein Horoskop stellt die Urkräfte dar, die seit Ihrer Geburt auf Sie einwirken. Wenn Sie diese Kräfte kennen, können Sie Klarheit in Ihrem Leben erlangen. Ich wünsche Ihnen Glück und Kraft auf Ihrer Reise, cordialement, Claire, und ich bitte Sie noch einmal, mir mein Versehen zu verzeihen."

Enttäuscht ließ ich das Schreiben sinken und zog meinen Drehstuhl heran. War ich jetzt schlauer? Was sollte ich mir unter diesen Urkräften vorstellen? Die gutgemeinten Erläuterungen trugen eher zu meiner noch größeren Verwirrung bei, keiner der Ratschläge traf auf mich zu. Körperliche Grenzen? – Davon konnte bei mir wirklich keine Rede sein! Ich ritt ja nur noch zwei bis dreimal die Woche und die Stallarbeit warf mich auch nicht um. Und warum sollte sich mein Freund von mir trennen? War da etwa Gerson gemeint?

Ich hielt einen Augenblick inne und betrachtete die Kinoreklame auf der anderen Seite der Brückenstraße. In der Spätvorstellung zeigten sie wieder *Stranger than Paradies und Down by Law von* Jim Jarmusch, tolle Filme, die ich mir vor ein paar Jahren mit Gerson zusammen angeschaut hatte. Wie lange war das schon her! Seit wir Fango übernommen hatten, waren wir kein einziges Mal mehr zusammen im Kino gewesen, hatten nichts mehr Schönes gekocht und kaum Zeit für vertraute Gespräche gehabt, geschweige denn, dass wir mit unseren Freunden zum Schwofen in die *Nachtschicht* gegangen wären.

Aber hatte das alles wirklich nur mit Fango zu tun? Nein, ich musste es mir eingestehen: Kinofilme, Essen kochen, zusammen auf dem Sofa liegen und Musik hören, all das hatte aufgehört, als meine Geschichte mit Luis angefangen hatte. Und als der vermeintliche Pferdemann und Elitereiter wieder aus meinem Leben verschwunden war, hatte er Fango unversorgt auf dem Leierhof zurückgelassen. Tom hatte Fango schon im Internet zum Verkauf anbieten wollen, als Gerson aktiv geworden war: „Ich zahle die Hälfte der Boxenmiete, wenn du für den Beritt sorgst, Vera".

Er war unglaublich großzügig gewesen und möglicherweise war mir meine Liebelei mit Luis deshalb so peinlich. Manchmal argwöhnte ich, dass Gerson und ich Betriebsamkeit vortäuschten, um unsere gegenseitige Entfremdung voreinander zu verbergen. Auf einmal sah ich das Horoskop in einem anderen Licht; Tränen traten in meine Augen und unter der Traurigkeit blitzte eine jähe Angst auf. Die Angst, Gerson für immer zu verlieren.

10

„Führst du das Reisebüro inzwischen allein?", fragte mich Gerson am dritten Tag nach Massimos Abreise.

„Ich habe es ihm doch versprochen! Ich glaube, Massimo ist nach Norwegen gejettet. Er hätte sich ja mal melden können! Wenn er morgen nicht anruft und sagt, wo er steckt ...", ich konnte auf einmal nicht weitersprechen.

„... dann musst du endlich was unternehmen!", ergänzte Gerson.

„Das sagst du so einfach. Keine Ahnung, wen ich nach ihm fragen könnte. Du kennst doch Massimo, er lebt allein. Und in den Stall kommt er auch nicht mehr. Sein Pferd hat er vor einem Jahr verkauft, als das Geschäft schlecht ging und er die Pferdehaarallergie bekam."

Nach diesem Gespräch machte ich mich mit düsteren Vorahnungen auf den Weg zur Arbeit. An der Straßenecke knurrte mich ein struppiger Kläffer ohne Halsband an und folgte mir knurrend bis zur nächsten Kreuzung. Ich versuchte, ihn nicht zu beachten, nach ein paar Minuten hatte meine Taktik Erfolg und der Köter blieb zurück. Doch mein dumpfes Gefühl verdichtete sich zu der Ahnung, dass gleich etwas Schreckliches geschehen würde, und diese Ahnung verstärkte sich, je näher ich unserem Reisebüro kam. Vielleicht war Massimo zurück und würde mir eröffnen, dass er den Laden verkauft hätte, und dass ich nicht mehr auf eine neue Anstellung hoffen könnte? Möglicherweise litt er an einer unheilbaren Krankheit und wollte noch alles regeln, bevor er in die ewigen Jagdgründe einginge?

Und dann stand ich vor unserem Laden und sah es. Die ganze linke Seite des Büroschaufensters war mit schwarzer Farbe zugeschmiert. Kein Graffiti mit irgendeiner geheimnisvollen Botschaft, wie sie manchmal an frischgetünchte Hauswände geschmiert wurde, das Fenster war einfach nur rappenschwarz.

Ausgerechnet jetzt war mein Chef auf Dienstreise und ich wusste weder, was ich tun sollte, noch wie ihn erreichen. Die Polizei anrufen? Das wäre Massimo bestimmt nicht recht gewesen. Warum wusste ich nicht, aber er hatte ja wegen der zerbrochen Scheibe auch nur seine Versicherung verständigt. Ich befeuchtete meinen Zeigefinger mit Spucke und rieb auf dem Glas herum. Die Tünche stank fürchterlich, aber nach einer Weile verwandelte sich das Schwarze in eine braune Schmiere und begann sich aufzulösen. Es war gar keine Farbe, es war Kot – Hundekot vielleicht, oder Schweinemist. Jemand hatte Massimos Schaufenster von oben bis unten mit Mist zugekleistert. Was für eine Gemeinheit! Ich schaute mich um. Die Boutiquen auf der anderen Seite hatten noch nicht geöffnet und es waren kaum Fußgänger unterwegs. Wenn ich mich beeilte, konnte ich das Fenster in einer halben Stunde wieder einigermaßen sauber waschen. Es blieb mir nichts übrig, als mich mit einem Eimer Wasser an die Arbeit zu machen. Ich schaffte es, doch als die Scheibe wieder klar war, fühlte ich mich selbst durch und durch schmutzig. Meine Bürojeans hatte ein paar hässliche Flecken abbekommen und ich muffelte nach Schweiß und Jauche.

Ich war noch keine fünf Minuten mit meiner Säuberungsaktion fertig, als der Glaser kam und eine neue Scheibe einsetzte. Wie gut, dass der Handwerker die besudelte Scheibe nicht gesehen hatte. Bestimmt hätte er mir unliebsame Fragen gestellt, auf die ich keine Antwort gewusst hätte. Wenigstens wurde es jetzt wieder ein bisschen wärmer im Büro; doch mit jeder Stunde, die ich alleine dasaß und auf Massimo wartete, wurde es mir ungemütlicher.

Ich konnte einfach nicht mehr so tun, als ob alles in Ordnung wäre. Ich musste unbedingt herausfinden, wo Massimo steckte. Doch gerade, als ich voller Tatendrang Massimos Mailbox unter die Lupe nehmen wollte, sprang mein Handy an. Tracy Chapmans raue Stimme: *Matters of the heart*. Wehmütig dachte ich an die Zeiten, in denen Gerson mir jede Woche einen neuen Klingelton für mein Handy heruntergeladen hatte, mit so einer Spielerei verschwendete er seine Zeit schon lange nicht mehr. Es war Iris und augenblicklich kletterte mein Stimmungsbarometer steil nach oben. Ich ließ mich wieder auf meinen Schreibtischstuhl sinken und legte die Füße auf den leeren Chefsessel.

„Tschau Vera!"

„Hey, du bist es! Was gibt es?"

„Eine gute Nachricht! Morgen bringe ich dir Nine!"

„Wunderbar! Ich freu mich! Tom hat auch schon gefragt, wann sie kommt!", sagte ich aufgeregt.

„Moment, freu dich nicht zu früh, es gibt auch eine schlechte Nachricht! Naja", fügte sie hinzu, „so schlecht wie es klingen mag, ist sie auch wieder nicht."

„Oh je, bitte nicht! Sag schon, Iris."

„Alles Paletti hat starken Husten. Wenn ich ihn mitnehme, könnte er Nine anstecken und vielleicht sogar die Pferde in eurem Stall."

„Dann kann er nicht mitkommen?", fragte ich überflüssigerweise.

„Es wäre besser, wenn er noch hier in der frischen Juraluft bliebe."

Weil ich mir für meine Antwort Zeit ließ, hakte Iris nach: „Bist du einverstanden? Alles Paletti bleibt noch hier?"

Ich musste meinen Frosch im Hals verscheuchen, bevor ich antworten konnte. „Ja, ich glaube, es ist besser so", sagte ich traurig. Eigentlich ist es Glück im

Unglück, dachte ich und brachte es trotzdem nicht übers Herz, Iris zu sagen, dass ich bald nicht einmal mehr das Geld für Nine übrig haben würde.

Ich legte auf und wählte gleich darauf Toms Nummer, um ihm die frohe Botschaft von Nines Ankunft zu überbringen. Er wollte immer gleich über alles Neue in seinem Stall informiert sein, und er würde sein Bestes tun, damit sich Nine in ihrer alten Box wieder richtig zu Hause fühlte.

Vorsichtshalber schloss ich die Bürotür ab, ich wollte für eine Viertelstunde ungestört sein, um mit meinen Recherchen zu beginnen. Ich kannte das Passwort von Massimos PC und machte mich an die Arbeit.

Die meisten Sendungen im Posteingang waren Geschäftsbriefe, Rechnungen, Kundenbeurteilungen und Reisebeschreibungen – ganz normale Geschäftskorrespondenz. Ich zögerte einen Augenblick, dann öffnete ich den Ordner „Gesendet". Dort erregte eine Nachricht ohne Betreff meine Aufmerksamkeit. Massimo hatte sich vor fünf Tagen, also kurz vor seinem Verschwinden, mit einem mir nicht bekannten Kunden verabredet. In der Mail war der Treffpunkt angegeben: „Autobahnraststelle Bruchsal." Ob sie von dort aus zusammen weiterfahren wollten? Diese Raststätte war unter Reitern gut bekannt. Von Heidelberg Richtung Bruchsal kommend, konnte man hinter der Tankstelle über einen Feldweg auf die Bundesstraße stoßen und die Autobahnbrücke überqueren. Man brauchte nur von der Hauptstraße links abzubiegen und kam zu „Reitsport Vordermann." Das Geschäft lag auf der anderen Autobahnseite Richtung Heidelberg und der Schleichweg ersparte den Umweg über die nächste Autobahnausfahrt ein paar Kilometer weiter. Massimo hatte mich früher einmal dorthin mitgenommen. Er hatte sich Maßstiefel anfertigen lassen und ich hatte mir eine superschicke Ganzlederreithose gekauft.

Aber was wollte Massimo in einem Reitsportgeschäft, er hatte doch gar kein Pferd mehr? Ich legte den Hörer, den ich schon in der Hand hielt, wieder hin. Wahrscheinlicher war, dass er seinen Bekannten auf der Raststätte getroffen hatte und mit ihm in die Schweiz oder nach Italien gefahren war; mit einem schnellen Wagen konnte man in 8 Stunden in Milano sein. Aber dann rief ich doch bei Vordermann an, ich musste irgendetwas tun und ich wollte es einfach wissen. Der Chef meldete sich persönlich. „Ich habe eine Frage – war vor drei Tagen mein Boss, Massimo Auditi vom Reisebüro *Reisen der Anderen Art* in Heidelberg bei Ihnen? Ein großer, dunkler Mann, so ein sympathischer Holzfällertyp?"

Im Hintergrund hörte ich jemand tuscheln, dann kam eine Frauenstimme. „Ein großer dunkler Typ, sagen Sie? Der war hier, er hat unglaublich nach Parfüm gerochen."

„Green Orange?"

„Wie bitte? Ach so, keine Ahnung, wir sind hier

keine Drogerie – ich kenne mich mit diesen Wässerchen nicht aus. Er war mit einem Geschäftsmann im grauen Anzug da, der auch nach diesem Zeug gestunken – äh, ich meine geduftet hat. Hab schon gedacht, die beiden hätten was miteinander."

„Was wollten sie denn?", fragte ich.

„Sie haben sich nach unserem neuen Reiseprogramm erkundigt. Wir bieten seit neuestem Wanderritte an."

Das nennt man Werkspionage, dachte ich schmunzelnd. Massimo war ein findiger Geschäftsmann. Ich atmete tief durch. Übertriebene Sorgen brauchte ich mir nicht mehr zu machen. Massimo würde bestimmt bald wieder auftauchen und mich in meinen letzten Arbeitstagen bis über beide Ohren mit Recherchen eindecken, es ginge ja um meinen zukünftigen Arbeitsplatz, hörte ich ihn sagen. Trotzdem fühlte ich mich so erleichtert, dass mir Freudentränen in die Augen traten; doch an meiner Reaktion merkte ich, dass ich unbewusst mit dem Schlimmsten gerechnet hatte.

Glücklicherweise hatte ich heute keine Kunden beraten müssen. Der penetrante Geruch, der immer noch an mir hing, hätte sie bestimmt in die Flucht geschlagen. Ich schloss die Ladentür wieder auf, doch das hätte ich mir sparen können, denn ich blieb den ganzen Nachmittag über allein. Ich nutzte die Zeit um ein paar Erkundigungen zu machen, die mir Massimo vor ein paar Tagen aufgetragen hatte. Es ging um

Wanderritte durch Norwegen, und nun verstand ich, was Massimo damit beabsichtigte. Er wollte selbst so ein Programm anbieten, wie er es bei Vordermann gesehen hatte.

Zufrieden legte ich die ausgedruckten Ergebnisse, die einen stattlichen Stapel ergaben, in die Ablage auf Massimos Schreibtisch. Wenn er zurückkäme, würden wir das Norwegenprojekt gemeinsam in Angriff nehmen und vielleicht würde ich dann meinen Job viel früher wieder bekommen, als ich zu hoffen gewagt hatte.

11

„Wo steckst du eigentlich?", fragte Tom. „Heute kommt Nine!" Musste mich unser Stallpächter wirklich auf meinem Handy anrufen, um mir diese Botschaft zu überbringen?

„Im Büro, arbeiten!", sagte ich knapp. Ich hätte ihm nur zu gerne von dem üblen Anschlag auf unser Büro erzählt, doch sein aggressiv-gespannter Ton hielt mich davon ab.

„Dass Nine kommt ist mir nicht neu! Gerson versorgt doch Fango, stimmt was nicht?"

„Wie man's nimmt", sagte Tom. „Ich meine nur, vielleicht solltet ihr beide mal wieder zusammen in den Stall kommen."

Was wollte er mir damit sagen, war das ein Wink mit dem berühmten Zaunpfahl?

„Ich habe keine Lust, Gerson und Tissa beim Longieren und *Schnürleschwingen* zuzuschauen", sagte ich missmutig.

Ich nahm Toms gekünsteltes Hüsteln als sicheres Zeichen, dass ich seine Anspielung richtig verstanden hatte. „Meinst du die Bodenarbeit, die sie mit Iris trainieren wollen?", fragte Tom.

Ich nickte. „Longieren ohne Trense, Ausbindezügel und Longierpeitsche, nur mit einem langen Strick und diesem Knotenhalfter, mit dem man angeblich Wunder an Gefügigkeit erzielt, genau das meinte ich." Gerson hatte mir einen langen Vortrag darüber gehalten.

„Du tust ihr unrecht", sagte Tom. „Nur weil sie rassig aussieht und anders reitet als du, kannst du ihr den Pferdeverstand nicht absprechen."

„Sie reitet besser als ich?" Woher wollte er das wissen? Ihre drei Pferde gingen doch alle lahm und waren sonst irgendwie krank, reiten konnte sie jedenfalls keines von ihnen. Ob sie am Ende Fango drangsaliert hatte? Natürlich, das hatte sie! Endlich hatte ich eine Erklärung dafür, warum Fango bei mir so unrittig war. Es war ihre harte Hand und statt mit Kreuz und Schenkeln zu reiten, riegelte sie Fango mit der Hand nach unten und hielt ihn dort fest. Ein sensibles Pferd vergaß eine solche Behandlung nicht und es dauerte manchmal wochenlang, bis das Vertrauen wieder hergestellt war.

Fiel mir jetzt auch noch Tom in den Rücken? Er musste doch gemerkt haben, dass Tissa eine harte Hand hatte?

„*Besser* habe ich nicht gesagt, Vera! Anders – sie reitet anders als du! Und sie hat sogar einen Bodenarbeitskurs bei Iris Klein organisiert. Ich weiß, dass sie als junges Mädchen schon viel mit Pferden zu tun hatte."

„Ach nee! Woher denn?"

„Erzähl ich dir ein andermal."

Ich konnte es nicht glauben, es wurde immer schöner! Niemand anderes als Tissa hatte den Pat-Parelli-Kurs bei Iris gebucht! Und Gerson hatte mir nichts davon gesagt, auch nicht, dass er Tissa erlaubt hatte, Fango zu reiten! Ich fühlte mich hintergangen und ausgeschlossen, aber gerade heute verspürte ich keine Lust, mich darüber zu ärgern. Heute kam Nine, und Tissa könnte sich auf den Kopf stellen, ich würde mir von ihr meine Freude nicht verderben lassen.

Um 14 Uhr hängte ich ein Schild an die Tür des Reisebüros. „Wegen Krankheit geschlossen. Morgen sind wir wieder für Sie da!" Nine war auf dem Weg und wenn Iris sich für vier Uhr nachmittags ange-kündigt hatte, dann stand spätestens fünf nach vier der Hänger auf dem Hof.

Es wurde zehn nach vier. Und dann konnte alles nicht schnell genug gehen. Wir nahmen uns nicht einmal die Zeit, uns zu umarmen, denn kaum hatte Iris den Motor abgestellt, stampfte Nine mit den Hufen und wieherte herzzerreißend.

„Langsam!", mahnte mich Iris, als wir die Klappe herunterließen. Nine drückte mit dem Hinterteil so heftig gegen die Absperrstange, dass ich den Bolzen nicht herausziehen konnte.

„Warte, ich mach den Strick los", sagte Iris und

kletterte in den Hänger. „Jetzt!"

Nine verlagerte ihr Gewicht nach vorne, der Bolzen löste sich und ich hob die Stange in die Höhe. Ich stemmte mich gegen ihr Hinterteil, um sie daran zu hindern, zu schnell die Rampe hinunter zu donnern. Vergebens!

„Spring zur Seite, Vera, sie schafft es alleine!"

Die Rampe knirschte unter ihren Hufen, dann stand sie mit steifen Beinen auf dem Hof und schüttelte sich. Das Weiße blitzte in ihren Augen, sie drehte sich um und galoppierte unter Getöse Richtung Hoftor. Der Anbindestrick, der am Halfter befestigt war, flatterte wie eine aufgedrehte Fahne hinter ihr her; das war gefährlich, denn wenn sie darauf trat, konnte der plötzliche Ruck sie in Panik versetzen und stürzen lassen.

„Nine!" Bange Millisekunden, die sich ins Unendliche dehnten, dann geschah ein Wunder. Kurz vor dem Hoftor legte sie einen Stopp hin, der einem Westernpferd alle Ehre gemacht hätte. Sie drehte sich um, reckte ihren Hals in die Höhe und schnupperte. Ich ging auf sie zu, in ihren wachen Augen lag keine Spur von Panik. Dann blieb ich stehen und senkte meinen Kopf, mein Herz klopfte vor Freude.

„Komm her, meine Gute. Nine-Days-Wonder, meine Nine, du bist wieder zu Hause."

Schritt für Schritt kam sie auf mich zu. Sie erkennt mich, dachte ich und um mich herum versank die Welt. Den letzten Schritt musste ich tun, so war es immer gewesen, und so würde es immer sein, sie hatte sich nicht verändert. Dann endlich fiel ich ihr um den Hals.

Lauter Beifall schreckte uns aus unserer Seligkeit auf. Tissa, ihre Reitbeteiligungen, Gerson und Tom – uns empfing ein richtiges Begrüßungskomitee.

„Willkommen auf dem Leierhof!" Tissa schob einen Sack Bio-Dyn-Futter auf einer Sackschubkarre zu uns. „Mein Begrüßungsgeschenk für Nine. Du willst doch sicherlich nur das Beste für dein Wunderpferd!" Ich rang mir ein verkrampftes Lächeln ab. Bevor ich die Analyseergebnisse hatte, würde ich Nine bestimmt nichts davon zu essen geben, das schwor ich mir.

„Als Zuchtstute macht sie eine gute Figur! Wenn du sie mal verkaufen willst ...", sagte eine der Frauen, die sich mit „Tamara", vorstellte. Sollte das etwa ein Kompliment sein? Wie kam sie darauf, dass ich Nine jemals würde verkaufen wollen? Die stämmige Frau im blauen Arbeitsoverall hatte mit Sicherheit meinen entrüsteten Gesichtsausdruck bemerkt und jetzt wollte sie wieder etwas gutmachen.

„Ist sie wirklich eine Nerwa Tochter?", fragte sie fast ein bisschen zu freundlich.

„Das sieht man doch", sagte ich und es klang schnippischer als beabsichtigt.

„Jetzt aber ab in den Stall mit dir!" Darauf hatte Nine nur gewartet. Sie setzte sich sofort in Bewegung und tänzelte eine halbe Pferdelänge vor mir her. In der Box, deren saubere Komfortausstattung nichts zu wünschen übrig ließ, wälzte sie sich krachend und schnaubend im frischen Stroh, dann stemmte sie sich in die Höhe, schüttelte prustend den Staub von sich und steckte ihre Nase in den Heuberg, der ihr bis zum Sprunggelenk reichte. Sie fühlt sich wohl bei uns auf dem Leierhof, dachte ich. Und auf einmal war es mir, als ob eine schwere Last von mir abfiele. Es war wie am Tag, als ich Nine gekauft hatte und wir zusammen auf den Leierhof gekommen waren. Ich fühlte mich so glücklich, dass mir die Augen feucht wurden.

Iris kam zu mir und wollte mir den Arm um die Schulter legen. Doch ich drehte mich um, weil ich meiner Reitlehrerin nicht meine Tränen zeigen wollte und schmiegte meine Wange an Nines Hals.

„Morgen fangen wir mit dem Training an", sagte Iris und ich war froh, dass nur Nine etwas von meiner Rührung mitbekommen hatte.

12

Am nächsten Morgen wollte ich mir zuerst eine Reitstunde auf Fango geben lassen, um ein paar Tipps von Iris zu bekommen, als ich ein Auto auf den Hof rollen sah. Es hielt vor Toms Wohnung. Ein Mann und eine Frau in Zivil stiegen aus, aber die energische Art, wie sie an der Tür klingelten, ließ bei mir alle Alarmglocken schrillen. Tom öffnete und die beiden traten ein.

„Kriminalpolizei?", murmelte ich mit einem unguten Gefühl im Bauch. Massimo, durchfuhr es mich, ein Autounfall oder ein Flugzeugabsturz? Ich hatte den ganzen Nachmittag nicht an ihn gedacht, weil ich mit Nine beschäftigt war und nicht einmal Zeit gehabt hatte, Gerson und Iris von den unheimlichen Vorfällen im Büro zu berichten.

Mit klammen Schritten führte ich Fango zur Halle, da stellte sich mir Tom breitbeinig in den Weg; er sah hundeelend aus, konnte es sein, dass der Hüne zitterte? Die beiden Besucher standen dicht hinter ihm. Also doch Massimo, durchfuhr es mich, aber woher wussten sie, dass ich hier im Stall war und was wollten sie von mir?

„Oberkommissar Töpfer, meine Kollegin Flora Schandin", sagte der Mann. In seiner beigen Freizeitjacke, deren Reißverschluss halb offenstand und seiner ausgebeulten schwarzen Jeans sah er wie das Klischee eines Fernsehkommissars aus und seine Halbglatze deutete auf einen Mittfünfziger hin. Die Frau schätzte ich auf mein Alter, Anfang dreißig. Sie trug enge Jeans und ein gutsitzendes olivgrünes T-Shirt mit V-Ausschnitt. Sie hatte ihr schulterlanges, blondes Haar zu vielen verfilzten Rastazöpfen geflochten und zu einem dicken Pferdeschwanz zusammengebunden. An der Außenseite ihrer linken Ohrmuschel glänzten vier silberne Stecker. Sie gibt bestimmt Hip-Hop-Kurse in der Jugendstrafanstalt, dachte ich und die Kids tun alles, um so lange wie möglich drin zu bleiben. Er gab mir die Hand. „Kripo Heidelberg. Vera Roth, nehme ich an?"

Der Kommissar hatte einen zupackenden Händedruck, und ich war froh, als er meine Hand losließ und ich meine Finger unauffällig wieder in Form schütteln konnte.

„Wir haben ein paar Fragen an Sie", sagte der Kommissar. „Wo können wir ein paar Worte reden?"

Tom deutete auf das Reiterstübchen. „Es ist zwar nicht geheizt, aber dafür seid ihr dort ungestört."

Mein Herz klopfte bis zum Hals. Iris nahm mir Fangos Zügel aus der Hand.

„Vielleicht will Tissa wieder reiten", sagte sie.

„Dann muss er nicht gesattelt rumstehen. Komm nach, wenn du hier fertig bist, Vera.“

Tissa hatte Fango also tatsächlich geritten, dachte ich ärgerlich, aber ich war froh, dass Iris ihr heute dabei zuschauen würde. Dann konnte sie sich selbst ein Urteil bilden. Iris würde mit ihrer Meinung nicht hinterm Berg halten, wenn sie etwas auszusetzen hatte und ich musste mir nicht die Zunge verbrennen.

Tom hielt die Tür zum Reiterstübchen auf, wo es kühl und ziemlich duster war. Niemand knipste das Licht an. Meine warme Jacke hing im Spind, aber ich traute mich nicht, sie zu holen; die feuchte Kühle kroch mir unters T-Shirt und ich verschränkte meine Arme vor der Brust. Noch während ich unschlüssig am Tisch stand, fingen die beiden an, meine Personalien aufzunehmen.

„Wollen Sie sich nicht setzen?“, fragte der Kommissar; Tom rückte mir einen Stuhl heran. Er fuhr sich mit der Hand über die Stirn, er schien zu schwitzen, obwohl es in dem Raum immer eisiger wurde.

Die Kommissarin ließ ihren Kuli auf das Formular fallen und schaute mich durchdringend an. „Sie sind die Angestellte von Massimo Auditi, seine einzige, wie wir wissen. Wir müssen Ihnen mitteilen, dass Ihr Chef heute Morgen auf der Raststätte Bruchsal in seinem Wagen tot aufgefunden wurde. Frau Roth, wo waren Sie in den letzten drei Tagen?“

Wie? Massimo war tot? Mein Chef Massimo? Ich schluckte. Eiseskälte kroch von meinen Zehenspitzen über die Beine bis in meinen Bauch.

„Warum?" Mehr brachte ich nicht heraus. Warum Massimo tot war, hatte ich wissen wollen, doch die Beamtin verstand meine Frage vollkommen falsch.

„Haben Sie ein Alibi?"

„Um Gotteswillen, es war doch nicht etwa Mord?"

„Das wissen wir nicht. Also, wo waren Sie?"

Ich brauchte nicht lange zu überlegen. „Nichts Besonderes, ich war die ganze Zeit im Büro und ein paar Mal im Stall und abends habe ich mich mit meinem Freund gestritten."

„Worüber?"

„Wie bitte?"

„Worüber Sie sich mit Ihrem Freund gestritten haben? Würden Sie uns bitte seinen Namen sagen?"

„Gerson King", sagte ich missmutig. „Wir streiten uns darüber, wer den Abwasch macht. Er will einfach keine Spülmaschine kaufen." Der Scherz war ein bisschen abgeschmackt, kein Wunder, dass niemand darauf einging.

„Was haben Sie im Reisebüro gemacht? Hat Ihnen Ihr Chef gesagt, was er vorhatte?"

Ich schloss für einen Moment die Augen. Da war der unheimliche Einbruch und dann kam die Mistattacke. Aber Massimo hätte mit der Polizei darüber nicht reden wollen und es wäre unfair gewesen, wenn ich jetzt davon angefangen hätte. Und da war diese E-Mail auf Massimos PC. Und er hatte irgendetwas wegen seiner Finanzen regeln müssen.

„Hallo?" Die Polizistin stieß mich an der Schulter an. Hätte sie mich doch in Ruhe nachdenken lassen, irgendetwas war gerade dabei, die Schwelle meines Bewusstseins zu überschreiten, eine schwarze Kugel oder ein zusammengeknülltes Papier, aber jetzt war es weg, für immer möglicherweise.

„Herr Auditi war Reiter?"

„Er hatte zwei Pferde, aber vor einem Jahr musste er sie verkaufen", sagte ich.

„Warum?"

„Weil er eine Pferdhaarallergie hatte, er konnte nur noch ausreiten. An der frischen Luft war der Husten nicht so schlimm."

„Und sein Geschäft? Wie lief das Geschäft?"

„In letzter Zeit wieder besser. Er wollte ein neues Reiseland erschließen – Norwegen, wegen der frischen Luft, wissen Sie." Für Norwegen interessierte sich die Polizistin nicht, das merkte ich sofort.

„Wie lange war Herr Auditi schon im Reisegeschäft tätig?", wollte sie wissen.

„Als ich ihn kennenlernte, hatte er das Büro gerade aufgemacht", sagte ich.

„Und davor – wo hat er gearbeitet?"

„Keine Ahnung, da kannte ich ihn doch noch gar nicht." Es stimmte wirklich, über Massimos Vergangenheit wusste ich so gut wie nichts, er hatte mir nichts erzählt und ich hatte ihn nie nach seinem Vorleben ausgefragt. Ich arbeitete schon drei Jahre lang mit Massimo Auditi zusammen und musste mir auf einmal eingestehen, dass ich ihn so gut wie nicht kannte.

„Fällt Ihnen sonst noch etwas ein?"

„Ja, er hat mir gesagt, er müsse etwas mit seinen Finanzen regeln."

„Wann?"

„Na, bevor er verschwunden ist."

„Haben Sie sich nicht gewundert, dass er drei, vier Tage lang nicht auftauchte?"

„Doch, natürlich."

„Und warum haben Sie nicht die Polizei verständigt?"

„Es war mir nicht geheuer, das schon. Aber es kam öfter vor, dass Massimo eine Dienstreise machte. Außerdem war ja auch noch Wochenende. Und ich hatte ziemlich viel privaten Kram um die Ohren. Heute habe ich meine Arbeit erledigt und bin dann schnell in den Stall gefahren, weil mir mein Pferd gebracht wurde. Wenn er morgen nicht gekommen wäre, hätte ich ..."

Eigentlich wollte ich noch erzählen, dass ich mich im Reitsportgeschäft Vordermann nach ihm erkundigt hatte, doch die blonde Polizistin mit dem Filzkopf unterbrach mich schon wieder: „Wenn ich Sie recht verstehe – Ihr Pferd war Ihnen wichtiger als das Verschwinden Ihres Chefs?"

Diese Logik erschien mir ziemlich spitzfindig. Was hätte ich dazu sagen sollen? Ich zuckte wortlos die Achseln. „Ich wusste ja nicht, dass er verschwunden ist!", versuchte ich mich zu rechtfertigen.

„Schon gut! Können Sie sich an irgendjemanden erinnern, der in das Reisebüro kam?"

„Ein paar italienische Kunden. Und ..."

„Was und?"

„Nein, nichts." Der *Green-Orange-Man*, lag auf der Zunge, Hansi Helm. Nein, lieber nicht! Warum sollte ich ihn anschwärzen? Der Banker hatte bestimmt nichts mit Massimos Verschwinden zu tun und ich wollte es mit ihm nicht verderben. Gerade jetzt nicht; wo ich so knapp bei Kasse war, vielleicht konnte ich seine Hilfe noch einmal brauchen. Aber vielleicht interessierten sich die beiden für die E-Mail, mit der sich Massimo mit einem Kunden verabredet hatte? Doch gerade als ich davon anfangen wollte, standen die Polizisten auf.

„So, das wär's für heute. Möglich, dass wir Sie noch einmal interviewen müssen. Halten Sie sich bitte bereit. Und noch etwas: Wir müssen demnächst das Reisebüro versiegeln, Sie können Ihre privaten Sachen holen." Der Kommissar ließ mich wieder in den Genuss seines kräftigen Händedrucks kommen, dann verließen sie das Reiterstübchen. Tom begleitete die Polizisten zur Tür, während ich benommen am Tisch sitzen blieb und meine rechte Hand knetete.

„Einen Augenblick, bitte", rief ich den beiden nach. „Woher wussten Sie eigentlich, dass ich hier im Stall war?"

Der Kommissar blieb in der Tür stehen: „Wir haben unsere kleinen Geheimnisse", grinste er. Flora Schandin winkte mir ein Adieu zu, aber freundlich wirkte es nicht.

„Ich hole uns erst mal einen Kaffee", sagte Tom. Es dauerte nicht lange bis er zwei Tassen mit rabenschwarzem Espresso vor uns hinstellte. „Massimo! Der arme Kerl! Jetzt auch noch das! Zuerst die verdammten Koliken und Unfälle und jetzt vielleicht noch ein Mord!", seufzte er.

Ich schüttelte mich vor Kälte. Mir war, als ob sämtliche Finger und Zehen taub würden. Ich schüttete das schwarze Gesöff in einem Zug hinunter; der Espresso brachte meine Lebensgeister allmählich wieder in Schwung und mit ihnen kam das blanke Entsetzten.

„Meinst du wirklich, Massimo ist ermordet worden?" fragte ich.

„Wenn jemand tot auf einem Parkplatz mit einer Schusswunde im Genick gefunden wurde?"

„Was? Genickschuss? Das haben mir die Polizisten nicht gesagt!"

„Ich glaube, sie wollten erst einmal überprüfen, ob du als Täterin in Frage kommst."

„Ich? Warum sollte ich meinen Chef hinterrücks umbringen, von dem ich finanziell abhänge?"

„Siehst du, da hast du es schon!"

„Was habe ich? Tom, deine Logik ist mir zu hoch. Wenn du mich fragst, was hinter diesen krummen, schrecklichen Dingen steckt, dann ..." Ich schwieg betreten.

Mir wurde auf einmal klar, dass ich nicht nur um meinen Chef Massimo trauerte, sondern auch selbst ziemlich tief im Morast steckte. Jetzt stand ich vielleicht sogar unter Mordverdacht.

„Ich hab keinen Job mehr!"

Tom nickte und vergrub das Gesicht in den Händen. „Mörderisches Schicksal!"

In diesem Augenblick klopfte es an der Tür. Die beiden Polizisten! Wollten sie mich jetzt schon verhaften?

„Frau Roth, wären Sie eventuell bereit, Ihren Chef zu identifizieren? Wie es scheint, hat er keine nahen Verwandten hier in Heidelberg, Sie sind die einzige, die ...". Ich nickte mechanisch, obwohl ich am liebsten Nein gesagt hätte.

„Gut, dann melden wir uns bei Ihnen."

Ich schaute auf die Uhr. Die Reitstunde hatte ich verpasst, ich war richtig froh, dass ich nicht mehr zuschauen musste. Was hätte ich denn von Tissas Vorführung lernen können? Ich griff in meine Westentasche, aber statt eines Papiertaschentuchs, das ich dringend für meine laufende Nase benötigte, stieß ich auf einen zusammengeknüllten Zettel.

„Eine Rechnung?", fragte Tom mitfühlend.

„Nein, ein Geschenk von Tissa."

„Von unserer Hof-Astrologin?"

„Ich dachte, sie ist unsere neue Futterlieferantin?"

„So würde ich sie nicht nennen. Sie sorgt eher für

Futterergänzungsmittel", sagte Tom.

Ich faltete das Papier auseinander und strich es glatt. Stier stand auf dem Zettel, es stimmte, ich hatte im Mai Geburtstag.

„Es ist mein Tageshoroskop. Woher weiß sie eigentlich mein Sternzeichen?" Von Gerson, dachte ich und fühlte einen schmerzhaften Stich im Herzen.

„Lies vor", sagte Tom, es klang wie ein Kommando.

„Okay, auf deine Verantwortung." Ich las langsam und stockend; ich brauchte dringend eine Lesebrille, aber wann hätte ich denn bei all dem Trubel zum Optiker gehen sollen?

„Scheint Ihnen der heutige Tag beschwerlich? Vermutlich stoßen Sie auf Hindernisse und müssen diese mühsam aus dem Weg räumen. Ihr Vorgehen hat Konsequenzen."

„Und was sagst du dazu?", fragte Tom.

„Keine Ahnung", sagte ich.

13

Irgendjemand war vor mir die Treppe hinaufgegangen, und dieser Jemand hatte eine wahre Duftschneise in unseren Hausflur gelegt. Der Duft war mir nur zu bekannt, die Männer in meiner näheren Umgebung schienen sich mit keinem anderen Parfüm mehr zu besprühen. Und das bei meinem Faible für Stallgeruch! Hansi und Tissa, ob Gerson sie wirklich zum Essen eingeladen hatte? Ausgerechnet heute, wo ich unbedingt mit ihm reden musste! Ich befürchtete das Schlimmste. Aber aus der Küche drangen keine Essensdüfte zu mir und im Wohnzimmer blieb es merkwürdig still.

Gerson lag auf dem Sofa und hielt sich ein Buch vors Gesicht.

„Hallo?"

Ein leises Knurren, eine Hand löste sich vom Buch, wurde gestreckt und in die Senkrechte gehalten – war das vielleicht ein Begrüßungswinken?

„Warst du das eben im Treppenhaus?"

Gerson schaute mich aus schmalen Augen an. „Ich bin nicht durchs Fenster geflogen."

„Ich meine diesen Ger…, äh – deinen Duft?"

„Es ist *Green Orange,* gefällt es dir*?* Es hat so was Frisches und Optimistisches, findest du nicht?"

Mir blieb dieser sogenannte Duft in der Nase stecken und reizte mich zum Niesen wie ein aufkommender Schnupfen. Was war daran optimistisch? Ich versuchte, die Schrift auf dem Buchrücken zu entziffern und buchstabierte: *Half Broke Horses.* Die Autorin kannte ich nicht. Ob sich Gerson auf seinen nächsten USA-Besuch vorbereitete und Fotos auf einer Ranch schießen wollte? Dazu passte auch das rote Bandanna, das er sich neuerdings um den Hals gebunden hatte.

Ich beugte mich zu ihm um ihn zu küssen, doch er drehte seinen Kopf weg, so dass ich nur seine Wange streifte; ich fuhr wie elektrisiert zurück, meine Nasenschleimhaut hatte mit heftigen Stichen reagiert.

„Dieses *Green Orange* scheint gerade *in* zu sein! Ich kenne da noch einen, der es trägt."

Gerson schaute mich verblüfft an, dann sagte er: „Bestimmt weil es so spontan und unkonventionell duftet."

Duft und spontan, wie ging das zusammen? Eigentlich überhaupt nicht, aber ich durfte jetzt nicht an Wörtern kleben bleiben. Gerson hasste Wortklaubereien und ich würde nur unnötig Porzellan zerschlagen. Ich musste mit ihm reden, sagen, dass Massimo tot war, vielleicht wusste er es ja schon von anderen, aber das machte nichts, dann würde er gleich verstehen, dass meine berufliche Zukunft zappenduster aussah, schwärzer als je zuvor. Doch Gerson hielt sich das Buch vor die Nase und fragte, ohne den Schmöker aus der Hand zu legen: „Warst du bei Fango?"

„Ja, ich erzähle es dir, wenn ich geduscht habe. Es gibt etwas Neues!" Das war tiefgestapelt, doch ich durfte nicht mit der Tür ins Haus fallen; ich würde gleich noch einen Tee machen und dann würde ich mit den Schreckensnachrichten kommen. Schön langsam und alles der Reihe nach.

„Bei mir auch, ziemlich viel Neues sogar", sagte Gerson und streckte sich genüsslich auf dem Sofa aus. „Muss grade noch das Kapitel zu Ende lesen. Tissa hat mir den Roman geliehen. Ist ein richtiger Seitenfetzer."

Wortlos drehte ich mich um, hinter mir schlug die Wohnzimmertür zu.

Was ich auf der Badezimmerkonsole stehen sah, gab mir zu denken. Hier lag vermutlich der Schlüssel zu Gersons eigenartigem Verhalten! In dieser Flasche, die aussah wie eine gläserne Raketenbasis, schimmerte eine metallisch-grüne Flüssigkeit – ein Aftershave? Ich öffnete die silberne Kappe, schnüffelte kurz daran und machte sie schnell wieder zu. Was in meine Nase stieg, verursachte mir Übelkeit – ein Geruch nach grünem Apfel und Orange und Patschuli! Das alles verbreitete diese männlich-herbe Mischung, die mir den Atem raubte. Bis jetzt hatte Gerson mit Nivea-Duschgel geduscht und die rote Speik-Seife benutzt! Nein, Aftershave war das nicht! Es war Green Orange, das Tissa großzügig an alle Männer in meiner näheren Umgebung verteilte.

Die heiße Dusche brachte mich wieder zur Besinnung. Warum sollte sich ein Mann nicht auch mal ein Parfüm gönnen?, dachte ich. Ein Mann vielleicht schon, aber *mein* Mann? Na ja, wir waren nicht verheiratet. Das Problem lag woanders. Er hatte sich die Flasche ja nicht selbst gekauft!

Ich legte den Kopf in den Nacken und ließ mir das Wasser über das Gesicht rinnen, dann drehte ich mich um und blieb einfach unter dem Strahl stehen. Ich hatte das Gefühl, mich von Grund auf zu reinigen, alles Schreckliche perlte von mir ab und versank röchelnd im Abfluss.

Und dann durchfuhr es mich wie ein Blitz, ich hatte die Lösung meiner Probleme gefunden: Wir würden Fango verkaufen. Nine war wieder bei uns und Alles Paletti würde auf den Leierhof kommen, sobald sein Husten vorbei wäre – dann konnten wir uns drei Pferde wirklich nicht mehr leisten. Natürlich! Warum war ich nicht gleich darauf gekommen! Dass wir Fango damals übernommen hatten, war eine Notlösung gewesen, weil von heute auf morgen niemand mehr für ihn da war. Ich rubbelte mir meine nassen Haare trocken und war voller Tatendrang. Gerson würde mich verstehen, ich musste nur äußerst diplomatisch vorgehen und durfte auf keinen Fall mit der Tür ins Haus fallen. Zusammen würden wir es schaffen, dachte ich.

Neben der Green-Orange-Bottle stand mein knallroter Lippenstift, den ich schon lange nicht mehr benutzt hatte. Keine Ahnung, was plötzlich in mich fuhr, aber ich zog die Kappe ab und schrieb knallrot über den ganzen Badezimmerspiegel: I LOVE YOU MADLY und dann malte ich noch ein dickes Herz dazu.

„Massimo ist tot", sagte ich.

Gerson legte ein Lesezeichen in sein Buch und richtete sich auf. „Was sagst du? Massimo ist tot?"

Er schüttelte ungläubig den Kopf. „Aber, du hast doch gesagt, er wollte eine Dienstreise machen! War es ein Unfall?"

„Nein, Gerson, er ist erschossen worden!"

„Was? Wann? Und woher weißt du das alles?" An seiner Reaktion merke ich, dass er völlig ahnungslos war. Das wunderte mich, weil Tissa doch auch auf dem Leierhof gewesen war, als mich die Polizei verhört hatte. Anscheinend arbeiteten die Buschtrommeln doch nicht so schnell, wie ich annahm.

„Er wurde auf der Autobahnraststätte Bruchsal tot in seinem Wagen von der Polizei gefunden."

„Wann, heute?"

„Vor ein paar Tagen schon. Die Polizei hat den genauen Zeitpunkt seines Todes noch nicht ermittelt."

„Oh, Vera, das tut mir leid!"

Ich nickte und wusste nicht, wie ich weiter reden sollte. Mich überflutete eine Welle von Traurigkeit;

ich musste an Massimo denken, und stellte ihm mir vor, wie er blutüberströmt in seinem Auto lag.

„Ich habe es geahnt", sagte Gerson. „Es war doch wirklich merkwürdig, dass er so lange nichts von sich hat hören lassen."

Plötzlich musste ich daran denken, was mir Hansi über Tissa und Gerson zugetragen hatte. „Warst du heute Morgen mit Tissa unterwegs?", fragte ich.

„Ja! Für heute haben wir ein Alibi", lachte Gerson. Es soll witzig sein, dachte ich, aber mir war nicht zum Lachen zumute, ich wunderte mich nur, dass Gerson so unumwunden zugab, dass er sich heimlich mit Tissa getroffen hatte.

„Wir waren zusammen in der Mühle Gebert. Tissa wollte mir zeigen, wo sie das Bio-Dyn-Futter herstellen lässt. Sie hat die Rezeptur an die Mühle verkauft. Tissa holt die Mischung mit ihrem Minibus ab und füllt sie in die Original Bio-Dyn-Säcke um."

„Und warum hast du mir nichts davon gesagt?", fragte ich beleidigt.

„Hast du mich danach gefragt? Tissa interessiert dich doch nicht die Bohne", fügte er hinzu.

Schon wieder Bio-Dyn-Feed, dachte ich. Wenn ich jetzt nicht aufpasste, würde unser Gespräch eine falsche Richtung einzuschlagen und er würde mir wegen Tissa und ihrem Futter die Hölle heißmachen.

„Entschuldige Gerson. Mir geht es um etwas anderes. Ich habe dir einen Vorschlag zu machen. Heute ist Nine gekommen und Alles Paletti wird bald folgen.

Mein Vorschlag ist, dass wir für Fango einen neuen Besitzer suchen!"

Gerson sah mit leerem Blick auf den Couchtisch. Er schien zu träumen. „Was sagst du da?", fragte er tonlos.

„Ich komme mit Fango nicht mehr gut zurecht", sagte ich – so frisch, einfach und klar, wie ich immer nur nach einer belebenden heißen Dusche sprechen konnte. *I love you madly*, dachte ich, Gerson, bitte!

Ich schaute ihn von der Seite an, auf seiner Stirn zeigten sich tiefe Falten.

„Nine ist wieder da und ich werde kaum noch Zeit für Fango haben. Mit Bodenarbeit allein kannst du so ein Dressurpferd auf die Dauer nicht leistungsbereit halten." Gerson saß da, mit dem Zeigefinger an der Nase, den Blick nach innen gerichtet. Urplötzlich sprang er auf und stellte sich vor mich hin. Gerson hatte sich in einen Gewitterblitz mit nachfolgendem Donnerwetter verwandelt. Seine Augen sprühten Funken.

„NEIN!"

Ich zuckte zusammen.

„Nein! Hörst du? Fango wird nicht verkauft!"

„Aber...", stotterte ich, „drei Pferde! – die sind zu viel für uns, wir können sie nicht unterhalten!"

„Natürlich nicht! Ich habe mich mit Fango angefreundet, ich hätte nie gedacht, dass mir die Arbeit mit dem Pferd so viel Spaß macht. Ich nehme Reitstunden, ich habe mit Tissa darüber gesprochen. Alles Paletti musst du dir aus dem Kopf schlagen. Iris kann ihn bestimmt in der Schweiz gut verkaufen. Sein Vater Paletti war ein gekörter Freiberger Hengst, der viel Aufsehen erregt hat. Es wird nicht alles so heiß gegessen, wie es gekocht wird."

„Gerson, wie stellst du dir das vor?"

„Ganz einfach – schau doch in deinen Geldbeutel! Und wenn du Fango nicht mehr reiten willst, wegen Nine, was ich gut verstehen kann, – kein Problem! Tissa hat viele Ideen, wie sie ihn fördern will. Da du nicht mehr mit ihm arbeiten willst, passt es ja."

„Was? Wer? – Tissa? Du willst bei ihr Reitstunden nehmen und sie soll Fango reiten? Hast du sie über-haupt mal reiten sehen?" Ich hatte die Wirkung ihres Beritts gespürt, es war kein Wunder: Sporen, Schlaufzügel, riegeln mit der Hand, Gerte und immer wieder Druck! Druck! Druck!

„Was sagt eigentlich Iris zu Tissas Reitweise?", fragte ich.

„Iris?" Gerson lächelte zufrieden. „Das darfst du sie selbst fragen."

Mir blieb die Spucke weg, aber Gerson redete gleich weiter: „Tissa will zweimal die Woche mit ihm arbeiten. Das reicht, und ich trainiere ihn am Boden."

„Aber Gerson! Das geht nicht! Du weißt doch gar nicht, wie sie reitet!", sagte ich kleinlaut. Ich war den Tränen nahe; wie sollte ich Nine finanzieren? Angst, süßlich und ätzend vernebelte mir die Gedanken; ich wollte mich nicht mit Gerson streiten und ich wollte

Nine behalten und wusste nicht, wie ich beides gleichzeitig fertigbringen sollte.

„Doch! Sie ist schon zweimal draufgesessen und alle, die es gesehen haben, waren begeistert, und Iris und Tom haben sie gelobt."

„Und warum weiß ich nichts davon?"

„Du interessierst dich ja nur für deine Nine!" Er hatte den Finger in meine Wunde gelegt und jetzt wusste ich wirklich nicht mehr, was ich sagen sollte. Ich kämpfte mit meiner Empörung und gleichzeitig wusste ich, dass es stimmte: Nine war mir das Wichtigste, und ich würde alles tun, damit ich sie bei mir behalten konnte.

Gerson wich keinen Millimeter von seinem Tissa-Vorhaben ab. Daran war dieses verdammte Parfüm schuld, es veränderte die Hirnstruktur bei Männern, so penetrant wie es roch und Tissa hatte es ihm geschenkt. Diese Hexe, die mit allen Mitteln und Tricks arbeitete, um mir Gerson abspenstig zu machen. Und das rote Bandanna? Das war natürlich auch von ihr.

„Vera? Und weil wir gerade dabei sind ..."

„Was?", sagte ich mit tränenerstickter Stimme. War er etwa immer noch nicht fertig? Jetzt musste es kommen, etwas ganz Schreckliches, Unvorhergesehenes, Weltstürzendes, da war ich mir sicher.

„Vera, es tut mir leid – ich meine, es tut mir für dich leid – aber ich muss es dir sagen: Ich habe mich verliebt."

„In wen?", schluchzte ich, obwohl ich die Antwort

schon jetzt hätte buchstabieren können. Der Name hatte fünf Buchstaben.

„Tissa", sagte Gerson strahlend. Wie er dieses unselige Wort aussprach, „Tissa", mit einem ganz leichten Lispelton, der etwas rührend Liebevolles hatte.

„Das darf nicht wahr sein! Diese Hexe hat dir die *Orange-Bottle* geschenkt?"

Gerson nickte. Er griff nach meiner Hand, schnell zog ich sie weg, stand auf und verließ Türe knallend das Wohnzimmer. Im Schlafzimmer warf ich mich schluchzend aufs Bett und hieb mit beiden Fäusten auf mein Kopfkissen ein. Leise ging die Tür auf und Gerson stand vor mir, er hielt ein Buch in der Hand, das erkannte ich trotz meiner verquollenen Augen. Ich drehte mich um, weil er nicht Zeuge meines jämmerlichen Zustandes werden sollte, doch er setzte sich zu mir aufs Bett.

„Hör mal, Vera, was da steht: When God closes a door, he opens a window, but it's up to you to find it. "

Wahrscheinlich wollte er mich mit diesem bekloppten Spruch trösten, doch er erreichte das genaue Gegenteil. Am liebsten wäre ich ihm an die Gurgel gesprungen. Der Spruch stammte aus dem Buch von Tissa, meinte er etwa, ich wüsste das nicht? Was für eine Gemeinheit! Gerson verliebte sich in eine andere und wagte es, mir zu sagen, Gott habe eine Tür geschlossen? Hallo? Ich musste schleunigst den Badezimmerspiegel reinigen, bevor er meine rote Liebeserklärung las, die jetzt einer Gefühlsverirrung gleichkam. Meine Tränen flossen wie Sturzbäche und mich schüttelte ein zorniger Heulkrampf nach dem anderen.

14

Am nächsten Morgen packte ich wie immer meine Tasche, um ins Büro zu gehen. Gerson saß noch beim Frühstück.

„Wo willst du denn hin?", fragte er hinter seiner Zeitung hervor.

Ich stellte meine Tasche auf einen Stuhl und strich mir die Haare aus der Stirn. Da fiel es mir wie Schuppen von den Augen. „Ich kann ja gar nicht ins Büro! Das hat die Polizei abgeschlossen!"

„Ganz schön durch den Wind!", sagte Gerson kopfschüttelnd. „Du bist arbeitslos."

Ich setzte mich und griff nach der Kaffeekanne. Sie war leer, abgesehen von einer fingerbreiten Schicht Kaffeesatz. Enttäuscht stellte ich die Kanne zurück. Ich war arbeitslos und Massimo war tot und es gab keinen Kaffee mehr und Gerson liebte eine andere! Was sollte denn noch alles über mich hereinbrechen?

„Soll ich noch mal frischen machen?", fragte Gerson. Er stand auf, öffnete den Küchenschrank, sah hinein und setzte sich wieder. „Sorry! Kaffeepulver ist alle."

Die Bohnen im Automaten reichten gerade noch für einen kleinen Espresso. Ich löffelte Zucker in die Flüssigkeit, die gar nicht so verlockend duftete, wie an anderen Tagen und rührte langsam um.

„Was willst du jetzt machen?", fragte Gerson und steckte seinen Kopf gleich wieder hinter die Zeitung.

„Keine Ahnung, was kümmert es dich? Erst mal nachdenken wahrscheinlich."

Mistkerl, dachte ich. Aber Zeit zum Nachdenken hatte ich ja! Ich hatte jede Menge Zeit, mit der ich machen konnte, was ich wollte. So gesehen hatte meine Arbeitslosigkeit auch etwas Positives; wenn andere Leute über ein Leben ohne Sinn klagten, nicht mehr aus dem Bett kamen und nicht wussten, was anzufangen, nur weil sie morgens um 8 Uhr nicht mehr an ihrem Schreibtisch im Büro sitzen durften, hatte ich endlich wieder genug Zeit für Nine. Aber freuen konnte ich mich nicht darüber. Dass Massimo ermordet worden war, änderte für mich alles, wie hätte ich da unbeschwert zum Reiten gehen können? Ich bin ihm etwas schuldig, dachte ich.

„Viel Erfolg", sagte Gerson und stand auf.

„Wofür?"

„Für's Nachdenken. Aber misch dich nicht in anderer Leute Angelegenheiten, komme bloß nicht auf die Idee, dass du einen Mordfall lösen kannst!"

„Schon klar."

„Bis heute Abend", sagte er, aber bevor ich die Wohnungstür zufallen hörte, kam er noch mal zurück. „Heute um 10 Uhr beginnt der Kurs bei Iris, du brauchst Fango nicht zu reiten, du musst dich nur um Nine kümmern."

„Danke für die Info", sagte ich kühl. Iris würde Tissa eine Reitstunde auf Fango geben und Bodenarbeit mit Gerson machen, da brauchten sie keine Zuschauer. Es war mir nur recht, ich hatte Wichtigeres zu tun. Verdammt noch eins, ich war Massimo etwas schuldig. Ich durfte nicht einfach die Hände in den Schoss legen und die beiden Polizisten mit den Ermittlungen alleine lassen. Und mich in Selbstmitleid zu suhlen kam schon gar nicht in Frage. Gerson würde schon selber sehen, was er sich mit dieser *FÜNF-BUCHSTABEN*-Tussi eingebrockt hatte.

Sie waren nicht von der schnellsten Truppe, und wenn ich Glück hatte, dann hatten sie Massimos Computer noch nicht beschlagnahmt. Ich kannte sein Passwort, also konnte ich mich von meinem Laptop aus einloggen. Vielleicht verbarg sich irgendwo in seiner Post ein Hinweis, mit wem sich Massimo dort auf dem Parkplatz getroffen hatte.

Ich stellte mein Laptop auf den Küchentisch und fuhr es hoch. Massimo hatte denselben Provider wie ich, da kannte ich mich aus, ich musste nur sein Passwort eintippen, das hatte ich schon öfter getan. Das Passwort ...? Ich hatte es vergessen, es war weg, einfach so. Kein Grund zur Panik, meistens wählten die Leute die Namen ihrer Haustiere. Und Reiter? Na klar, die nahmen die Namen ihrer Pferde. Sämtliche

Pferdenamen, die ich vom her Leierhof kannte, trab-
ten durch mein Gehirn. Taxos, Nerwa, Windspell –
nichts regte sich in meinen Gehirnzellen. Ein hüb-
scher, schwarzbrauner Russenwallach, Myboy? Nein,
der gehörte Liberty und war ein Haffi, Mörike? Nein,
auch nicht – aber M – irgendetwas mit M. Nicht Massimo, natürlich nicht, aber so ähnlich. Megalo? Nein,
aber ganz nah dran: Magalo! Ja, genau, so hieß sein
erstes Pferd. Mit diesem Passwort ließ sich das Mail-
Programm problemlos öffnen. Unter den Nachrichten
von Kunden und ihren Bewertungen von Reisen
stach eine neue, ungelesene Mail heraus, wieder ohne
Betreff. Ich atmete schneller: „Es reicht nicht. Schicke
mehr, sonst muss ich mir etwas anderes überlegen,
Nanina."

Nanina? Ob es ihr richtiger Name war? Was wollte
sie von ihm, Geld? Massimo war nicht verheiratet, das
wusste ich und die Beamten hatten es auch gesagt. Er
war ein typischer Junggeselle, ganz mit seinem Beruf
verbunden. Und ein richtiger Pferdenarr, aber ohne
Glück. Magalo hatte zu husten angefangen und Massimo kaufte Karla, eine zierliche Schimmelstute zum
Ausreiten, während sich Magalo mit Nine auf der
Koppel vergnügte. Damals machte Massimo einen
gehetzten und unglücklichen Eindruck, ich hatte es
auf seine notorischen Geldsorgen und diese lästige
Pferdehaarallergie geschoben, die ihn, kaum hatte er
Karla im Stall stehen, befallen hatte. Aber jetzt schien
es mir beinah so, als ob er von jemandem erpresst

worden wäre. War diese Nanina vielleicht das mörderische Schicksal, von dem er sich verfolgt gefühlt hatte?

15

Tissa wollte ich im Stall lieber nicht treffen, und schon gar nicht wollte ich sie mit Gerson zusammen sehen. Ich konnte es nicht ertragen, wie sie ihn umgarnte und ihm Honig um den Bart strich. *Du bist ein echter Pferdemann, du hast Pferdeverstand, wie einfühlsam du mit dem Knotenhalfter umgehst, die Pferde verstehen dich* und was sie ihm sonst noch alles sagte – es war einfach lächerlich und ich wollte es nicht mehr hören.

Sie schmeichelte seiner Eitelkeit, war es das? Oder hatte er sich in ihren kleinen spitzen Busen verguckt, der sich unter ihrem hautengen T-Shirt wölbte und in ihre schmalen Hüften, die in karierten Stretch-Reithosen steckten und so knapp saßen, dass sie den gepiercten Bauchnabel hervorblitzten ließen. Ihre schwarzen, kurzgeschnittenen Haare zogen ihn bestimmt nicht an, denn Gerson stand auf Blond und auf Brünett, das war meine Haarfarbe.

Ich konnte mir also Zeit lassen und den Umweg über Babettes Gärtnerei nehmen. Babette war die Besitzerin von Elan, den Doktor Abnemer vor kurzem hatte einschläfern müssen. In ihrer Gärtnerei kauften die Leierhöfler frisches Obst und Gemüse und man traf immer jemanden zum Austauschen von überlebenswichtigen Stall-Infos.

„Hi Vera!" Mascha hielt eine frische Knoblauchknolle am grünen Stängel wie ein Zepter in die Höhe. Ob sie einen Vampir hinter mir entdeckt hatte? Neben ihr stand Marlen, unsere frühere Nachbarin und suchte sich rotbackige Äpfel aus einem Korb aus.

„Wir sehen uns bald wieder öfter", sagte Marlen. „Ich will mir ein Pferd kaufen."

Wie will sie das Pferd wohl finanzieren, fragte ich mich, da sagte sie: „Du bist arbeitslos, habe ich gehört?"

„Die Buschtrommeln funktionieren wieder mal, scheint mir?"

„Tom hat uns erzählt, dass die Polizei da war", sagte Mascha.

„Massimo war so ein netter Kerl", sagte Marlen. „Er hat sich von meinem Ex immer die alten Vinylschallplatten ausgeliehen. Am liebsten hatte er *Rubber Soul* von den Beatles. Er kannte alle Texte auswendig. Bei *Norwegian Wood* wurde er immer ganz melancholisch."

„Die Polizei glaubt an Mord", sagte Mascha. Ich schluckte und nahm mir vor, keine Einzelheiten über die Gräueltat zu verbreiten.

„Hängst du da auch irgendwie mit drin?", fragte Mascha mit dem ihr eigenen Gespür für's Dramatische.

„Ich bin ab sofort arbeitslos, wenn du das meinst. Und Nine ist seit gestern wieder auf dem Leierhof!"

„Dann brauchst du bestimmt Geld?" Marlen hatte schon immer zuerst an das Naheliegende gedacht.

„Richtig. Und dringend einen neuen Job. "

„Da hätte ich einen Tipp für dich!"

Gerade in diesem Augenblick kam Babette zur Tür herein. „Hallo Vera, mal wieder beim Großeinkauf?"

„Eine muss ja unsere Vorräte auf Vorderfrau bringen", sagte ich. Vitamine in Form von Gemüse, Karotten und Äpfeln hielten sich eine Weile und waren obendrein sehr gut als Pferdeleckerlis zu verwenden. Während Babette die Karotten abwog, grübelte ich über Marlens Bemerkung nach. Ihr Ex-Mann Viko war Finanzbeamter; die beiden hatten sich in Sachen Geldanlagen gut ausgekannt.

„Macht fünf Euro".

Ich zählte das Geld auf den Ladentisch. „Sag mal, Babette, was war eigentlich mit deinem Elan?"

Sie schaute nach oben, als ob sich an der Decke dunkle Wolken zusammenzögen. „Ach Vera, es war so furchtbar, ich war die ganze Zeit dabei!"

„Woran ist er eigentlich gestorben?"

Babette zuckte hilflos mit den Schultern. „Es muss irgendeine heftige allergische Reaktion gewesen sein, sagt Doktor Abnemer. Sie hat eine schreckliche Kolik ausgelöst, da half nichts mehr."

„Hast du ihm das neue Futter von Tissa gegeben?"

„Ja, natürlich, das machen doch alle. Fast alle", setzte sie hinzu sie und schaute mich mit gerunzelter Stirn an. „Warum fragst du?"

„Das Plus, oder das einfache?"

„Das einfache Bio-Dyn-Feed. Warum?"

„Naja, ehrlich gesagt, ich trau dem Futter nicht."

Mascha, die sich hinter mir an der Kasse aufgestellt hatte, hatte unser Gespräch mitgehört. „Dem Futter oder Tissa?", stichelte sie.

„Beiden", sagte ich und steckte meinen Geldbeutel ein. Babette schob die Kasse zu und kam zu uns.

„Vera, ich glaube, du tust Tissa unrecht."

„Was habe ich denn gesagt?" Ich fühlte mich angegriffen, aber bevor ich mich verteidigte, wollte ich zuerst wissen, was Babette wirklich meinte.

„Ich habe das Gefühl, dass du die arme Tissa verteufelst und ihr alles Mögliche unterstellst, dass sie absichtlich unsere Pferde vergiftet und damit auch noch Geld verdient. Mal ehrlich, Vera, das ist gemein."

„Ich habe nicht behauptet, dass Tissa unsere Pferde umbringen will!" sagte ich entrüstet.

„Aber gedacht! Hör mal, Vera, ich kenne Tissa noch von früher. Damals stand mein erstes Pferd im Reiterverein in Handschuhsheim. Die kleine Tissa lungerte den ganzen Tag im Stall rum. Sie hat kaum Deutsch gesprochen, aber die Pferde haben sie verstanden. Sie hat die Schulpferde geputzt und sich da, wo sie gebraucht wurde, nützlich gemacht. Dafür haben die Leute sie reiten lassen, sie hat sehr schnell gelernt, sie war ein Naturtalent, das Reiten lag ihr im Blut. Die Kleine hatte das Zeug zu einer Pferdeflüsterin."

Was für eine rührende Geschichte, aber inzwischen war Tissa erwachsen und ich konnte beim besten Willen keine pferdeflüsterischen Qualitäten mehr bei ihr erkennen.

Ich verstaute mein Gemüse in einer Plastiktüte. „Ich muss los", sagte ich, „bis später!"

Beim Hinausgehen nahm ich Marlen beiseite, die vor dem Kakteentisch die Aloe Vera-Pflanzen inspizierte.

„Deinen Tipp bezüglich der Finanzen würde ich sehr gerne hören", sagte ich.

16

Aus der Halle tönten laute Kommandos. Ein Blick über die Bande sagte mir, dass Tissa und Iris gerade mit der Reitstunde begonnen hatten. Ich winkte Iris ein Hallo zu und stapfte Richtung Stall, als ich Doktor Abnemers Kombi vor der Scheune parken sah. Das war die Gelegenheit, auf die ich gewartet hatte, ich brauchte nur noch Plastiktüten. Ganz oben in meinem Spind lag immer ein Vorrat von diesen vielseitig einsetzbaren Teilen. Schnell füllte ich eine Handvoll Bio-Dyn ab. In eine zweite Tüte kam eine Handvoll von dem Bio-Dyn-Plus. Fertig!

In diesem Augenblick hörte ich ein Dieselgeräusch, sein blauer Kombi! Oh Schreck, er wollte doch nicht schon wieder wegfahren? Ich rannte hinaus auf den Hof und winkte.

„Doktor Abnemer! Sie schickt ein Engel!", rief ich ihm durch das offene Seitenfenster zu.

Der Tierarzt musterte mich verwundert. „Darf ich erst einmal aussteigen?"

Kaum hatte er die Tür geöffnet, streckte ich ihm die beiden Tüten hin. „Könnten Sie das Zeug im Labor untersuchen lassen? Auf meine Kosten natürlich?"

Der Doc öffnete eine Tüte und schnupperte daran. „ Aha, das neue Wunderfutter!"

„Genau! Nehmen Sie es mit und untersuchen Sie es. Aber bitte: Keinen Ton zu niemandem!"

Der Tierarzt nickte. „Klingt ja wie nach einer Verschwörung! Aber mir ist das Zeug auch nicht geheuer. Morgen, spätestens übermorgen gebe ich Ihnen Bescheid."

Auf dem Weg zur Reithalle entdeckte ich Tissas und Hansis VW-Bus auf dem Parkplatz. Die zweite Gelegenheit! Beobachtete mich jemand? Ich schlenderte zu dem Minibus und drehte unauffällig eine Runde. Niemand! Ich hatte Glück, die Seitentür war nicht verschlossen. Schnell schob ich die Tür zurück und spähte auf die Ladefläche. Sie war leer bis auf eine Kiste. Was wohl darin war? Im Nu kletterte ich auf die Ladefläche. Die Kiste war bis zum Rand mit Werkzeug angefüllt. Bohrmaschine, Brechstange, Glasschneider und ein paar Geräte, deren Verwendungszweck ich nicht kannte. Sieht eher wie das Werkzeug eines Bankräubers aus, dachte ich. Hansi, der Banker als Bankräuber, was für eine absurde Idee! Die leeren Papiersäcke, die hinter dem Fahrersitz gestapelt waren, trugen das Logo der Mühle Gebert, es waren ganz normale Hafersäcke; ich schüttelte einen aus, doch die wenigen Körner, die herausfielen, rochen nicht nach Tissas minziger Teufels-Mischung. Ich wollte den Sack gerade wieder zusammenlegen, als ein Bogen schwarzes Papier herausglitt, schwarz und fest. Mit genau so einem Papier war der Stein eingewickelt gewesen, der Massimos Bürofenster zertrümmert hatte. Rasch sprang ich aus dem Bus, schaute mich um und schob die Tür wieder zu. Gerade noch rechtzeitig, denn Tom bog auf seinem Traktor in die Hofeinfahrt, eine Sekunde früher und er hätte mich entdeckt.

17

Am Nachmittag rief mich der Oberkommissar an. Als ich die Polizeinummer auf dem Display sah, befürchtete ich, dass er mich ins Leichenschauhaus bestellen wollte, doch Töpfer sagte: „Falls sie Ihre Sachen aus dem Büro noch nicht abgeholt haben, sollten Sie das jetzt tun."

Ob sie den Fall schon abgeschlossen oder am Ende ganz aufgegeben hätten, fragte ich besorgt, doch er beruhigte mich. Es gäbe immer noch keine neuen Erkenntnisse, aber die Ermittlungen seien in vollem Gange und es sehe ganz so aus, als ob sie mit der Sache noch ein Weilchen beschäftigt sein würden.

Von unserer Wohnung bis zum Reisebüro waren es keine zehn Minuten zu Fuß, ich nahm einen leeren Wein-Karton für meine Habseligkeiten, schwer würde ich nicht zu tragen haben.

Die Polizei hatte alle Unterlagen aus Massimos Schubladen eingesteckt. Ich musste nur noch meine eigenen Papiere in den Schredder stecken und ein paar Dokumente und Prospekte aus meiner Ablage in die Kiste packen. Es waren Kopien von Artikeln, die ich selbst verfasst und Reiseprospekte, die ich zusammen mit Massimo entworfen hatte. Vergilbte Ausdrucke von E-Mails, ein paar Gelegenheitsgedichte von Massimo, alles Zeugnisse seiner guten Laune. Ich nahm sie an mich und seufzte. Lyrics von *Norwegian Wood*! Massimo war Beatles-Fan! Wie lange dieses Blatt wohl schon in meiner Schublade lag? Ich konnte mich nicht erinnern, es schon einmal gesehen zu haben. „*I once had a girl, or should I say, she once had me.*" Wir hatten die Schallplatte oft zusammen angehört, Marlen, Vico, Gerson, Massimo und ich, spät nachts und viel zu laut. Eigenartig, das Blatt sah weder verstaubt noch vergilbt aus, ganz anders als die Papiere, die ich aussortiert hatte. Unten auf der Seite befand sich das Druckdatum. Moment, dachte ich und schlug meinen Kalender auf. Es war der Tag vor Massimos Verschwinden. Hatte mir Massimo das Blatt untergeschmuggelt? Die erste Zeile war dünn mit Bleistift unterstrichen. *I once had a girl.* Okay, es war die Geschichte einer unglücklichen Liebesbeziehung. Eine Art *one night stand* in den Norwegischen Wäldern. Irgendetwas hatte Massimo an Norwegen angezogen, sonst hätte er mir nicht aufgetragen, Infos über dieses Reiseland zu sammeln. Ja, und? Ich starrte angestrengt auf die Gedichtzeilen, sodass die Buchstaben vor meinen Augen verschwammen. Es war, als ob winzige rote Fische über das Blatt tanzten. Ich riss meine Augen auf.

Halt! – das waren keine Goldfischli, da war etwas

mit Rotstift unterstrichen. Einzelne Buchstaben waren leicht angetupft. Ich nahm einen Bleistift und schrieb einen Buchstaben nach dem anderen auf; das M im Wort *time*, zwei Zeilen weiter das A in *and*, dann mehrere Zeilen lang nichts, bis zu *flown*, da war es das F. Gleich in der folgenden Zeile ging es weiter mit I. Und plötzlich wurde es mir heiß und kalt gleichzeitig. Ich brauchte die letzten beiden Unterstreichungen gar nicht mehr anzusehen, ich wusste auch so, wie das Wort hieß. *MAFIA*. Eine Botschaft! Wollte Massimo mich auf eine Spur bringen. *I once had a girl*? Moment mal, da war doch eine E-Mail von dieser Frau gewesen, wie hieß sie doch gleich? Ich fand das Blatt im Papierkorb. Nanina? Ob der Name italienisch war? Er klang so, aber ich ging lieber auf Nummer Sicher. Ich fuhr meinen PC hoch, googelte Wikipedia und gab *Nanina* ein.

Der Name, der so italienisch klang, kam weder aus Sizilien noch aus der Maremma, sondern vom Altnordischen. Eine Göttin trug den Namen Nanna und Nanina war dessen Verkleinerungsform. Dann gab es ein berühmtes Rennpferd namens Nanina und eine Nanina de Medici, die irgendwann im 14. Jahrhundert gestorben war. Diese beiden schieden mit Sicherheit aus. Blieb die kleine nordische Göttin, doch was hatte Massimo mit einer Göttin zu tun? Ich ließ meinen Bleistift fallen. *Norwegian Wood*, vor lauter dünnen grünen Fichten sah ich den Wald nicht: Norwegen, Nanina, die Beatles, vielleicht hatte Massimo eine

Freundin, die Nanina hieß, oder die er so genannt hatte und die aus Norwegen stammte? Ob Massimo gar nicht nach Norwegen expandieren wollte, sondern alles nur deshalb eingefädelt hatte, um mich auf eine Spur zu setzen? Weil er geahnt hatte, dass er sich auf etwas Riskantes einlassen würde? Und dass er vielleicht nie zurückkäme? Wen hatte er getroffen?

Ich schreckte auf. *Matters of the heart,* mein Handy! Nur Gerson und Iris kannten meine Nummer, aber die Ziffernfolge auf dem Display war mir unbekannt. „Ja?"

„Machen Sie uns bitte mal die Tür auf?"

„Wie bitte? Welche Tür denn?" Es war, als ob ich aus einem langen Schlaf erwachte. Ich brauchte ein paar Sekunden um die volle Peilung wieder zu erlangen. Die Bürotür! Ich hatte sie hinter mir abgeschlossen. Oberkommissar Töpfer und seine bezaubernde Kollegin Flora Schandin standen davor und machten mir Zeichen.

„Schlafen Sie mit offenen Augen?", fragte die Blonde.

„Guten Tag, Frau Roth!", sagte der Kommissar. „Wir haben ein paar Fragen." Die beiden traten ein und ich drehte hinter ihnen den Schlüssel um.

„Neulich auf dem Leierhof haben Sie uns nicht die ganze Wahrheit gesagt."

„Wieso nicht?" Aber gelogen hatte ich auch nicht, das wusste ich genau.

„Was wissen Sie über Hansi Helm?"

Gute Frage, dachte ich. Drei Sekunden, solange gab ich mir zum Nachdenken. Etwas lag im Unterton der Blonden, das ich nicht deuten konnte; ob sie mehr wusste, als ich vermutete? Vielleicht war es besser, wenn ich mich auf die reinen Fakten beschränkte.

„Herr Helm ist Banker, der Partner einer Pferdebesitzerin."

„Was Sie nicht sagen!"

„Und was hatte dieser Helm mit Massimo Auditi gemein?" Wie das klang: *gemein!* Das *Parfum*, wollte ich sagen, doch das ließ ich lieber bleiben.

„Das frage ich mich auch", sagte ich.

„Mit welchem Ergebnis?"

„Ich weiß nur, dass Hansi Helm Massimos –, also dass Hansi Helm der Finanzberater meines Chefs war."

„Und weiter?", fragte die Kommissarin.

Bleib bei den Tatsachen, Vera, nur Tatsachen, rief ich mir zu, aber vielleicht war es besser, wenn ich mit meinem ganzen Wissen herausrückte. „Die beiden hatten sich verabredet."

„Wo?"

„Sie waren zusammen bei Vordermann."

„Dem Reitsportgeschäft? Wirklich? Frau Roth, Sie haben doch selbst gesagt, dass Herr Auditi kein Pferd mehr hatte. Warum sollte er dann ein Reitsportgeschäft aufzusuchen und dazu noch mit seinem Finanzberater, der ebenfalls kein Pferd besitzt?"

„Ja ..." Genau das hatte ich mich auch gefragt. Abwarten, befahl ich mir, nicht gleich antworten, erst dreimal tief atmen.

„Massimo, also mein Chef, Herr Auditi ..."

„Schon gut!", unterbrach mich die Blonde. „Also: Massimo? ..."

„Massimo wollte sein Geschäft vergrößern, expandieren in neue Gebiete. Dazu brauchte er Geld. Und Hansi ist – äh – war sein Banker. Die beiden sind zu Vordermann gefahren, um sich nach neuen Geschäftsmodellen umzusehen. Vordermann experimentiert gerade erfolgreich mit einem Reiseprogramm für Freizeitreiter. Ich nehme an, Herr Helm wollte überprüfen, wie erfolgversprechend Massimos Ideen waren."

„Sieben auf einen Streich!" Die blonde Polizistin sah mich anerkennend an.

„Ein blindes Huhn findet auch ein Korn", sagte der Kommissar. So etwas nennt man Humor, dachte ich. Hätte ich den beiden gar nicht zugetraut.

Die Zwei standen auf. „Räumen Sie in Ruhe weiter auf; wenn Sie fertig sind, schließen Sie die Tür ab und bringen Sie uns den Schlüssel vorbei."

Ich hielt ihnen die Tür auf und schaute den beiden nach. Beschwingt gingen sie nebeneinander in Richtung Brücke, es fehlte gerade noch, dass sie Händchen hielten. Dann verschwanden sie in der Eisdiele *Capri.* Kurz darauf liefen sie noch einmal am Schaufenster vorbei mit Eistüten in der Hand. Es sah so aus, als ob ihre Ermittlungen erfolgreich waren und sie etwas zu feiern hätten.

Tapferes Schneiderlein, oder blindes Huhn, warum wollen die Polizisten immer nur wissen, was sowieso schon klar war? Immer nur Fakten, die doch ohnehin feststanden? Und warum ließen sie mich nie ausreden? Ich hatte sie gerade nach dieser Nanina fragen wollen. Dass Zeugen mitdachten, schien bei diesen beiden nicht vorgesehen. Und dann kam mir ein unheimlicher Verdacht: Womöglich sahen sie in mir gar keine Zeugin, sondern hielten mich für tatverdächtig?

Jetzt klopften sie schon wieder an die Scheibe. Dabei hätten sie einfach hereinkommen können, denn ich hatte die Tür nicht abgeschlossen. Ich öffnete, wartete drei Sekunden, dann sagte ich höflich: „Kann ich noch etwas für Sie tun?"

„Beinah hätten wir es vergessen: Es ist soweit: Wir müssen Sie bitten, Herrn Auditis Leiche zu identifizieren. Sie sind die einzige Person, die ihm nahestand und die ihn noch kurz vor seinem Tod gesehen hat, aber das haben wir ja schon erwähnt." Mich schauderte.

„Im Leichenschauhaus des Rechtsmedizinischen Instituts", sagte die Polizistin, ohne auf meine Gefühle zu achten. „Kennen Sie den Weg?"

Ich nickte, aber dann sagte ich: „Nein, natürlich nicht!"

„Hätte uns auch gewundert", sagte Töpfer. „Passen Sie auf, Sie gehen in das alte Klinikum, links an der Klinik vorbei, Sie stoßen auf eine Kapelle, äh – auf ein

Gebäude, das aussieht wie eine Kapelle, mit einem Kreuz auf dem Dach. Dort sezieren sie die Leichen, die Tür ist immer verschlossen, Sie klingeln am Nebeneingang."

Mir war richtig schlecht geworden. Was sollte ich tun? Ich hatte nun einmal zugesagt, und wenn ich jetzt ablehnte, hätten sie ihre Schlüsse daraus gezogen und die hätten nur in eine falsche Richtung geführt.

„Gut, kommen Sie bitte in den nächsten Tagen, spätestens Ende der Woche vorbei."

„Und Massimo", fragte ich, „wo wird er begraben?"

„So weit sind wir noch nicht. Erst mal liegt er noch im Kühlhaus. Wahrscheinlich gibt es eine Einäscherung. Wenn Sie wollen ..."

„Ende der Woche", sagte ich schnell, um weitere unangenehme Aufträge abzuwenden. Am Ende würden sie mir noch die Urne mit Massimos Asche andrehen und ich musste sie an der Biegung des Flusses oder sonst irgendwo ausstreuen. Nein, danach stand mir nicht der Sinn.

Auf dem Schreibtisch lag der Zettel mit den Lyrics von *Norwegian Wood*, damit hätten die Polizisten bestimmt nichts anfangen können! Ich knüllte das Papier zusammen und steckte ihn in meine Jackentasche.

18

Wenn ich an das Gespräch in Babettes Gärtnerei zurückdachte, dann war ich froh, dass ich der Versuchung widerstanden und mit Marlen nicht über Hansi Helm getratscht hatte. Hansi gab mir schon für den nächsten Tag einen Termin. Ich brauchte nicht einmal in die Bankfiliale BlackBerry City-Bank in der Weststadt zu fahren, wo er arbeitete. Wir trafen uns im Reiterstübchen und er brachte alle notwendigen Unterlagen mit. Marlen hatte recht, der Mann war meine Rettung!

„Ich kenne euch Pferdefrauen, ihr habt für nichts anderes Zeit als für eure Pferde. Wenn ihr die Wahl hättet, zuerst euer Pferd oder euren Mann aus dem brennenden Stall zu retten, würdet ihr euch für das Pferd entscheiden, richtig?"

Trotz allem, was mir Gerson gerade antat, konnte ich Hansi nicht zustimmen; doch seine lockere Art und sein Verständnis für meine missliche Lage ließ mein Misstrauen ihm gegenüber schrumpfen, ich musste ihm vertrauen, er war meine einzige Rettung.

„Deine 5000 Euro brauchen nicht auf deinem

Sparkonto zu verschimmeln", machte Hansi mir klar. Ich hatte das Sümmchen in sechs Berufsjahren beiseitegelegt und bekam ich so gut wie keine Zinsen mehr dafür.

„Ich lege sie für dich an!", sagte er. „Bei mir bekommst du 10 %, frag Marlen und Mascha, wenn du mir nicht glaubst."

Marlen hatte ich ja schon gefragt und Hansis Angebot entsprach genau dem, was Mascha mir gesagt hatte. Wahnsinn! In einem Jahr hätte ich 500 Euro mehr auf der hohen Kante!

„Falls du sofort Geld brauchen solltest, kann ich dir einen einmaligen, zinslosen Kredit mit einer Laufzeit von einem halben Jahr anbieten. Damit kannst du spielend deine Zeit der Arbeitslosigkeit überdrücken."

Diesen Kredit werde ich annehmen, dachte ich. Damit wäre ich auf einen Schlag meine Geldsorgen los.

Natürlich kam noch ein Haken, wenn auch ein kleiner. „Ich brauche eine Sicherheit", sagte Hansi.

„Sicherheit? Wie meinst du das? Die habe ich ja gerade nicht!" Auf einmal sah ich meine Felle wieder den Neckar hinunterschwimmen.

„Kein Problem", sagte er. „Du hast ja deine Superstute. Ein hochkarätiges Dressurpferd und eine Zuchtstute dazu. Gut 20 000 Euro wert, wenn ich mal schätzen darf."

„Wie meinst du das?", fragte ich, weil mir nicht klar

war, was Nine mit meinen Geldproblemen und Hansis Kredit zu tun hatte.

„Angenommen, du kannst den Kredit nicht pünktlich zurückzahlen, dann würde Nine mir gehören. Natürlich nur im Falle eines Falles. Hast du nicht noch ein Pferd?"

Ich nickte.

„Na dann!"

Alles Paletti? Nein, so weit würde es nicht kommen. Ich würde bald einen neuen Job finden, einen richtigen, nicht nur als Aushilfe und dann meine Schulden sofort zurückzahlen.

„Sobald ich deine 5000 Eier in der Hand habe, überweise ich dir die 500 Mäuse im Voraus, als vertrauensbildende Maßnahme sozusagen."

Ich wunderte mich ein bisschen über seine flapsige Ausdrucksweise, schlug aber sofort ein.

„Morgen kannst du den Vertrag unterschreiben", sagte Hansi.

Nach dem Gespräch mit dem Banker sah ich wieder Licht am Ende des Tunnels, obwohl dieses Ende noch sehr weit entfernt schien. Was hatte Gerson neulich gesagt? „Wenn Gott eine Tür zuschlägt, dann öffnet er ein Fenster, aber du musst es selbst finden." Heute klang mir der Spruch nicht mehr so affig anmaßend und irgendwie plausibel. Hatte ich nicht gerade so ein Fenster gefunden?

19

Iris musste meine optimistische Stimmung gespürt haben, denn an diesem Nachmittag kam sie im Stall zu mir.

„Ich muss mit dir reden, Vera", sagte sie. Endlich! Auf ein paar ruhige Minuten mit ihr hatte ich mich seit Tagen gefreut. Sie hielt ein signalrotes Halfter in der Hand. „Wir gehen mit Nine spazieren. Zu dem kleinen Café im Feld. Dort kann man sich ungestört unterhalten."

Meinte sie die Holzofenbäckerei? Massimo und ich waren oft dorthin geritten, hatten die Pferde vor dem Laden angebunden und Kaffee getrunken. „So weit zu Fuß? Mit Nine? Das macht sie bestimmt nicht mit!"

„Keine Sorge, wir haben das Spazierengehen geübt. Es ist eine schöne Abwechslung!"

„Ja, für Nine bestimmt! Beim ersten Busch wird sie einen Satz zur Seite machen und mir den Strick durch die Finger ziehen." Ich betrachtete meine Hand. „Die Narbe vom letzten Mal kannst du immer noch erkennen!"

„Hier ist das Halfter." Wenn sich Iris einmal etwas

in den Kopf gesetzt hatte, brachten sie keine zehn Pferde und schon gar keine Argumente mehr davon ab.

Nine trottete lämmchenfromm neben Iris her. Sie hielt die lockere Verbindung am langen Führstrick. Nine ließ ihre langen Trakehnerohren herunterhängen und entspannte sich. Während ich auf Iris' rechter Seite Schritt hielt, versuchte ich ein paar Mal mit meiner Reitlehrerin ins Gespräch zu kommen; sie hatte mit mir reden wollen und mir lag so viel auf dem Herzen. Aber es war vergeblich; Iris schien ganz mit meinem Pferd verbunden und ich hatte den Eindruck, als wäre ihr Nine auch ohne Strick und Halfter gefolgt, egal wohin. Das einzige, was sie zu mir sagte, bezog sich auf das Knotenhalfter, das sie Nine angelegt hatte. Es wäre ein gutes Hilfsmittel, wenn man es richtig und einfühlsam anwendete, doch nur weil es ein Guru wie Pat Parelli benutzte, sei es noch kein Wundermittel, und mangelnden Pferdeverstand könne es auf keinen Fall ersetzen. Eine Antwort von mir schien sie nicht zu erwarten und so marschierten wir schweigend weiter.

Nach einer knappen halben Stunde erreichten wir ohne den geringsten Zwischenfall die Kurpfalzhöfe.

„Sieh mal, sie haben eine kleine Koppel eingezäunt." Iris öffnete das Gatter und streifte Nines Halfter ab. Die Stute ging ein paar Schritte, dann warf sie sich zu Boden und wälzte sich.

„Schau an, sie fühlt sich pferdewohl", sagte Iris.

Die Bäckersfrau öffnete uns die Tür. In ihrer engen Jeans und dem Karo-Hemd sah sie wie eine durchtrainierte Freizeitreiterin aus. Dass sie Pferdeverstand besaß, verriet die kleine Gästekoppel.

„Hallo, Frau Roth", begrüßte sie mich. „Schön Sie zu sehen! Ich dachte schon, sie sind verreist, weil ihr Mann so oft alleine zu uns kommt!"

„Urlaub? Ach wo! Kein Geld, keine Zeit – die Pferde! Gerson – er geht alleine zum Kaffeetrinken?"

Die Bäckerin hielt sich erschrocken die Hand vor den Mund. „Oh, habe ich mich verplaudert?"

„Keine Sorge", lachte ich so ungekünstelt wie nur möglich. „Er war bestimmt mit Tissa da. Sie reitet manchmal unseren Fango."

Ich tat mein Bestes, um mich möglichst unauffällig aus der heiklen Situation zu winden.

Iris deutete auf einen runden, goldgelben Käsekuchen auf der Theke.

„Für den gibt es nur ein Prädikat: Jenseitig", bestärkte ich sie. „Für mich bitte auch ein Stück!"

Die Bäckersfrau legte lächelnd die Kuchenstücke auf zwei Teller, dann sagte sie: „Ich heiße Karoline."

„Dann sagen wir doch gleich *Du*? Ich bin Vera!"

Draußen in der Sonne war ein Tisch frei. Wir schoben uns zwei Korbsessel heran und streckten die Füße aus. Über uns am blauen Frühlingshimmel schoben sich blütenweiße Kissenwolken übereinander, ein leises Lüftchen bewegte die Zweige der blühenden Kastanien.

„Wie in Ferien!" Es kam nicht oft vor, dass ich mitten in der Woche so untätig herumsaß und ins Blaue schaute.

„Könntest du öfter haben!"

„Ach Iris", seufzte ich. „Du hast ja bestimmt von Gerson gehört, in welch schrecklicher Lage ich mich befinde!"

„Deshalb wollte ich mit dir reden, Vera. Ich habe schon länger den Verdacht, dass bei dir ein Streifen verrutscht ist."

„Dieser schreckliche Mord, demnächst bin ich blank; zwei Pferde und ich muss dringend Geld verdienen", brach es aus mir heraus.

„Ja, ich weiß, Massimo ... eine schreckliche Geschichte! Aber, Vera, mal ehrlich, ist es wirklich nur das, was dich so sehr bedrückt?"

Ich hatte mir gerade einen Bissen Käsekuchen in den Mund geschoben und musste husten. Mein Gesicht nahm die Farbe einer reifen Tomate an; Iris dachte bestimmt, es wäre mir peinlich, dabei hatte ich mich doch nur verschluckt.

„Vor ein paar Wochen – noch vor dem Mord – hast du dir doch ein Horoskop stellen lassen, warum eigentlich?"

„Hm." Was hätte ich denn sagen sollen? Ich schaute auf den Tisch, als ob es da etwas zu sehen gäbe. Dann drehte ich meinen Kopf zur Koppel, wo Nine gerade ein erregtes Wiehern ausstieß, zwei Galoppsprünge machte und gleich wieder den Kopf zum Grasen senkte. Irgendetwas hatte sie aufgeschreckt. Jetzt, da sie Iris nicht mehr an ihrer Seite hatte, war ihr Fluchtinstinkt wieder erwacht. Ob sie vor den beiden Frauen gescheut hatte, die sich vor dem Zaun in einer kämpferischen Haltung aufbauten? Die eine, es war die Bäckersfrau, riss plötzlich beide Arme hoch. Ihre ausgestreckten Finger richteten sich wie Pfeilspitzen auf ihr Gegenüber. Mit dieser Frau ist nicht gut Kirschen essen, durchfuhr es mich.

„Die beiden trainieren", sagte Iris. „Kein Wunder, dass Karoline so kräftig aussieht."

„Was üben sie denn - Kampfkunst?" Ich war froh über die unverhoffte Ablenkung. Mit dem Horoskop hatte Iris ohne Zweifel auf Gerson angespielt und dieses Thema wollte ich gerade heute nicht erörtern.

Iris stieß mich an. „Hey Vera, du brauchst mir nicht zu antworten, aber ich bin noch nicht fertig!"

„Dann rede schon", sagte ich gequält.

„Was hast du in letzter Zeit mit Fango gemacht?"

„Geritten", sagte ich so fest wie möglich. „Versucht, alles richtig zu machen."

„Das mag sein. Aber ich meine etwas anderes. Warum hast du ihm das Bio-Dyn-Futter gegeben, wo du doch weißt, dass es krank macht?"

„Iris!" Mein Kopf glich jetzt einer weichen, überreifen, knallroten Erdbeere mit vielen braunen Pünktchen. „Hat Doktor Abnemer etwa ...?"

Ich zerknüllte die Serviette, faltete ich sie wieder auseinander, strich sie glatt und riss sie in viele kleine Stücke.

„Okay", sagte ich. „Wenn es das ist, was du wissen willst: Ich wollte beweisen, dass das Futter giftig ist. Und ich wollte es Tissa heimzahlen. Sie hat mir Gerson weggenommen und Fango auch."

„Na, wenigstens gibst du zu, dass es dir nicht in erster Linie um Fango ging!"

Nine stand am Koppelzaun und schaute zu mir herüber. Ob wenigstens sie mich verstand?

„Und Nine? Seit ich sie dir gebracht habe, vernachlässigst du sie. Training würde ich diese Behandlung nicht nennen."

„Sie ist nicht einfach, das weißt du doch, Iris."

„So? Ich will dir etwas sagen: Kein Pferd ist einfach, wenn man versucht, es zu irgendetwas zu bringen, das es nicht will."

„Aber was will sie denn nicht?" Mir schwirrte der Kopf und für eine Sekunde hatte ich das Gefühl, dass meine Kaffeetasse wackelte.

„Frag doch lieber, was sie will! Ich versuche mal, es dir zu übersetzen, es ist ganz einfach. Wenn du bei ihr bist, will sie, dass du bei ihr bist, sie will, dass du deine Freude zeigst und deine Trauer nicht versteckst und dich zu deiner Wut bekennst, anstatt sie in einem Grinsen zu ersticken. Du schiebst einen Hass auf Tissa und grinst sie dabei an. Genauso gehst du mit Nine um. Du spielst Vera die Coole und drückst deine Gefühle weg, weil du meinst, sie stören. Du bist sonst wo mit deinen Gedanken. Du spielst eine Rolle und trägst eine Maske."

Das war mir zu hoch. „Was bitte will Nine von mir?"

„Eigentlich ist es ganz einfach – Nine will, dass du ehrlich bist."

„Ach wirklich?"

„Wir Menschen versuchen es mit kleinen Tricks und Manipulationen. Damit erzielen wir schneller Ergebnisse." Iris war dabei, sich in Rage zu reden.

Was sagte sie da? Meinte sie wirklich mich? Manipulationen, Tricks? Ich, Vera Roth, sollte meine Mitmenschen manipulieren? Gerson vielleicht auch? Und meine Pferde? Lächerlich!

Iris beugte sich zu mir und griff nach meiner Hand. „Überleg nur mal, wie du mit Gerson umspringst."

Jetzt reichte es! Was hatte Gerson mit Nine zu tun? Rein gar nichts! Woher wollte sie wissen, was zwischen mir und Gerson vorging? Sie war jetzt beinah eine Woche hier und hatte uns beide überhaupt nicht zusammen gesehen, sie hatte uns nicht zu Hause besucht und wir hatten kein einziges Mal zusammen unser traditionelles Leibgericht Spaghetti mit Tomatensoße gekocht; wenn wir beide zufällig mal zusammen im Stall waren, dann war immer diese *FÜNFBUCHSTABEN-Tissa* dabei, und dass ich da nicht die Freundlichkeit in Person war, hätte Iris doch begreifen müssen. Ich war so tief in meinen Gedanken verstrickt, dass ich nicht bemerkte, dass sie immer noch mit mir sprach.

„Warum räumst du Tissa so viel Macht über dich ein? Und warum kämpfst du nicht mit offenem Visier?"

Es wäre besser gewesen, ich hätte diese Bemerkung nicht gehört, denn jetzt fühlte ich mich erst richtig wütend. Ich schob meinen Teller zurück, griff nach meinem Geldbeutel und stand auf. „Ich lade dich ein", sagte ich. „Wir gehen besser zurück. Es sieht nach Regen aus."

Wortlos gingen wir zu Nine. „Willst du sie auf dem Rückweg führen?", fragte Iris.

Ich schüttelte den Kopf. Nine wäre keine zehn Schritte mit mir gegangen, das fühlte ich. Als ich das Halfter vom Haken nahm, um es ihr überzustreifen, drehte sie sich um, brachte ein paar Meter zwischen uns und aus diesem sicheren Abstand betrachtete sie mich lustlos.

Wir traten in der gleichen Marschordnung den Heimweg an, wie wir ihn gekommen waren. Ich verstand die Welt nicht mehr, nicht nur *ein* Streifen schien darin verrutscht, sondern gleich eine ganze Reihe. Konnte ich es denn keinem mehr recht machen? Tom warf mir vor, ich würde Tissa schlecht machen, Iris bohrte in meiner Beziehung zu Gerson herum und Nine drehte mir das Hinterteil zu.

20

Hatte sich auch Iris gegen mich gestellt? Wenn sie früher bei uns in Heidelberg zu Besuch gewesen war, hatten wir eine Flasche Rotwein geleert und uns unser Leben in allen Einzelheiten und mit allen Höhen und Tiefen erzählt. Aber neuerdings gab sie bei uns im Stall Kurse in Bodenarbeit und hatte keine Zeit mehr für mich. Gerade jetzt saß sie vermutlich irgendwo bei Gerson und Tissa und er servierte den beiden seine berühmte Steinpilzsauce. Wenn ich an Gerson und Tissa dachte, fühlte ich mich dumpf, lustlos und leer. War es das, was mir mein Horoskop vorhergesagt hatte? War *das* die Saturnrevolution und ich war schon mittendrin? Oder war sie erst am Anfang, und die Katastrophe kam erst noch und dann wurde es noch viel schlimmer?

Draußen stritten die Amseln um die Wette, sie kündigten Regen an. Von der Turmuhr schlug es sieben Mal und mir graute vor dem Abend und der Nacht in unserer Wohnung, die mir ohne Gerson verwaist vorkam; ich konnte unmöglich alleine bleiben, ich hatte Angst, durchzudrehen. Nur raus hier, dachte ich, ich brauchte Bewegung, in so einer Stimmung half ein Dauerlauf immer am besten.

An der Hauswand lehnte verlockend Gersons silbernes Mountainbike, es war nicht abgeschlossen; dann machte ich eben keinen Dauerlauf, sondern einen schnellen Workout mit dem Rad, warum nicht? Gersons Pferd durfte ich nicht mehr reiten, aber er würde bestimmt nichts dagegen haben, wenn ich mir sein Rad für eine Stunde auslieh. Fast ohne mein Zutun schlug das Bike den Weg zum Neckarufer ein. Mühelos schlängelte es sich zwischen den Spaziergängern durch, die den orange-blau gestreiften Abendhimmel über dem Neckar bewunderten; es zickzackte um die Kinder auf ihren Rollbrettern und um die gebeugten Alten, die keuchend ihre Rollatoren der Abendsonne entgegen schoben. Unter der Brücke, deren Pfeiler über und über mit Graffiti besprüht waren, nahm ich ein neues Wandbild wahr: T-Mon€y, aus dem ein leuchtend rotes Eurozeichen herausknallte. Es hatte etwas mit mir zu tun, das lag auf der Hand, was wusste ich nicht, abgesehen von meinen notorischen Geldsorgen natürlich. Das Bike rollte weiter und immer weiter, bis ich am Stauwehr war. „Halt an, *Silver*", rief ich ihm zu, so wie ich immer mit meinem Pferd gesprochen hätte. *Silver?* Der Name war mir zugeflogen. Ich habe ihm einen Namen gegeben, dachte ich, und wie es auf mich hörte! Das war schön, gerade jetzt, da mir meine eigene Stute nicht mehr folgen wollte. Ich sprang ab und lehnte Silver an einen Pfosten. Im Laufschritt japste ich die steilen Stufen des Wehrstegs hinauf, bis zur Mitte des Stegs, wo ich schwer atmend stehenblieb. Ich legte meine Unterarme auf das Geländer und beugte mich darüber. Das Rot des Abendhimmels zerfloss ins gelblich-schwefelige und gleich daneben tat sich ein abgründiges Blau auf. Blicklos starrte ich auf die grüntrüben Wassermassen, die sich über die Wehrstufe wälzten. Plötzlich spürte ich, dass jemand neben mir stand. Ein Mann, geruchlos, vollkommen neutral.

„Vera! Ich glaub's nicht!"

In der einfallenden Dämmerung erkannte ihn nicht gleich.

„Tu's nicht, Vera!" Der Typ packte mich an der Schulter.

„Was? Was soll ich nicht tun?" Dachte der Kerl vielleicht, ich wollte mich übers Geländer stürzen? Niemals! Ich würde doch Nine nicht alleine lassen! Und außerdem konnte ich schwimmen, obwohl mir diese Fähigkeit in den brodelnden Wirbeln des Stauwehrs wenig genützt hätte. Auf einmal erkannte ich ihn. „Helmut!"

Mein ehemaliger Kollege von der Uni! Ausgerechnet Helmut, hier am Fluss! *Missionare im Ruderboot* – den Soziologieklassiker hatte er rauf und runter mit seinen Studis im Proseminar gelesen.

„Helmut, was machst du denn hier?"

Er umarmte mich. „Vera! Das ist ja der Wahnsinn!"

Helmut hatte sich verändert – die Haare fielen ihm in die gebräunte Stirn und er kam mir größer vor als ich ihn in Erinnerung hatte, und er hatte mich spontan umarmt – das wäre früher bestimmt nicht vorgekommen, doch seine Vorliebe für Gespräche auf zugigen Plätzen hatte er offensichtlich nicht abgelegt.

„Du hast ja gar keine Brille auf?"

„Brauch ich nicht mehr. Seitdem ich nicht mehr an der Uni arbeite – das ewige Korrekturlesen ist mir sowas von auf den Keks gegangen – sind meine Augen so scharf wie die eines Eichhörnchens."

„Du hast an der Uni aufgehört? Und womit verdienst du deine Brötchen?"

„Ich pflege mein kreatives Selbst."

Ich schaute ihn verdutzt an. Mach bloß keinen Fehler, Vera, sagte ich mir und murmelte so etwas wie: „Hm, ach so, ja."

Besuchte er kreative Schreibkurse? Fotografierte er, faltete er winzige Origami-Tiere? Als Ethnologe hatte er immer schon einen Hang zu extravaganten Forschungsmethoden gehabt, mit einem starken künstlerischen Einschlag. Das hatte ihm bei unserer Chefin, einer schmallippigen, wissenschaftssauren, humorlosen Zimtzicke den Hals gebrochen. Wie er mit meinem damaligen Pflegemädchen Carmen diese Woodoo-Puppen gebastelt und im Stall versteckt hatte, um die Reaktionen der Reiterinnen mit einem versteckten Mikrofon aufzunehmen, das war beinah Comedy-reif gewesen.

„Ich habe mein Atelier im ehemaligen Trafohäuschen eingerichtet", sagte er. „Ein Kumpel von mir hat es renoviert, und weil ich ihm geholfen habe, die Wände zu weißeln und den Schutt wegzuräumen, lässt er mich dort malen."

„Nicht zu fassen!" Mindestens zwei Jahre hatten wir uns nicht gesehen und aus einem blassen Aktentaschenträger mit Hornbrille auf der Nase war ein durchaus attraktiver Mann geworden. Jetzt setzte er aufs Leben und auf die Kunst, hatte seiner todsicheren Beamtenstelle Adieu gesagt und brauchte nicht mehr auf seinen Rentenanspruch am St. Nimmerleinstag zu warten.

Helmut legte den Arm um meine Schulter und sagte: „Komm mit! Mein Freund Mattis ist gerade auf Weltreise. Du kommst wie gerufen."

„Nur wenn du einen Schnaps hast, oder noch besser, einen Whiskey?" Ich meinte es ernst, ich brauchte etwas Hochprozentiges, um mich aus meinem seelischen Kellerloch zu erheben.

Helmut legte seine Stirn in Falten. „Irgendetwas stimmt nicht mit dir, Vera. Aber du kriegst deinen Whiskey. Ich war letzten Winter in Nordirland in einer Destillery!"

Helmut führte mich auf zwei schwankenden Planken durch einen winzigen Vorgarten, der einem morastigen Sturzacker glich. Im ehemaligen Trafohäuschen, einem quadratischen Backsteinbau, gab es viele kleine Räume, deren Wände sauber geweißelt waren und auf deren Böden ein frischer Estrich lag. Von der früheren Aufgabe des Trafohäuschens war nichts mehr wahrzunehmen. Wenn ich in meinen Physikkenntnissen herumkramte, dann ging es darin um die Transformierung von Hochspannung aus einer Starkstromleitung in etwas weniger Gefährliches. Aber nun hingen statt Kabel Fotos an den Wänden, Staffeleien mit angefangenen Gemälden standen neben Skulpturen, die Gliedmaßen, übergroße Arme, Hände und Füße nachbildeten.

„Das Haus stand vier Jahre leer und Mattis hat wie ein Tier geschuftet", sagte Helmut. „Er brauchte dringend eine Pause. Die hat er gerade in Neuseeland eingelegt. Er will neue Inspirationen sammeln und sich für seine große Vernissage erholen."

Er führte mich weiter. Helmut arbeitete im hinteren Raum. An den Wänden unter dem Fenster, das auf einen grünen Dschungel hinausging, lehnten großformatige Bilder. Ölgemälde, vielleicht war es Acryl, so genau kannte ich mich da nicht aus, und in der Mitte stand eine Staffelei, auf der großformatige Fotos lehnten. Helmut verschwand einen Moment, dann kam er mit zwei Wassergläsern halb voll mit Whiskey zurück. „Cheers, auf unser Wiedersehen!"

Der Whiskey brannte angenehm in der Kehle, mit schnellen Schlucken trank ich das halbe Glas leer. Auf einmal fühlte ich mich richtig gut. Ich schaute mich nach einer Sitzgelegenheit um. Es gab ein großes, schmuddeliges Schaumgummipolster mit einem blauweiß-gestreiften Überwurf, das entfernt an ein Sofa erinnerte und einen unbequem aussehenden Holzhocker ohne Lehne. Ich entschied mich für das Polster und verschränkte meine Beine zum Schneidersitz. Helmut schob sich den Hocker zwischen die Beine und kibbelte wie Cowboys im Saloon, wenn sie sich an den Kartentisch setzten.

„Ich arbeite gerade an einem größeren Projekt für eine Ausstellung in der Psychiatrischen Uniklinik."

„Echt?" Tapfer widerstand ich der Versuchung, Begeisterung zu heucheln.

„Ich arbeite seit einem Jahr mit psychisch Kranken. Das Projekt heißt: Die Depression, mit der wir leben."

„Oh!" Mein Enthusiasmus hielt sich jetzt wirklich in Grenzen.

„Okay, es ist ein ja nur Arbeitstitel. Hast du mein Piece gesehen? Du bist doch vorhin unter der Brücke durch?"

Ich schüttelte den Kopf. „Piece?"

„Schon gut, ich meine mein neues Kunstwerk an der Ernst-Walzbrücke. „T-Mon€y, mit dem Eurozeichen."

„Ach so! Hab ich gesehen. Was soll das T und dieses Eurozeichen? Reine Deko?"

„Gute Frage", sagte Helmut. „Weiß ich selber nicht so genau. Es hat einfach zum Piece gepasst, glaube ich. Von der Farbe her, meine ich."

Das war typisch Helmut. Er schien immer noch der Alte zu sein, der sich seine Wirklichkeit selbst zusammenbastelte.

„In meinem neuen Projekt geht es um Menschen, *Faces*. Als ich dich vorhin so auf der Brücke stehen sah, war mir klar, dass du eines von meinen Bildern wirst!" Helmut schaute versonnen vor sich hin.

„Ach nee, echt?"

Er gab sich einen Ruck und war auf einmal wieder ganz da. „Vera, ich habe eine Bitte: Wäre es dir möglich, mir Modell zu stehen?"

Wäre ich nicht in dem blauweiß-gestreiften Sofa versunken, hätte mich die Frage glatt umgehauen. „Ja, aber ... wie meinst du das?"

„So wie ich es gesagt habe. Zehn Euro die Stunde? Ich brauche vielleicht ein, zwei Wochen, je nachdem. Sagen wir zwei Stunden pro Tag."

„Nicht ausziehen, oder so was?"

„Wo denkst du hin! Das könnte ich nicht bezahlen. Aktstehen ist viel teurer."

Zehn Euro? Schnell nahm ich zehn Mal zehn, das waren hundert und dann noch mal so viel, das waren zweihundert – einfach nur fürs Rumstehen?

„Naja, warum eigentlich nicht, ich bin gerade arbeitslos geworden."

Ich trank den Rest des Whiskeys aus, der mir zunehmend besser schmeckte.

„Ich gieße uns noch mal nach", sagte Helmut, „und dann erzählst du mir alles der Reihe nach. Von Gerson, Nine und Iris und wie sie alle heißen."

Gerührt ließ ich mich tiefer ins Polster sinken.

Dass Helmut sich noch so genau an die Namen meiner Freunde und sogar meines Pferdes erinnerte, nahm mich richtig für ihn ein. Er war doch nur ein paar Mal mit Carmen zusammen auf dem Leierhof gewesen – unser Reiterhof hatte offenbar einen bleibenden Eindruck bei ihm hinterlassen – oder war Carmen etwa so sexy gewesen, dass er sie immer noch nicht vergessen hatte? Helmut stellte Fragen über Fragen, ich ließ mir mein Glas ein drittes Mal füllen und erzählte ihm alles von Anfang bis zum bitteren Ende, und zum Schluss sagte ich, dass ich Massimos Mörder finden müsse.

„Ich glaube, das solltest du lieber der Polizei überlassen", sagte Helmut.

Bloß jetzt keinen Streit Vera, sagte ich mir, du hast drei Gläser Whiskey getrunken. „Ist schon gut, Helmut, mach dir keine Sorgen, wirklich nicht."

Schwankend stand ich auf, zum Abschied wollte ich Helmut noch einmal die Hand geben, doch weil mich auf einmal ein unangenehmes Drehen erfasste, wurde es eine ziemlich lange Umarmung. Helmut roch angenehm nach Whiskey, sein Haar kitzelte mir an der Wange und ich machte nur einen schwachen Versuch, mich aus seinen Armen zu lösen.

„Helmut, was soll das?", murmelte ich schließlich und er ließ mich sofort los, als habe ihn der Blitz getroffen.

Silver wartete noch an derselben Stelle auf mich, wo ich ihn vor ein paar Stunden abgestellt hatte, ich brauchte überhaupt nicht nach ihm zu suchen. Es ging schon gegen Mitternacht, und weil das permanente Drehen immer noch da war, schob ich das Mountainbike am Neckarufer entlang. Unter der Brücke drehte ich mich zu dem T-Mon€y-Piece um und winkte ihm fröhlich zu; dann schob ich Silver weiter bis zu unserer Wohnung. Vor meinen Augen funkelten so viele kleine Sterne, wie ein gewebter Vorhang aus purem Silber. Auf keinen Fall durfte ich ihn durch eine unachtsame Bewegung zerreißen. Vielleicht war Gerson zu Hause, dann würde ich ihm erzählen, dass sein Mountainbike von jetzt an Silver hieß, so wie das Fahrrad in *Es* von Stephen King. Den Wälzer hatte ich in einem Rutsch durchgelesen. Sämtliche Einzelheiten waren mir im Gedächtnis geblieben, wahrscheinlich weil ich seither kein einziges Buch mehr in die Hand genommen, geschweige denn gelesen hatte. Ich würde Gerson sagen, dass Silver und ich uns verstanden wie zwei alte Freunde und dass Silver anstandslos auf mich gewartet hatte. Da würde er sich bestimmt freuen!

Als ich in unsere Straße einbog, die von der Energiesparlaterne nur noch mit halber Kraft beleuchtet wurde, hatte sich der Sternenstaub gelichtet und das lustige Drehen, das ich der Rotation der Erdachse zuschrieb, hatte aufgehört. Leicht und einfach fand ich mein Bett, wo ich sofort einschlief, ich hatte es gerade noch geschafft, meine Schuhe weg zu kicken und meine Bluejeans auszuziehen.

21

Wo war ich denn?

Die Rollläden wurden hochgezogen, aha, daher kam das Krachen, es wurde heller. Mein Kopf fühlte sich an, als ob jemand meine Schädeldecke mit einem Holzhammer bearbeitete. Ich setzte mich auf und schirmte meine Augen mit der Hand gegen das schmerzende Licht ab. Vor mir stand Gerson.

„Es ist zehn Uhr. Wenn du das nächste Mal mein Bike ausleihst, dann frag mich vorher! Und noch eins: Ich bin nicht dein Anrufbeantworter. Du hast um 12 Uhr Reitstunde. Iris will sehen, wie du Fango reitest. Du stinkst wie eine Schnapsleiche."

Ich schaute auf den Wecker. Es stimmte, „zehn Uhr" war kein Scherz und kurz darauf hörte ich die Wohnungstür zuschlagen. Ich strich mir die klebrigen Haare aus der Stirn. Wo ging er in aller Herrgottsfrühe hin? Vera, es ist zehn Uhr, mahnte mich eine überaus vernünftig klingende Stimme in meinem Innern. Ich hätte trotzdem gerne gewusst, wo Gerson hingegangen war, aber fragen konnte ich ihn nicht mehr.

Duschen oder nicht duschen? Ich entschied mich

für ersteres.

Als mir das heiße Wasser über Kopf und Schultern prasselte, fielen mir ein paar Einzelheiten meines nächtlichen Ausfluges ein. Helmut, jede Menge Whiskey, und ich hatte einen netten Nebenverdienst an Land gezogen.

Zum Frühstücken blieb keine Zeit, ein Espresso zum Wachmachen musste reichen. Ob ich die Reitstunde lieber absagen sollte? Beim Reiten muss man fit sein, sagte Iris und heute war ich es wirklich nicht. Iris würde meine Absage verstehen und Fango selbst reiten. Aber wer weiß, vorsichtshalber zog ich Reithosen und Reitweste an, klemmte meine Stiefel unter den Arm und machte mich auf den Weg.

Ich hatte gerade noch Zeit, meiner mürrisch blickenden Nine den Hals zu tätscheln und sie auf die Wiese zu stellen. Sie ist enttäuscht, weil sie weiß, dass ich gleich wieder abdrehe, dachte ich; aber ich konnte mich nun mal schlecht in zwei Teile reißen.

Fango drehte beim Striegeln blitzschnell seinen Kopf um und versuchte mich in den Rücken zu zwicken.

„Du hast heute aber ein freundliches Pferd", sagte Iris.

„Gute Laune hat er jedenfalls nicht." Und mir geht es genauso, dachte ich.

„Iris – willst du heute Fango reiten?", versuchte ich mein Glück.

„Auf gar keinen Fall! Er ging die ganze Zeit sehr

schön bei Tissa. Ich möchte gerne ein paar Lektionen mit dir reiten. Morgen muss ich wieder nach Montmirail fahren, dann ist es zu spät."

„Bin gespannt, wie er bei ihr geht!" Ich hatte Tissa nicht kommen hören. Auf einmal war sie da, sie warf mir ein kurzes *Hallo* zu und gab Iris verschwörerisch die Hand. Mit *ihr* war ich gemeint, es war widerlich, wie sie Iris dabei angrinste.

In diesem Moment nahm ich mir vor, so gut zu reiten, wie ich noch nie geritten war, einfühlsam, präsent und losgelassen und Tissa würde zuschauen, staunen und mich bewundern müssen.

Im Hallenvorraum amüsierten sich ein paar Raben auf dem Dach. Tick, tick, tick, Scharren, tack, tack. Solche Geräusche ließen Fango normalerweise kalt, aber heute schnaubte er genervt und rollte mit den Augen.

Ich führte ihn in die Reithalle. Iris hielt mir den Steigbügel und ich schwang mich in den Sattel. Ich ließ Fango am hingegebenen Zügel Schritt gehen, atmete ruhig ein und lange aus und nach ein paar Runden spürte ich, wie sich der Wallach beruhigte. Meine Gedanken schweiften zu Nine ab. Hörte ich da nicht ein Wiehern von den Koppeln her? Regnete es schon? Vielleicht hatte Tom die anderen Pferde schon in den Stall geführt und Nine fühlte sich einsam und verlassen auf weiter Flur?

„Vera?"

Ich zuckte zusammen.

„Bist du noch da?", rief Iris.

Ich nickte und schaute mich um. Tissa hatte es sich auf der Tribüne eingerichtet. Karoreithose, das Kinn in die Hand gestützt, in der anderen den Skorpionbecher, saß sie mit übergeschlagenen Beinen da und wartete darauf, dass Fango einen Satz machte und mich in den Dreck warf.

„Können wir?"

Ich nickte, doch da fühlte ich etwas Hartes, zäh Schwarzes in meiner Kehle. Eine Kugel ähnlich derjenigen, die Massimos Schaufenster zerbrochen hatte. Bleierne Angst, sie dehnte sich aus, erfasste meine Brust und Arme und nahm mir den Atem. Ich hörte Iris Stimme wie durch einen dicken Vorhang. „Was ist los mit dir Vera?"

Es hatte keinen Zweck, es zu leugnen. „Mit ist irgendwie komisch", sagte ich leise.

„Frag Fango, was du tun sollst", sagte Iris. Sie konnte mit Pferden sprechen und erwartete von ihren Reitschülerinnen, dass sie es ebenfalls taten. Ein Seufzen und dann war ich bereit es zu versuchen.

„Fango, was soll ich tun?" Seine Antwort kam blitzschnell. Hab Vertrauen und Vertrauen durchflutete in sonnenwarmen Wellen meinen Körper vom Scheitel bis in die Zehenspitzen, es war ein überirdisches Gefühl. Ich klopfte mit meinen Absätzen sacht an seine Seiten und er setzte sich in Bewegung. Wir waren ganz im Einklang, Fangos Trab war so leicht, ich wurde sanft aus dem Sattel gehoben und sanft wieder hingesetzt. Fango reagierte auf die Signale meines Körpers als ob wir zusammen tanzten. Meine Hände hielten eine weiche Verbindung zu seinem Maul, die Zügel dienten uns zur Verständigung und nicht wie früher zum Kontrollieren und Festhalten. Zum ersten Mal seit langem fühlte sich Fangos Galopp wieder an wie ein weiches Daunenbett, so wie ich es damals in Luis' Reitstunde gefühlt hatte, es war pures Glück. Ich erlebte die schönste Reitstunde meines Lebens. Wie dankbar war ich Gerson, dass er dafür gewesen war, Fango zu behalten. Und wie stolz war ich, dass Tissa gerade in diesem einzigartigen Augenblick auf der Tribüne saß, wie würde sie mich jetzt bewundern! Iris war eine wunderbare Reitlehrerin. Ganz anders als Roberto, der jetzt schon seit drei Jahren in Berlin war – wie schnell doch die Zeit verging, wenn man ein geflügeltes Ross reiten durfte! – Iris, die Gefühlvolle, Iris die Einfühlsame, ich fing an zu singen *Colorado Rocky Mountains High*. Das größte Glück der Erden ...

Wenn doch Iris nur nicht dauernd meinen Namen gerufen, nein, gebrüllt hätte! Mit Einfühlsamkeit hatte dieses Geschrei nichts zu tun. Schon wieder: „Vera!" Warum war sie immer so streng mit mir? Warum konnte sie mich nicht für eine Sekunde einfach mal glücklich sein lassen?

„Vera!"

Es hatte so kommen müssen! Jetzt war es soweit. Ihr ewiges Herumnörgeln machte mich völlig kirre.

Fango riss den Kopf hoch und startete durch. Ich wurde durch den Ruck nach hinten geschleudert und der Wallach raste mit mir durch die Halle. Der Oxer? Fango würde springen, da gab es keinen Zweifel. Meine Kraft schwand. Tu endlich was, Vera, durchfuhr es mich. Volte! Nein! Doch! Eine Volte! Du darfst ihn nicht rasen lassen. Ich griff in die Zügel, er buckelte, einmal, dann noch einmal.

„Vera!"

Wenn er mich abwarf und ich mit ungeschütztem Kopf an die Hallenwand donnerte …! Eine heiße Welle durchflutete mich. Rot, alles strahlte rot: die Bande, der Hallenboden, dann war da nichts mehr. Ich musste für den Bruchteil einer Sekunde die Augen zu gemacht haben. Als ich sie wieder öffnete, stand Fango schnaubend in der Hallenmitte, genau an dem Punkt, wo Iris' Zwillingsschwester Marga vor sechs Jahren zu Tode gestürzt war. Mir klopfte das Herz bis zum Hals. Das Blut pochte mir in den Adern, mein Kopf dröhnte. Fango schnaubte noch einmal und brachte mich in die Wirklichkeit zurück. Er schien den kurzen und beinah mörderischen Galopp schon wieder vergessen zu haben, zitternd saß ich im Sattel und legte ihm die Hand auf den Hals.

„Er lief so schön, ich war so glücklich, und da ist er einfach losgestürmt!", sagte ich zu Iris.

„Für mich sah das anders aus: Du warst überall, nur nicht bei deinem Pferd." Sie glaubte mir nicht.

Ich habe an Tissa gedacht, ging es mir durch den

Sinn. Aber wo war Tissa eigentlich? Auf der Tribüne jedenfalls nicht. Plötzlich wirbelte eine Wolke Staub gemischt mit Pferdehaarflocken durch die Luft, jemand hatte die Tür zum Hof aufgeschoben.

„Hab ich was verpasst?" Tissa? Sie hatte ihren Platz verlassen und überhaupt nichts von meinem Ritt mitbekommen.

Am nächsten Tag reiste Iris ab. Sie versprach mir, gut auf Alles Paletti aufzupassen.

„Vera, ich weiß Bescheid über deine berufliche Situation, Gerson und Tom haben mir alles erzählt. Ich kann den Kleinen noch eine Weile durchfüttern."

Gerson hatte ihr alles erzählt? Was denn? Aber war das jetzt wichtig? Iris nahm mir eine Sorge ab und dafür sollte ich ihr dankbar sein. Sie umarmte mich, wünschte mir viel Glück und setzte sich hinters Steuer ihres Range Rovers.

„Ruf mich an, wenn du mich brauchst", sagte sie noch, dann lenkte sie das Gespann den Feldweg hinaus Richtung Autobahn. Ich winkte ihr nach, bis der Wagen hinter dem Hügel verschwunden war, und hätte sie am liebsten noch einmal zurückgerufen. Warum war diesmal alles so verteufelt schief gelaufen zwischen uns? Ich konnte mir nicht helfen, aber mir fiel immer nur eine Ursache ein: Tissa! Sie war schuld an allen unseren Zerwürfnissen, das wurde mir von Tag zu Tag klarer.

Und noch etwas war mir klar: Ich brauchte dringend Fakten, denn ich hatte immer noch nichts gegen sie in der Hand. Ungeduldig rief ich ein paar Mal in der Tierarztpraxis an, doch ich erreichte nur die Praktikantin. Der Tierarzt war immer kurz vor meinem Anruf zu einem Notfall gerufen worden. Von Gerson durfte ich keine Hilfe erwarten. Seit neuestem hatte er sich angewöhnt, spät nachts noch einmal in die Stadt zu gehen. Ich fragte ihn nicht aus, denn mit wem anderem als mit Tissa hätte er sich seine Nächte um die Ohren schlagen sollen?

22

Drei Tage, nachdem mir Helmut den attraktiven Nebenjob angeboten hatte, stand ich ihm zum ersten Mal Modell. Er mischte in aller Ruhe seine Farben und bereitete seine Staffelei für den Ausflug aufs Stauwehr vor. „Sagt dir der Name Nanina was?", fragte ich ihn, weil mir ein wenig langweilig war und mir allerlei Gedanken im Kopf herumsausten.

„Wer, Nanina? Ich habe Massimo auf dem Leierhof kennengelernt, schon vergessen?", sagte er.

Typisch Helmut, er war so mit seinen Farben beschäftigt, dass er nur mit halbem Ohr zuhörte und irgendetwas sagte, nur um mir eine Antwort zu geben.

„Ich habe sogar mal eine Reise bei ihm gebucht. Es wurde nichts daraus, weil mich Carmen wenig später sitzengelassen hat. Wir wollten zusammen nach Australien."

„Keine Geschichten von Carmen", flehte ich. Carmen war für kurze Zeit Helmuts Flamme gewesen, bis sie mit unserem Reitlehrer Roberto nach Berlin durchbrannte.

„Hatte Massimo sich nicht gerade von seiner Frau getrennt? Er war so ein netter Kerl", sagte Helmut.

Ich stutzte: „Wieso? Er war doch gar nicht verheiratet?"

Helmut klemmte sich die Staffelei unter den Arm und drückte mir die Palette und den Bleistiftkasten in die Hand. „Los gehen wir, das Licht ist genau richtig."

Wir stapften die Stufen zum Wehrsteg hinauf. Die letzten Sonnenstrahlen schrägten mir in die Augen; ich hielt die Hand wie einen Schild an die Schläfe und war froh, dass Helmut sich so viel Zeit ließ, die richtige Stelle für seine Skizze auszusuchen.

„Hier! Die Unterarme bitte auf das Geländer. So wie neulich, du weißt schon, vor drei Tagen, als ich dich ge..., äh – ich meine, als wir uns wiedergesehen haben."

„Als ob ich mich jeden Augenblick in die reißenden Fluten stürzen wollte?" Von Fluten konnte heute keine Rede sein; über die rostigen Walzen des Stauwehrs ergoss sich nur ein armseliges braungrünes Rinnsal.

Ich lehnte mich über das Geländer und spürte sofort die Rotation der Erdachse; mir wurde schwindelig und ich wollte mich gerade wieder aufrichten, aber Helmut sagte: „Super, Vera! Bleib so!"

Offensichtlich machte ich wieder diesen fertigen Eindruck, den Helmut so sehr an mir schätzte.

„Helmut – mit wem war Massimo verheiratet?" Keine Ahnung, warum mir diese Frage über die Lippen kam, vielleicht hoffte ich, dass Helmuts Antwort die Erdachse wieder ins Lot bringen würde.

„Mit wem? Du hast doch vorhin selbst nach ihr gefragt! Mit dieser Nanina natürlich."

Er legte seinen Pinsel auf die Staffelei und hielt mir einen Vortrag über die Herkunft und die Bedeutung des Namens Nanina, der zu einer altnordischen Muttergöttin gehörte. Diese Geschichte war mir nicht neu, sie stand bei Wikipedia und er trug sie mit derselben Wichtigkeit vor, mit der er seine Studenten im Proseminar an der Uni zur Verzweiflung gebracht hatte. Das berühmte Rennpferd erwähnte er nicht.

Während Helmut mir gelehrte Vorträge hielt, machte ich mir meine eigenen Gedanken. *Nanina*, *Aninan* – ob ich den Namen vor- oder rückwärts buchstabierte – er hatte denselben freundlichen Klang. Diese Erkenntnis schien mir ungleich wichtiger als Helmuts pseudogelehrter Schulmeisterkram. Wenn ich dagegen Tissa rückwärts las, kam *Assit* heraus, da zuckte ich unwillkürlich zusammen und bekam eine Gänsehaut.

„Hat dir Massimo erzählt, warum sie einen nordischen Namen hatte, wenn sie doch aus Italien stammte?"

„Hm." Helmut strich mit dem Pinsel eine größere Fläche aus und schien vollkommen darin zu versinken. In diesem Augenblick hätte ich einen Kopfsprung in den Neckar machen können und er hätte es nicht bemerkt.

„Ja oder nein?“

„Was?“

„Ob Massimo dir etwas über die Herkunft seiner Frau erzählt hat?“

„Ach so – das übliche – ganz ohne Wertung natürlich. Ihre Eltern kamen aus Sizilien. Sie waren mit der Mafia verbandelt. Sie wollten sich von der Bande lösen und sind vor der Geburt ihrer Tochter nach Norwegen geflohen, möglichst weit weg, das ging damals noch. Sie haben ihre einzige Tochter, die in Norwegen geboren wurde, Nanina genannt.“

„Das Übliche!“ Meinte Helmut damit etwa die Mafia? Ich fiel aus allen Wolken und machte mich auf eine unsanfte Landung gefasst.

„Ich wollte damals ein Seminar über die Cosa Nostra vorbereiten und den Gendersapekt bei der Mafia untersuchen, aus rein wissenschaftlichen Gründen natürlich. Ich wäre gerne nach Sizilien geflogen, aber Carmen hat mich solange genervt, bis wir uns auf Australien einigten. Aber aus dem Australienprojekt ist dann auch nichts geworden.“

Helmut schaute zum Himmel. „Mist, jetzt ist das Licht weg!“

Das Wasser des Neckars lieh sich die schrägen Sonnenstrahlen um ein letztes Mal aufzuleuchten und vom Sonnenball war nur noch ein roter Streifen zu sehen, der die Wolken vom Horizont trennte.

„Es dämmert“, sagte ich. „Helmut, was du mir da gerade erzählt hast, muss ich erst mal setzen lassen, ich fühle mich irgendwie ausgelaugt, ich meine, ich könnte jetzt einen Whiskey vertragen."

Helmut schmunzelte. „Ich auch!", sagte er.

23

Es war schon ziemlich spät, als ich in einem angenehm entspannten Zustand die Treppe zu unserer
Wohnung hinaufstapfte. Entgegen meiner Befürch-
tung fand ich sofort den Schlüssel in meiner Hosentasche. Mit der linken Hand ertastete ich die Öffnung
und mit der rechten versuchte ich den Schlüssel ins
Schloss zu stecken. Ich hätte das Licht im Treppenhaus anknipsen können, dann wäre es einfacher gewesen, aber ich wollte Gerson nicht aufwecken. Ich
war felsenfest davon überzeugt, dass er heute Nacht
zu Hause war, warum wusste ich nicht. Plötzlich ging
die Tür auf und ich wäre kopfüber in den Flur gefallen, wenn mich Gerson nicht aufgefangen hätte.

„Du stinkst nach Whiskey." Er ließ mich einfach im
Hausflur stehen. „Ich bin im Wohnzimmer, wenn du
mich suchst."

Wie eine Einladung zu einem gemütlichen
Schlummertrunk klang das nicht. Eher nach Stress.
Stress musste ich vermeiden, vor allem nachts. Ich
ging ins Badezimmer, putzte mir die Zähne und
spritzte mir kaltes Wasser ins Gesicht, er will mit mir

reden, dachte ich, ausgerechnet jetzt? Mit meiner guten Stimmung war es aus.

„Gerson?"

Er saß auf unserem blauen Sofa und starrte mit leeren Augen vor sich hin. Als ich ins Wohnzimmer hinein kam, schaute er auf seine Armbanduhr. „Es ist schon spät – ich habe dir trotzdem etwas zu sagen."

Obwohl auf dem Sofa viel Platz war, schien es mir heute für uns beide zu eng. Ich setzte mich auf den unbequemen Designerdrahtsessel, Gersons Lieblingsmöbel, das er hegte und pflegte wie ein teures Dressurpony.

„Wenn du nicht aufhörst, schlecht über Tissa zu reden, dann verlasse ich dich", sagte er übergangslos. „Ich meine es ernst: Ich überlege mir, ob ich ausziehen soll."

„Was?", fragte ich entgeistert.

„Du belauschst Tissa und Hansi, du spionierst ihr nach, du lässt keine Gelegenheit aus, Schmutz über ihr Pferdefutter auszugießen, du versuchst, ihre Reitweise als pferdequälerisch hinzustellen ..."

„Gerson, ich sage nur das, was ich sehe! Reine Tatsachen! Und ich tratsche nicht mit meinen Stallkollegen, ich rede über Unrecht, über kriminelle Machenschaften, über Tierquälerei – ist das etwa falsch?"
Hätte ich ihn nicht unterbrochen, wäre die Liste meiner vermeintlichen Verfehlungen noch länger ausgefallen.

„Was siehst du denn da? Hör mal: Die Schuld entsteht im Kopf der anderen, verstehst du?"

„Kein Wort verstehe ich!"

„Dann will ich es dir erklären: Im Stall geht rum, dass du das Bio-Dyn-Feed im Labor analysieren lassen willst, weil du glaubst, Tissa will damit unsere Pferde vergiften; stimmt das etwa nicht?"

Mist! Irgendjemand im Stall hatte wieder einmal den Mund nicht halten können.

„Ja und? Ich sorge mich um die Gesundheit unserer Pferde!"

„Weißt du, was ich denke?"

„Nein, weiß ich nicht. Ich weiß nur, dass in unserem Stall bereits ein Pferd gestorben ist."

Gerson machte eine wegwerfende Handbewegung. Seine Stimme klang heiser und gepresst. „Ich will es dir sagen: Du bist eifersüchtig. Gerade du! Vielleicht kannst du dich noch an dein inniges Verhältnis zu Luis erinnern? Diesem selbsternannten Elitereiter? Es ist noch gar nicht so lange her!"

„Oh! Monsieur ist nachtragend!" Meine Empörung stieg mit jedem Wort, das Gerson sagte.

„Meinetwegen nenn es, wie du willst. Du bist nicht nur eifersüchtig, sondern auch noch zickig und hinterhältig. Du hintergehst nicht nur Tissa, sondern auch mich!"

Er hielt einen Moment inne, dann setzte er leise hinzu: „Ich habe dir deine Affäre mit Luis vollkommen verziehen."

Warum musste er jetzt gerade diese alte Geschichte aufwärmen?

„Gerson! Du bist kaum noch zu Hause und ich frage mich, wo du dich eigentlich jede Nacht herumtreibst."

„Und du? Wo treibst *du* dich denn nachts herum? Es ist schon das zweite Mal, das ich dich mit einer Whiskeyfahne erwische – meinst du meine Nase ist verstopft?"

Dass Gerson ausgerechnet jetzt von seinem Geruchsorgan anfing, kam mir gerade recht.

„Und dieses Parfüm, mit dem du dich seit einiger Zeit einnebelst? Green Orange – du hast es schon wieder an dir! Es ist gar kein Parfüm, es ist sowas wie ein Aphrodisiakum, stimmt's?"

„Na bitte, du bist eifersüchtig, Vera."

„Und wenn schon?", sagte ich trotzig.

„Und wenn schon? Gerade jetzt, wo du ein Verhältnis mit deinem ehemaligen Kollegen Helmut angefangen hast!"

„Woher willst du das wissen?" Ein Verhältnis mit Helmut? Darauf musste man erst mal kommen! Helmut war mindestens zwei Jahre jünger als ich und immer noch so unsexy wie ein Goldfisch.

„Ich bin dir einfach mal nachgegangen", sagte er. „Zu eurem Liebesnest im Trafohäuschen."

„Du hast mir nachspioniert?"

„Na bitte: Zweierlei Maß. Warum sollten ich nicht die gleichen Mittel benutzen wie du?"

Ich schluckte. „Gerson", sagte ich. „Du irrst dich. Ich habe nichts mit Helmut. Aber du hast was mit Tissa."

Gelangweilt schaute er auf die Uhr. „Das reicht! Ich muss morgen früh raus. Jedenfalls weißt du jetzt, was mir im Kopf herumgeht."

Er stand auf und ließ mich einfach sitzen. Dann kam er noch einmal zurück. „Und übrigens, die Leute in Stall finden dein Verhalten genauso merkwürdig wie ich."

24

Am nächsten Tag passte mich Tom vor der Sattelkammer ab und nahm mich zur Seite.

„Vera", sagte er, „du weißt, dass ich auf dem Leierhof keinen Streit will."

Er lehnte seine Mistgabel an die Scheunenwand und schwieg mich vielsagend an, solange bis ich es nicht mehr aushielt und mir ein „Ja, ich weiß", abrang.

„Also gut, dann verhalte dich entsprechend. Ich habe Tissa erlaubt, das Bio-Dyn-Futter auf meinem Hof zu verkaufen, hörst du? Ich möchte nicht, dass du hinter ihrem Rücken Horrorgeschichten über das Kräuterzeug verbreitest."

„Aber Tom! Ich will doch nur wissen, ob das Futter wirklich so gut ist, wie sie behauptet."

„Mach, was du willst. Aber hör mit deinen Schnüffeleien auf, ist das klar?" Wortlos packte er die Mistgabel und stocherte damit in dem großen Strohballen herum, der auf dem Hof lag.

Ich hatte keine Mistgabel, um meine Wut abzureagieren. Ich drehte mich auf dem Absatz um. „Ist gut,

Tom", sagte ich empört und ratlos zugleich. Nichts war gut, überhaupt nichts.

Mit einer Ladung Lekerlis in der Tasche machte ich mich auf zu Nine.

Mitten auf dem Hof kamen mir Mascha und Marlen angeregt plaudernd entgegen; ob Marlen schon ihr neues Pferd gekauft hatte?

„Hallo, Marlen", sagte ich erwartungsvoll, doch die beiden warfen mir nur ein kurzes, schnippiges *Hi* zu und liefen an mir vorbei, als ob ich Luft für sie wäre. Dabei hatten wir uns erst vor kurzem so gut miteinander unterhalten! Mich überfiel tiefe Mutlosigkeit. Erst Tom und jetzt Marlen – was wollte ich hier eigentlich noch? Auf diesem Hof, wo jedes offene Wort auf taube Ohren stieß? Wo alle, die sich um das Wohl der Pferde sorgten, als verrückte Kampfhühner, oder als eifersüchtige Zicken abgestempelt wurden? Nicht einmal Iris konnte ich noch ins Vertrauen ziehen; seit unserem Gespräch im Café, das auf meiner Seele lastete wie ein Zementsack, war sie abgereist und hatte sich nicht mehr bei mir gemeldet. Wenn das hier so weiterginge, hatte ich bald niemanden mehr, mit dem ich plaudern konnte, vielleicht nicht einmal mehr Nine.

Aber sie wartete schon auf mich auf ihrem Paddock und kaum hatte sie mich bemerkt, kam sie mir brummelnd entgegen. Ich schob die Tür zurück und streichelte ihr die Stirn. Sie ließ ihre Ohren auf die Seiten fallen und blies mich sanft an. Ich machte einen Schritt auf sie zu, da legte sie mir den Kopf auf die Schulter. Meine Augen wurden feucht, ich legte meine Arme auf ihren Hals und flüsterte ihr all meinen Kummer ins Ohr.

25

Er lag auf dem Rücken und ich fürchtete mich vor dem zerstörten Gesicht; aber sie zogen das Tuch nur halb zurück, ich erkannte ihn zweifelsfrei und konnte keine Spuren von Gewalteinwirkung erkennen. Da war dieser starre Ausdruck, die herabgesunkenen Augenlider, die gelblich verfärbte, papierene Haut und die Stoppeln seines Dreitagebartes.

Den ganzen Weg vom alten Klinikum zurück über den belebten Bismarckplatz und die Theodor-Heuss-Brücke sah ich Massimo im Kühlhaus auf der Bahre liegen. Das Bild bedrückte mich, es wollte und wollte nicht weichen. Als ich an unserem Reisebüro vorbeikam, konnte ich kaum atmen und es gelang mir nur mit Mühe weiterzuradeln.

Um mich abzulenken, räumte ich zu Hause die Waschmaschine aus und schüttelte die Papierknöllchen von den feuchten Jeans. Auf dem Fußboden sammelten sich die weißen Knöllchen wie Schneeflocken. Warum hatte ich auch Gersons Jeans in die Trommel stecken müssen? Sie rochen sogar nach dem Waschen noch nach Green Orange. Das Parfüm kochte meine Emotionen, die ich einen Moment lang erfolgreich abgestellt hatte, wieder hoch. Diese zerkrümelten Fetzen des Papiertaschentuchs in der Wäsche hatten irgendetwas in mir aufgestachelt.

Als ich mich mit Kehrschaufel und Handfeger bewaffnet bückte, dachte ich wieder an den toten Massimo mit seinem Dreitagebart und seinen langen Fingernägeln und mir war, als läge er vor mir auf dem Fußboden.

Auf einmal war dieses merkwürdige Zittern in meinem Brustkorb. Ich kannte dieses Vibrieren, es war schon ein paar Mal aufgetreten, immer dann, wenn ich in einer verletzlichen Stimmung gewesen war. Jedes Mal hatte ich voraussagen können, dass in der nächsten Sekunde das Telefon läuten würde. Es war auch schon vorgekommen, dass ich sofort wusste, wer mich sprechen wollte. Genau wie heute.

„Hallo Helmut!", sagte ich, ohne auf das Display zu schauen.

„Hi!", sagte er aufgeweckt. „Lust auf einen kleinen Ausflug?"

Warum nicht, dachte ich, das bringt mich auf andere Gedanken. Diesmal brauchte ich für meine Antwort keine drei Sekunden: „Wenn du mir einen Gefallen tust?"

„Na gut, raus damit."

„Begleitest du mich zu der Stelle, wo Massimo ermordet wurde? Ich weiß nicht warum, aber ich muss mir den Ort mal ansehen."

„Okay!", sagte Helmut. „Ich komme mit. Unser kleiner Ausflug kommt dann eben später."

„Und wohin?", fragte ich.

„Überraschung", sagte er.

26

Helmut überholte eine Kolonne von stinkenden Lastwägen, dann kam das Autobahnschild *Rasthof Bruchsal.*

„Rausfahren!"

Aber Helmut hatte schon den Blinker gesetzt und zog gerade noch rechtzeitig auf die rechte Seite hinüber. Ich drehte mich um – auf der anderen Seite der Autobahn hechelte ein überdimensionales rotes Springpferd über ein unsichtbares Hindernis. Es kündigte schon von weitem das Reitsportgeschäft Vordermann an.

Helmut zockelte an der Tankstelle vorbei, die wegen der abstoßend hohen Benzinpreise nur wenige Kunden anzog. Hier irgendwo musste es gewesen sein; hier hatte sie ihn umgebracht. Warum eigentlich *sie*? War ein *er* nicht viel wahrscheinlicher?

„Jetzt rechts", sagte ich laut und deutlich.

„Willkommen zurück, schön, dass du deine Sprache wiedergefunden hast", frotzelte Helmut. Vor uns tauchten betonierte PKW-Parkplätze auf, weiter hinten standen schwere Trucks, einer neben dem anderen. „Weiter!" Mein Herz klopfte so laut, dass ich Angst hatte, Helmut könnte es hören und Witze darüber machen. Am Burger-King hatte Massimo bestimmt nicht angehalten. Er hasste Pommes frites. Schon wegen des abgestandenen Fettgeruchs hätte er dort nicht einmal einen Kaffee getrunken. Dann kam das Hotel, das heute Morgen nicht besonders frequentiert schien.

„Wohin jetzt?"

Ich suchte mit den Augen das Gelände ab. Irgendwo musste der Schleichweg zu der Landstraße abgehen, die über die Autobahnbrücke führte.

„Vera?" Helmut kuppelte aus und ließ seinen Opel rollen. „Bist du sicher, dass wir hier richtig sind?"

„Leg den Gang ein – dort ist der Schleichweg."

Helmut lenkte die Klapperkiste auf die schmale Teerstraße, die irgendwo ins Nichts zu führen schien. Rechts und links des Weges wucherte Unterholz, dahinter begann der Wald, ein Durcheinander von Gebüsch, Kiefern und Laubbäumen.

„Halt!"

Helmut bremste scharf. An der Straßenseite war so etwas wie eine Ausbuchtung zu erkennen, eine Ausweichstelle für entgegenkommende Fahrzeuge. Wir stiegen aus. Auf die Teerstraße waren weiße Kreidestriche gemalt. „Genau hier muss es gewesen sein. Sieh mal, da haben sie den Tatort markiert."

Helmut nickte. Er hatte sich von meiner Aufregung anstecken lassen und starrte wie gebannt auf die

Markierungen. „Dort stand sein Auto."

„Sieht ganz so aus!", sagte ich und schloss für einen Moment die Augen.

„He, hast du genug gesehen?"

„Hier schon." Ich atmete tief durch. Plötzlich war es wieder da, dieses Vibrieren, hatte ich mein Handy nicht abgestellt? Doch! Es war etwas anderes, gerade noch hatte ich umkehren wollen, doch jetzt lief ich noch ein paar Schritte weiter und – tatsächlich!

„Helmut, guck mal!"

Im dichten Gebüsch zeigte sich eine Öffnung. Ein Pfad, überwuchert von Grünzeug.

„Reifenspuren!" Vor ein paar Tagen hatte es geregnet; die Räder hatten sich tief in den Waldboden gegraben.

„Kein Auto?", sagte Helmut enttäuscht.

„Ein Motorrad, aber ein ganz schweres, die Spuren sind sehr tief."

Ich bog vorsichtig die Zweige auseinander. Zitterte da schon wieder etwas? Unsinn, mein Handy war immer noch ausgestellt. Mein Herz klopfte im Rhythmus meines Atmens. Ich musste mich konzentrieren; etwas zog meine Aufmerksamkeit auf sich, ein zusammengeknülltes Papiertaschentuch, nichts weiter.

„Scheint eine wilde Mülldeponie mit Waldklo zu sein!", sagte Helmut angewidert. Wütend dachte ich an die Krümel des zerfledderten Papiertaschentuchs auf der Kehrschaufel und an diesen penetranten Parfümgeruch! Aber hier stank es nach Freilufttoilette, da hatte Helmut recht.

„Vera, was suchst du eigentlich? Es hat doch keinen Sinn!"

„Noch einen Schritt, Helmut!" Genau in diesem Moment fiel mein Blick auf etwas Rotes.

Ein blutgetränkter Fetzen eines Kleidungsstücks? Bleib ruhig, Vera, ermahnte ich mich.

Ich bückte mich. Und da durchfuhr es mich wie ein Blitz. „Helmut! Das ist ein Halstuch! Ein Bandanna! Vorsicht! Fass es nicht an! Es könnte ein wichtiges Beweisstück sein." Ich ging auf die Knie, beugte mich zu dem Tuch hinunter und schnüffelte: *Green Orange!* Ich hätte es drei Meter gegen den Wind gerochen. Es war Hansis Bandanna, daran gab es keinen Zweifel. Er trug es immer, wenn er für Tissa im Stall schuftete. Aber warum lag es hier im Dreck?

Helmut kauerte neben mir auf dem Waldboden. „Was machen wir jetzt?", sagte Helmut, sichtlich beeindruckt von unserem Fundstück.

„Lass es liegen, ich rufe den Kommissar an", sagte ich. Als ich auf die grüne Taste drückte, durchfuhr mich ein dumpfer Schrecken. Gerson hatte auch so ein Bandanna getragen, dachte ich.

27

Ich hatte es für Massimo getan. Aber jetzt würde die Polizei Hansi Helm aufs Korn nehmen. Wenn mein Banker in einen Mord verwickelt war, dann konnte ich meinen wunderbaren Finanzierungsplan in den Wind schreiben. Daran wollte ich lieber nicht denken! Wenigstens war mein Vertrag, den ich mit Hansi abgeschlossen hatte, wasserdicht. Als Geschäftsmann hatte Hansi einen seriösen Eindruck auf mich gemacht, sonst hätte ich mich bestimmt nicht auf seinen Kreditplan eingelassen. Helmut, der die ganze Zeit unruhig neben mir gestanden hatte, klatschte in die Hände: „Zeit für die Überraschung, Vera!", rief er und brachte mich in die Wirklichkeit zurück.

„Richtig, du hast mir eine Überraschung versprochen", sagte ich, dankbar für die Unterbrechung.

„Heute ist Renntag. Ich wollte dich zum Pferderennen nach Seckenheim mitnehmen. Nicht ganz uneigennützig, wie ich gerne zugebe. Ich will ein paar Fotos schießen – solche verwischten, die aussehen wie ein Aquarell, du weißt schon."

„Zum Pferderennen? Rennen kenne ich nur aus

den Dick Francis Krimis. Spannend! Aber viele habe ich von ihm nicht gelesen."

„Der Typ ist doch vor kurzem gestorben."

„Wer?"

„Ich brauche sie dann nur noch abzumalen."

Einen Augenblick lang stutzte ich, dann dämmerte mir: Dick Francis war tot und Helmut, der schon wieder an seine verwackelten Fotos dachte, hielt mir die Autotür auf.

Wenig später überquerten wir die Autobahnbrücke, die vermutlich auch Massimo überquert hatte, und fuhren zurück Richtung Frankfurt. Von der Raststätte Bruchsal war es nur ein Katzensprung bis zur Rennbahn in Mannheim-Seckenheim.

Nach zwanzig Minuten hielten wir vor einer rotweißen Schranke an einer großen Wiese, auf der die Autos dicht an dicht standen. Ein Bulle von Mann in einer schwarzen Lederweste über dem tätowierten Oberkörper verkaufte uns ein Parkticket. Auf seiner Vollglatze sammelten sich die Schweißperlen zu kleinen Sturzbächen, es war so heiß wie an einem Hochsommertag. Ich sehnte mich nach einem eiskalten Drink, aber zuerst brauchten wir ein Ticket. Wir fädelten uns in den Besucherstrom ein, eine regelrechte Massenwanderung flutete zum Eingang und den Kassen. Teenagerscharen in Flip-Flops, Hotpants oder löchrigen Jeans, deren Hosenboden kurz über dem Knie hing, junge Mütter, die Kinderwagen schoben, Väter mit ihren Kleinen auf den Schultern und

Großeltern, die auf ihren Rollatoren Picknickkörbe und Sonnenschirme transportierten, alle strebten sie zur Rennbahn. „Was für ein Betrieb! Ist das hier etwa ein Familienfest? Auf unseren Reitturnieren geht es nicht so zu!"

„Ist doch klar", grinste Helmut, „erstens wird das Herumreiten im Viereck spätestens nach dem zweiten Pferd langweilig und zweitens gibt es außer Schleifen und Zeugs, das man sowieso schon hat, nichts zu gewinnen, und die Zuschauer gehen immer leer aus."

„Moment mal!" Ich blieb abrupt stehen. Eine junge Frau konnte gerade noch rechtzeitig ausweichen, sonst hätte sie mir ihren Kinderwagen in die Fersen geschoben. „Entschuldigung", murmelte ich und fasste Helmut am Arm.

„Helmut, schau dir das an!"

„Bist du jetzt Bikerfan, oder was?"

Wir standen genau vor dem Motorradparkplatz. „Nicht dass ich wüsste, aber die Maschine dahinten, die kenne ich!"

„Welche?" Helmut hatte Hansis BMW noch nie gesehen, und ich hatte sie nur an dem Final-Sting-Scorpions-Logo auf dem Tank erkannt.

„Die Maschine gehört Hansi!"

„Mach keinen Scheiß – meinst du deinen Banker, den wir gerade im Wald..." Helmut strich sich die Haare aus der Stirn und schaute sich prophylaktisch um. „Ich kenne ihn doch gar nicht, ist er hier auf der

Rennbahn?"

„Entweder das, oder jemand hat sein Motorrad geklaut."

„Oder er hat es jemandem ausgeliehen." Helmut musste immer das letzte Wort haben. „Vielleicht dieser Tissa?"

„Helmut, bitte!" Tissa war die letzte, die ich hier auf der Rennbahn treffen wollte. Aber Hansi auch nicht! Wir waren hier um Spaß zu haben und ich musste dringend auf andere Gedanken kommen und vielleicht war dieser Hansi ja doch gefährlich und führte eine Waffe bei sich.

„Und was sollen wir jetzt tun?", fragte Helmut.

„Nichts", sagte ich spontan. „Das heißt, wir kaufen uns eine Eintrittskarte."

Sofort zog Helmut seine Geldbörse aus der Hosentasche. „Das übernehme ich!"

Dann bahnten wir uns unseren Weg durch die Menschtrauben, die die Getränkestände und Wettbüros belagerten.

„Wollen wir?", fragte ich.

„Ich gebe uns eine Cola aus, es sei denn du willst lieber wetten."

„Beides vielleicht?", sagte ich. „Ich sterbe vor Durst. Hast du eine Ahnung, wie Wetten überhaupt geht?"

„Wir könnten uns ja beraten lassen", schlug er vor. „So schwer kann es nicht sein, schau dir nur die vielen Kids an, die vor den Wettbüros Schlange stehen!"

„Die bekommen das Wettgeld von Oma und Opa und den heißen Tipp dazu. Ich glaube, ich bin nicht so der Spielertyp", sagte ich. „Aber wenn du willst, trau dich einfach! Ich schau mir lieber die Pferde im Führring an."

„Ach was, war nur so eine Idee. Ich komme mit. Wer weiß, was dir ohne mich alles einfällt!"

„Ach Helmut", sagte ich mit geheuchelter Dankbarkeit. „Wenn ich dich nicht hätte!"

Der Führring, wo die Pferde gesattelt und ein paar Runden geführt wurden, um sie dem Publikum zu zeigen, lag im Schatten alter Kastanien wenige Schritte von der Rennbahn entfernt. Ein paar Pferde wurden schon von ihren Jockeys am Trensenzügel im Kreis geführt. Sie tänzelten, hatten Schaumflocken vor dem Maul und versuchten zu steigen – in diesem kleinen Rund schien sich keines der grazilen Tiere wohlzufühlen. Eine große, kräftige Frau fiel mir auf, die einen winzigen Rennsattel über dem Arm trug. Sie stand neben einem Jockey, der ihr bis zur Schulter reichte und ein zierliches braunes Pferd zu beruhigen versuchte, das eine ungeheure Energie aufgestaut hatte. Neben den beiden sah die Frau aus wie eine Preisboxerin der Schwergewichtsklasse. Das Pferd gefiel mir, es trug die Nummer 7 am Kopfstück.

„Ich habe mir schon einen Favoriten ausgesucht!", sagte ich zu Helmut, verschwieg ihm aber wohlweislich die Kopfnummer. Helmut zückte sein Handy und hielt es auf den Braunen. *Klick!*

„Dann macht das Rennen doch erst richtig Spaß." Er steckte das Handy wieder ein und winkte der Frau am Führring zu.

„Kennst du die Dame?", fragte ich verblüfft. Die Besitzerin meines Favoriten hatte gerade freundlich zurückgewinkt.

„Klar doch, du etwa nicht?"

„Nein!", sagte ich und erstarrte. Die Frau hatte ich noch nie gesehen, aber dafür kannte ich den Mann neben ihr. Nicht den Jockey, dem sie gerade aufs Pferd geholfen hatte, sondern den Mann, der dicht neben ihr stand. „Das gibt es doch gar nicht", entfuhr es mir. „Wo ist der denn her gekommen?"

Die Frau flüsterte ihm etwas zu, er drehte sich um und blickte mir für den Bruchteil einer Sekunde mitten ins Gesicht. Seine Gesichtszüge blieben unbewegt, beinah starr; dann bückte er sich, kroch unter dem Geländer durch, lief quer über den Platz zwischen den Pferden hindurch und verschwand auf der anderen Seite hinter einer Bude.

„Helmut, hast du den Mann gesehen? Den Typ da, neben deiner Bekannten – das war Hansi!"

„Tatsächlich? – Und das Bandanna, hatte er es um den Hals?"

Helmut schien allmählich ein kriminalistisches Gespür zu entwickeln. „Nein", sagte ich mit gespielter Sicherheit. Sein Halstuch lag hoffentlich schon bei der Spurensicherung!

„Vera, die Frau – weißt du wirklich nicht, wer sie ist?"

„Hör mit der Fragerei auf, Helmut, – sag es mir lieber gleich."

„Sie ist Nanina, Massimos Ex."

Ach du liebe Göttin! Wenn ich gewusst hätte, was uns die Rennbahn an diesem Nachmittag alles bescheren würde, wäre ich nicht auf Helmuts Überraschung eingegangen. Mir wurde schwindelig. Warum steckten Hansi und diese Nanina ausgerechnet am Führring in Seckenheim ihre Köpfe zusammen? Hatte Hansi seine Finger etwa auch im Wettgeschäft? War er in den Mordfall verwickelt und Nanina seine Mordkomplizin?

„Nanina hatte immer schon ein oder zwei Rennpferde am Laufen, schon damals, als sie noch mit Massimo zusammen war", setzte Helmut hinzu.

„Kannst du mir etwas verraten?", sagte ich zu Helmut. „Warum muss gerade ich hier *die* Leute finden, die ich für ein paar Stunden vergessen wollte. Es reicht doch, dass ich die Polizei verständigt habe!"

Ob ich diese Typen irgendwie anzog? Fast glaubte ich es, es hatte in letzter Zeit viele solcher merkwürdiger Zufälle gegeben.

Ich packte Helmut, der sehnsüchtig zum Wettbüro schielte, am Arm. „Wir müssen gehen", sagte ich. „Wir sind hier nicht sicher. Massimo hat mich vor dieser Nanina gewarnt!"

Atemlos erzählte ich ihm von dem rot unterstrichenen Text, den ich in meiner Schublade im Büro gefunden hatte. Für mich war das Rennen gelaufen. Nicht einmal meinen Favoriten mit der Nr. 7 wollte ich noch sehen. Auf einmal war ich mir nicht mehr sicher, ob der Name Nanina, egal ob vorwärts oder rückwärts gelesen, wirklich so gemütlich klang, wie ich noch vor kurzem angenommen hatte.

„Auf dem Blatt von Massimo stand Mafia!", sagte ich.

Doch Helmut schüttelte meine Hand ab. Wenn er sich etwas vorgenommen hatte, dann ließ er sich nicht so schnell davon abbringen.

„Für Nanina würde ich barfuß über die Glut gehen, glaub es mir. Aber jetzt muss ich endlich an die Arbeit – ich habe noch kein einziges Foto gemacht! Vera, bitte!"

„Nur eines!", sagte ich. „Das reicht doch für Aquarellbilder?"

Das Rennen dauerte keine fünf Minuten, die Helmut voll ausnutzte; er schoss in jeder Sekunde ein neues Foto. Ich konnte ihn nur mit Mühe davon abhalten, die Siegerehrung abzuwarten. Als wir das Ergebnis durch den Lautsprecher hörten, sagte Helmut: „Siehst du, wir hätten uns von Nanina Rat holen sollen. Die Kohle hätten wir mitnehmen können!"

Der grazile Braune mit der Nummer 7 und dem Namen Spiderfly war als Erster durchs Ziel gegangen. Ich verschwieg Helmut lieber, dass ich ihn mir schon vor dem Rennen als meinen Favoriten ausgeguckt hatte.

„Lass uns gehen, Helmut, ich hab genug für heute, echt!", sagte ich und zog ihn zum Ausgang.

Hansis Insekten-Motorrad stand nicht mehr auf dem Parkplatz, was mich nicht überraschte.

„Das hab ich mir gedacht, er ist getürmt."

„Du hast ihm einen großen Schrecken eingejagt", grinste Helmut. Helmut mit seinem sonnigen Gemüt verkannte wieder einmal den Ernst der Lage.

28

Klar, dass ich nächsten Morgen alle Infos, die mir Helmut über Nanina gegeben hatte, überprüfte. Beim Badischen Rennverein war eine Pferdebesitzerin mit dem Vornamen Nanina gelistet, doch ihr Nachname lautete Grandola. Okay, die beiden hatten sich scheiden lassen und sie hatte ihren Ehenamen abgelegt, das war normal. Schnell googelte ich die Gelben Seiten und fand die Adresse und Telefonnummer einer Nanina Grandola, die in Mannheim-Neckarau wohnte. Ich widerstand der Versuchung, auf gut Glück ihre Nummer zu wählen, hoffte aber, dass sie sich selbst bei mir melden würde. Hansi hatte ihr bestimmt zugeflüstert, wer da neben ihrem Bekannten stand und natürlich wusste sie, dass ich mit Massimo befreundet war.

Den ganzen Vormittag wartete ich auf ihren Anruf, bis ich mir schließlich eingestand, dass meine Hoffnung ziemlich unrealistisch war. Was hätten wir uns auch zu sagen gehabt? Dann plötzlich, gegen Mittag, irrlichterte ein Gedankenblitz durch meinen Körper; kein Zittern und Kribbeln wie von dem auf lautlos gestellten Handy in meiner Hosentasche, doch die Wirkung war die gleiche. Es war die Gewissheit: *Gleich wird das Telefon läuten, es ist Nanina.*

„Nimm nicht ab, Vera." Das war Gersons Stimme, sie hatte nichts mit dem Blitz zu tun. Natürlich würde ich abnehmen. Aber vielleicht war es besser, wenn ich mich nicht mit meinem Namen meldete. Wenn es wirklich *diese* Nanina war, dann sollte sie sich gefälligst zuerst vorstellen.

„Hallo, spreche ich mit Vera Roth?" Die Frauenstimme klang fest und klar: „Ich bin Nanina Grandola, Massimos Exfrau."

Sie hat den Ehenamen nach ihrer Scheidung also wirklich abgelegt, durchfuhr es mich. Sie war die Frau, die ich gegoogelt hatte. Ich meldete mich mit meinem vollen Namen.

„Worum geht es?"

„Sie waren gestern auf der Rennbahn. Mein Banker Hansi Helm hat Sie erkannt. Ich muss Sie sprechen, aber nicht am Telefon. Können wir uns irgendwo treffen?" *Nein, auf keinen Fall! Das ist eine Falle! Die Frau ist mit der Mafia verwandt!* Schon wieder die Stimme von Gerson, aber diesmal beschloss ich, sie zu ignorieren.

„Wo wollen wir uns treffen?", sagte ich.

„Bei mir zu Hause?", sagte Nanina.

Das kommt auf keinen Fall in Frage. Und nicht in einem Café. Bei mir etwa? Und wenn Gerson da wäre? Nein, da auch nicht.

„Ich muss heute zum Reiterhof – Massimo hatte dort ein Pferd stehen, wie Sie vielleicht wissen?", sagte ich.

„Magalo! Ich war bei seinem Kauf dabei. Gut, dann komme ich auf den Weierhof, sagen wir in einer Stunde?"

„Leierhof", sagte ich. „Er heißt Leierhof. Ich bin pünktlich."

Sie war schon da, als ich um die Scheunenecke bog. Jemand musste sie zu Nines Box geführt haben, vielleicht Tom, er bekam immer gleich mit, wenn Fremde den Hof betraten. Nine stand am Geländer und ließ sich hinter den Ohren graulen. Nanina hatte ein grobknochiges Gesicht, schmale Augen und blondgefärbtes Haar, das strohig auf ihre Schultern fiel. Aber Nine schien sie zu mögen, obwohl mich meine Stute bemerkt hatte, löste sie sich nicht von der Besucherin. Nanina sah mich und strich sich ihre blonden Strähnen hinters Ohr; die Geste glich der einer Tennisspielerin, die dabei war, den entscheidenden Schlag auszuführen. Mein Bauch verkrampfte sich.

Ich gab ihr die Hand. „Ich bin Vera."

Vorhin beim Einparken hatte mir Tom von seinem Traktor aus zugewinkt. Er war gerade dabei, die Weiden zu mulchen, und er würde noch eine Weile draußen zu tun haben. Wenn ich mit Nanina um die Koppeln spazierte, würde er uns schon aus reiner Neugier im Auge behalten.

„Gehen wir ein paar Schritte?", sagte ich.

Von Nines Paddock kam ein glockenhelles Wiehern. Sie stand immer noch am Geländer und trat von einem Fuß auf den anderen; schnell ging ich noch einmal zurück und gab ihr einen Klaps auf den Hals. „Später gehe ich mit dir spazieren. Muss erst noch mit Nanina sprechen". Nine schnupperte an meiner Wange, sie schien einverstanden. Als ich mich umdrehte, fröstelte ich, vor meinem inneren Auge tauchte das rote Halstuch auf dem Waldboden auf, ich dachte an Gerson und an seine Warnungen, aber vor allem daran, dass auch er so ein Halstuch getragen hatte, ich musste alles tun, um das Bild wieder loszuwerden.

Wir gingen an der Scheune vorbei und ich schaute zu Nanina; ob Nine sich nicht in ihr getäuscht hatte? Mir war sie nicht besonders sympathisch, doch trotz ihrer schmalen Augen hatte sie ein offenes Gesicht, das hatte Nine bestimmt an ihr gefallen.

Wir waren noch nicht einmal aus dem Hof hinaus, da fing sie schon zu reden an. „Sie waren bei Massimo? In dem Institut, in dieser Lei... In dieser Halle, meine ich?" Sie vermied krampfhaft den Ausdruck Leichenhalle.

„Ich war auch dort", sagte sie, ohne meine Antwort abzuwarten.

Sie war seine Exfrau und zu mir hatten die Polizisten gesagt, dass Massimo keine Angehörigen mehr in Heidelberg hätte!

„Wie ist die Polizei auf Sie aufmerksam geworden?", wollte ich wissen.

„Sie haben beim Standesamt nachgefragt", sagte Nanina. Dass ich nicht selbst darauf gekommen war! Fast schämte ich mich wegen meiner naiven Frage, die zeigte, dass mir zu einer echten Detektivin noch einiges fehlte.

„Ich bin als Besitzerin eines Rennpferdes registriert, vielleicht haben sie sich auch beim Rennverein nach mir erkundigt", setzte sie hinzu. Und dann brach es aus ihr heraus: „Die Schweine haben ihn erschossen. Von hinten! Wissen Sie, was das bedeutet?" Sie ließ mich nicht lange überlegen. „Jemanden von hinten zu erschießen, bedeutet in der Sprache der Mafia: Du Schwein, du bekommst das, was du verdienst. Du hast mich hintergangen, also bekommst du genau das zurück."

„Meinen Sie – ach, lassen wir doch die Förmlichkeiten – wollen wir nicht *du* zueinander sagen?" Es war mir einfach so herausgerutscht, offensichtlich hatte ich meine Skrupel ihr gegenüber aufgegeben, ohne dass ich es wirklich wollte und eigentlich bereute ich es gleich wieder. „Aber was hatte Massimo damit zu tun?"

Was sie mir jetzt erzählte, war so ungeheuerlich, dass meine Probleme mit der Anrede vollkommen nebensächlich erschienen.

„Sie haben ihm einen Teil der Profite aus dem Drogenhandel gegeben und er hat sein Geschäft mit diesem schmutzigen Geld geführt. Als du ihn kennengelernt hast, hatte er ein neues Leben angefangen, er wollte auf eigenen Füssen stehen und war aus der Geldwäscherei ausgestiegen. Dir hat er vertraut."

„Was sagst du da? Massimos *Reisen der Anderen Art*, unser Reisebüro, soll eine Geldwaschanlage gewesen sein?", sagte ich entsetzt.

Du hängst ganz tief mit drin. Das war schon wieder Gersons Stimme. Was hatte ich mit Massimos schmutzigen Geschäften zu tun? Aber dann musste ich mir eingestehen, dass etwas Wahres an Gersons Behauptung war. Ich musste aufpassen, Nanina hatte ebenfalls Beziehungen zur Mafia, woher hätte sie sonst diese Einzelheiten wissen können?

„Meine Eltern haben es auch versucht. Sie sind von Sizilien nach Norwegen ausgewandert, um der Bande zu entkommen", sagte Nanina.

„Nach Norwegen?" Vielleicht interessierte sich Massimo wegen seiner kriminellen Vergangenheit so brennend für Norwegen? Sie hatten ihn ermordet, weil er sich aus ihrem Griff lösen wollte – hinterrücks erschossen, auf so eine gemeine, hinterhältige Art und Weise?

Hinterhältig, das bist du auch. So wie du Tissa bei allen Leuten anschwärzt. Schon wieder Gerson.

„Kennst du eigentlich diese Tissa?", fragte Nanina

Ich schaute mich verstohlen um. Auf dem Parkplatz stand kein Motorrad und kein VW-Bus, nur mein alter Golf und ein anderer Kleinwagen. Auf der

Straße hackte ein Rabe auf einem angebissenen Apfel herum. Die Luft war rein, aber ich musste trotzdem vorsichtig sein.

„Wir sollten uns nicht so laut unterhalten, hier auf dem Hof haben selbst die Baumstämme Ohren", sagte ich.

Nanina grinste und ich fuhr fort: „Natürlich kenne ich sie. Sie ist die Reitbeteiligung meines Mannes, von Gerson meine ich."

Nanina wurde auf einmal unruhig. Sie blieb stehen und suchte die Straße ab, als ob sie jemand erwartete.

„Tissa hatte ein Verhältnis mit Massimo", sagte sie. „Noch bevor er dich kennengelernt und dir den Job im Reisebüro angeboten hat. Keine Ahnung, ob sie selbst scharf auf den Job war, möglich ist es, aber ich glaube es nicht. Auf jeden Fall hat sie damals den Kontakt mit ihm abgebrochen. Sie war wie vom Erdboden verschwunden. Bis sie vor kurzem wieder bei euch im Stall aufgetaucht ist. Vera, nimm dich in Acht vor dieser Person!"

„Warum ...?"

„Ich traue ihr alles zu", sagte Nanina. Schweigend ging ich neben ihr her. Sie schien nachzudenken. Nach einer Weile, die mir wie eine Ewigkeit vorkam, sagte sie: „Massimo hat gekämpft. Er wollte es alleine schaffen und er hat mich unterstützt, so lange er konnte. Aber dann fingen die Schwierigkeiten bei ihm an. Sein Geschäft lief nicht mehr so gut. Ich habe ...", sie schluckte. „Ich habe ihn unter Druck gesetzt. Meine Pferde ... du weißt ja, wie das ist. Sie scheinen Geld zu fressen. Hätte ich sie verkaufen sollen? Dann habe ich Hansi kennengelernt. Er hat mir aus meinem Finanzloch geholfen. Ich habe ihn an Massimo vermittelt und er hat dann auch Massimo geholfen." Es fiel ihr sichtlich schwer, weiterzusprechen.

Hansi? Nanina hatte Hansi ins Spiel gebracht?

Mach bloß jetzt keinen Fehler, Vera! Schon wieder eine andere Stimme, aber sie war in Ordnung, das wusste ich, sie kam aus meinem Bauch. „Hansi? Er war doch gestern mit dir auf der Rennbahn?"

„Ja, genau!"

„Er hat auch mir geholfen", gab ich zu. Ich hatte gestern mein Bankkonto überprüft; auf der Habenseite waren 100 Euro eingegangen, es war nicht die Summe, die mir Hansi versprochen hatte, aber vielleicht kam der Rest ja später, da musste ich wohl Geduld haben.

„Sag mal, Nanina, hat Hansi gestern ein rotes Halstuch getragen?"

„Einen roten Seidenschal? Den hatte er immer umgebunden, wenn er mit dem Motorrad unterwegs ist, warum fragst du?"

Aber wenn er Tissa im Stall geholfen hat, trug er ein rotes Cowboy-Bandanna. Ich erzählte Nanina lieber nichts von dem roten Halstuch, das Helmut und ich im Wald gefunden hatten. Wem gehörte es? Diese Frage beunruhigte mich immer mehr.

Nanina zog ihr Handy aus der Hosentasche und prüfte die Uhrzeit. „Ich muss los."

Nicht weit von uns dieselte Toms Traktor. Wie ich es erwartet hatte, schaute er immer wieder neugierig zu uns herüber. Ich winkte ihm zu. „Alles klar, Tom!"

Es stimmte zwar nicht, aber wegen Nanina konnte ich ihm Entwarnung geben. Sie hatte mir ihre Geschichte anvertraut, das nahm mich für sie ein.

Nanina streckte mir ihre Hand hin. „Ehrlich gesagt wusste ich nicht, wie du meine Story aufnehmen würdest, aber jetzt bin ich beruhigt. Ich falle dir nicht länger auf die Nerven, deine Stute wartet bestimmt schon auf dich."

„Ruf mich an, wenn ich etwas für dich tun kann. Ich melde mich bei dir, sobald ich etwas Neues über den Mordfall gehört habe", sagte ich.

Sie lief auf einen gelben Fiat 500 zu, das Wägelchen war ein Oldtimer aus den 1960er Jahren, reif fürs Museum. Ich grinste und Nanina sagte: „Voll das Italienklischee, ich weiß! Ich habe den Toppolino von meinen Eltern geerbt, es ist das Einzige, was ich von ihnen habe."

Ob sie ihre Beine und Arme vor dem Einsteigen zusammenklappte?

Sie stieg ein, ohne die kleinste Verrenkung, setzte zurück, hielt noch einmal mitten auf der Straße an und kurbelte das Fenster herunter. „Hüte dich vor Tissa!", sagte sie. Dann legte sie den ersten Gang ein und fuhr in die Stadt zurück.

„Plauderstündchen beendet?", rief Tom von seinem dieselnden Ungetüm herunter. Er klang so locker wie immer, doch ich hatte den Rüffel, den er mir vor ein paar Tagen gegeben hatte, noch nicht vergessen. Weil ich nicht gleich antwortete, sagte er: „Bist du noch sauer wegen neulich? Nichts wird so heiß gegessen, wie es gekocht wird, hab ich recht?"

Er hat ein schlechtes Gewissen, dachte ich und merkte, dass ich schon beinah wieder bereit war, mich mit ihm zu versöhnen.

„Kann sein", sagte ich kurz. Mir schwirrten zu viele Gedanken im Kopf herum, um mich auf ein längeres Gespräch mit ihm einzulassen. Langsam ging ich über den Hof zu Nines Box. Jetzt war ich froh, dass ich es fertiggebracht hatte, Nanina nichts von dem roten Halstuch im Gebüsch zu erzählen. Sie brauchte nicht zu wissen, dass meine Beunruhigung nicht nur Hansi galt.

29

Morgens saß ich am Küchentisch und blätterte den Lokalteil der Zeitung durch, als Gerson hereinkam. Obwohl draußen die Sonne schien und die Vöglein zwitscherten, füllte sich der Raum mit kalter Luft und ein eisiger Wind fuhr in mein Haar, aber Gerson trug kein Halstuch, das fiel mir als erstes auf.

„Hast du ein Fenster aufgemacht?"

„Fango ist beinah eingegangen", sagte er, ohne auf meine Frage einzugehen.

„Was sagst du da, was ist mit Fango?"

„Fango hatte eine Kolik!"

Seine zusammengekniffenen Augen und seine zerfurchte Stirn ließen mich das Schlimmste befürchten. Sein Gesicht war schmal wie ein Ausrufezeichen, und ich merkte, wie ich innerlich in Deckung ging. Ich sollte daran schuld sein, meinte er das?

„Ich war gestern bei ihm – da sah er ganz zufrieden aus."

„Du hast nicht mit ihm gearbeitet, das ist es. Bewegungsmangel ist die größte Ursache für Koliken."

„Aber ich dachte ..."

„Du denkst an alles, nur nicht an Fango. Vielleicht gerade noch an Nine, das gebe ich zu. Seit du dich wie ein selbsternannter Hilfssheriff aufführst, passiert ein Unglück nach dem anderen."

„Gerson! Das ist gemein!"

„Weißt du, was ich glaube? Du ziehst das Unglück an! Ich habe mit Tissa gesprochen. Sie sagt, du bist mitten in einer Saturnrevolution."

„Wie bitte?" Ich konnte mich nicht erinnern, mit Tissa über mein – zugegebenermaßen aufregendes – Leben und mein unverständliches Horoskop geredet zu haben.

„Saturnrevolution ist etwas Gefährliches – für alle Beteiligten", setzte Gerson hinzu.

„Woher will sie denn das wissen und vor allem: Was geht Tissa mein Horoskop an?"

„Ich denke, du hältst nichts davon? Hör mal, Vera, ich will nicht, dass du Tissa schlecht machst. Du kennst sie doch gar nicht. Du hast nie mehr als zwei Sätze mit ihr gesprochen."

„Aber du, du kennst sie, willst du das sagen?"

„Genau! Sie hat mir eine Geschichte aus ihrer Kindheit erzählt und ich möchte, dass du sie dir anhörst."

„Was? Du willst mir einen rührenden Schmalzroman aus ihrer Kindheit erzählen?"

„Vielleicht änderst du dann deine Meinung über sie." Gerson blieb wie ein Schulmeister mit erhobenem Zeigefinger vor mir stehen. „Tissa kam mit ihren

Eltern aus Kroatien."

„Was du nicht sagst", entfuhr es mir, doch ich hielt gerade noch rechtzeitig meinen Mund. Ich war nicht fremdenfeindlich, im Gegenteil, ich wollte nur nicht verraten, dass ich die traurige Geschichte schon von Babette, der Gärtnerin, gehört hatte.

„Sie lebten in Handschuhsheim in einem alten Haus im Mühltal. Der Vater trank und die Mutter musste den Lebensunterhalt der Familie als Putzfrau verdienen. Es gab viel Streit zu Hause. Tissa verbrachte den ganzen Tag im Reitstall, und weil sie so gut mit Pferden umgehen konnte, bekam sie bald ein Pflegepferd."

„Einen schwarzen Hengst, wie Fury?"

„Woher weißt du das?", fragte Gerson irritiert. „Jedenfalls war sie die einzige, die mit dem wilden Tier umgehen konnte. Sie ritt ihn ohne Sattel und Gebiss – die Leute haben gestaunt. Weil sich die Besitzerin des Pferdes beruflich verändern und von Heidelberg wegziehen musste, und sich niemand fand, der den Hengst kaufen wollte, hat sie ihn Tissa geschenkt. Er war ein richtiger schwarzer Teufel, mit dem niemand zurechtkam."

„Das habe ich verstanden", sagte ich. „Und wie hat sie die Stall-und Pflegekosten aufgebracht? Geld gestohlen oder sonst was gemacht?"

Gerson schien entschlossen, sich nicht von meinen bissigen Bemerkungen aus dem Konzept bringen zu lassen.

„Vera, hör mir einfach nur zu", sagte er.

„Sie hat ganz in der Nähe des Reitstalls einen Grasacker gefunden. Dort hatte ein Mädchen ein Pony in einem Schuppen untergestellt und es war noch ein Stellplatz frei. Den bekam Tissa für einen Appel und ein Ei. Sie ritt mit dem Hengst ins Feld, und wenn sie in der Schule war, stand der Hengst mit dem Pony auf der Wiese. Manchmal durfte sie auch in die Reithalle mit ihm. Die Bauern haben „kleine Hexe" zu ihr gesagt."

„Der schwarze Teufel und die kleine Hexe! Ja und? Wo ist das Drama?", fragte ich gereizt.

„Auf dem Grundstück sollte ein Supermarkt und ein Parkhaus gebaut werden. Die Pferde mussten weg. Der Agent der Immobilienfirma ging nicht freundlich mit den Mädchen um. Ihre Familie war bettelarm und es gab keinen Stall in der Nähe, den sie sich hätten leisten können. In ihrer Verzweiflung hat sie den Hengst zum Verkauf angeboten. Es fand sich eine Käuferin, die den Hengst zu einem guten Preis genommen hat."

Gerson schwieg. Dann setzte er hinzu: „Das war alles. Den Rest kannst du dir denken. Das Pferd war das Liebste, was das Mädchen hatte."

„Bin ich jetzt schuld an Tissas Unglück?"

Gerson sah mich mit leeren Augen an, dann sagte er: „Was meinst du, wie es auf Tissa wirkt, wenn sie dich mit deiner Nine herumschmusen sieht?"

Die Geschichte war traurig, aber hätte dem Hengst

nicht Schlimmeres passieren können? Es kam immer wieder vor, dass Pferdebesitzer ihre Pferde verkaufen mussten, weil sie nicht mehr in der Lage waren, für ihren Unterhalt aufzukommen.

„Das war noch nicht alles, was ich dir sagen wollte."

Was kam denn jetzt noch, fragte ich mich, ich hatte allmählich genug von diesen Tissa-Geschichten.

„Vera, ich halte das alles nicht mehr aus mit dir. Du bist mir zu gereizt. Ich ziehe aus. Noch heute."

Darauf war ich nicht vorbereitet, es war absurd! Gerson wollte ausziehen? Wohin denn? Erst jetzt fiel mir die Umzugskiste auf, die vor der Balkontür stand. Gerson öffnete die Glastür und zog den Pappkarton herein.

„*Wie*, du willst ausziehen?", stammelte ich. Ich war viel zu verdattert, um nach dem Naheliegenden zu fragen: Warum? Wohin ziehst du? Wie soll es mit uns weitergehen?

„Ich brauche dringend Abstand von dir, Vera. Tissa wird sich um Fango kümmern, versorge du nur deine Nine, damit hast du genug zu tun. Ich muss weg von dir. Und zwar schnell."

Ich schluckte. So wild entschlossen hatte ich Gerson noch nie erlebt. „Aber – wie lange … ich meine – willst du für immer …?"

„Gib mir Zeit bis zum Monatsende. Ich muss mir über alles klar werden. Dann sehen wir weiter!"

„Und deine Adresse? Ziehst du zu Tissa?"

„Du hast meine Handynummer, das reicht; ich möchte ungestört sein, verstehst du mich?"

Der Pappkarton stand mitten in der Küche. Ich wollte ihn mit einem Fußtritt wegschieben, da traf ich Gerson am Oberarm; er hatte sich im selben Moment gebückt.

Uns beiden fehlte jedes Mitgefühl und die ungewollte Berührung ließ mich vor Wut schnauben. Als mir auch noch ein Schwall Green-Orange in die Nase stieg, wusste ich: *Es war aus!*

Im Badezimmer klebte noch ein Rest Lippenstift am Spiegel. Schnell nahm ich einen Lappen und beseitigte die letzten sichtbaren Spuren meiner Liebe zu Gerson.

30

Am nächsten Morgen deckte ich für mich allein den Frühstückstisch. Der abgestorbene Baum im Nachbargarten ragte schwarz in den blauen Frühlingshimmel. Er kam mir wie ein Symbol meines Lebens vor. Er stand nur dort, um mir zu zeigen, wie verkehrt und leblos alles um mich herum war. Während ich mechanisch Wasser in den Wasserkocher laufen ließ, beobachtete ich einen Buntspecht, der mit seinem Schnabel die morsche Rinde aufhackte. Ich dachte an die vergangenen Wochen, die mir wie eine einzige Katastrophe erschienen.

Die Unglückskette hatte mit dem Horoskop angefangen, es wäre besser gewesen, ich hätte es nicht in Auftrag gegeben, da war ich mir inzwischen sicher, und doch musste ich immer wieder darüber nachgrübeln. Ich verstand nicht, warum Tissa, die Person, die mir am meisten zusetzte, in dem Horoskop überhaupt nicht erwähnt wurde. Mich quälte eine innere Unruhe. Es war sinnlos, hier am Küchentisch zu sitzen und Däumchen zu drehen, so kam ich nicht weiter. Ich musste mir endlich Klarheit über Tissa verschaffen und in Erfahrung bringen, ob Gerson zu ihr gezogen war. Bei seinem überstürzten Aufbruch hatte er nur das Allernötigste mitgenommen, seine Bottle Green-Orange, die Zahnbürste, ein paar Toilettenartikel und Ersatzwäsche. Vielleicht noch ein, zwei Taschenbüchern, mehr hätte in den Pappkarton nicht hineingepasst. Beruhigend war, dass seine Fotoausrüstung noch in dem kleinen Regal unter der Fensterbank im Wohnzimmer lag, da, wo er sie immer aufbewahrte.

Ich schenkte mir eine Tasse rabenschwarzen Kaffee ein und schlug die Lokalseite der Tageszeitung auf.

Bankbetrug aufgedeckt. Die Schlagzeile erregte meine Aufmerksamkeit.

Ich las den ersten Satz und erstarrte: Es ging um meine Bank. „An der BlueBerry-City-Bank (BBC) in Eppelheim ist ein Betrug größeren Stils aufgeflogen. Ein Bankangestellter (Name der Redaktion bekannt) hat über einen längeren Zeitraum faule Kredite vermittelt. Er köderte seine Kundinnen, die überwiegend aus dem Reitermilieu stammen, mit verlockend hohen Zinsen für ihre Spareinlagen. Der sehr erfolgreiche Betrüger zahlte die hohen Zinsen tatsächlich aus. Er verfuhr nach dem Schneeballprinzip. Gleichzeitig vermittelte er zinslose Kredite und schädigte damit die Bank erheblich. Die Betrügereien kamen bei einer Bankrevision ans Licht. Es ist noch unklar, ob die Kundinnen für den entstandenen Schaden haftbar gemacht werden können. Der Angestellte wurde vorübergehend festgenommen."

Ich musste die Zeitung auf den Tisch legen, weil meine Gedanken im Renngalopp davonflitzten. Wie naiv war ich eigentlich? Der Banker war kein anderer als Hansi! Meine 5000 Euro konnte ich in den Wind schreiben. Und der Mord an Massimo? Geld, es ist bestimmt um Geld gegangen! Wenn Hansi Tissas Partner war, dann musste sie doch von seinen Machenschaften gewusst haben? Und wenn Gerson bei Tissa untergetaucht war, dann wusste er am Ende auch etwas?

Ich bedeckte die Augen mit den Händen und versuchte, mich zu beruhigen. Verzweifelt versuchte ich, mich zu konzentrieren. Es gelang erst, nachdem ich mich mehrmals streng zur Ordnung gerufen hatte. Eins nach dem anderen, und die Tatsachen zuerst!

Da war mein Banker Hansi Helm, der vorübergehend in Untersuchungshaft saß, weil er Bankkundinnen betrogen hatte. Das mit dem Mord war keine Tatsache, es war ein Verdacht. Aber Tatsache war, dass ich auch so eine Bankkundin war. Eine, die auf Hansi hereingefallen war. Mein Herz klopfte wild und unregelmäßig. Gerson hatte mich verlassen, er hatte sein rotes Bandanna verloren und die Miete war in zwei Wochen fällig, noch eine Tatsache. Und dann Massimo: Wenn sich herumsprach, dass mein Chef eine Geldwaschanlage betrieben hatte, würde ich womöglich wegen Mitarbeit in einer kriminellen Vereinigung belangt werden. Ich würde unsere wunderbare Altbauwohnung aufgeben müssen und wenn ich nicht im Knast landete, würde ich mein Klappbett vor Nines Box aufstellen und am Schluss meinen Schlafsack unter der Ernst-Waltz-Brücke ausbreiten müssen. War das eine Tatsache? Noch nicht, aber vielleicht schon bald. Zwischen Tatsache und Fantasie klaffte oft nur ein ganz schmaler Grat. Mir schlotterten die Knie. Ich fühlte mich mutterseelenallein und eine unerklärlich dumpfe Ahnung kroch von meinen Oberarmen in meine Herzgegend. Und was wird aus Nine? Wenn ich an Nine dachte, drohte meine ganze Welt zusammenzustürzen.

Draußen klopfte etwas. Der Specht hämmerte einen wilden Rapp auf den morschen Baumstamm. Er will mich warnen, dachte ich. Vor Tissa! Sie war eifersüchtig und rachsüchtig und sie würde sich nicht mit dem Triumph zufriedengeben, den ihr Gerson mit seiner Trennung von mir bereitet hatte. Sie würde mir noch mehr zusetzen und versuchen, mich an meiner empfindlichsten Stelle treffen: Nine. Vielleicht fütterte sie ihr bereits heimlich dieses Bio-Dyn-Futter?

Das Telefon klingelte riss mich aus meinen Kopfkino. Diesmal hatte ich keine Ahnung, wer mich anrief. Das Display gab die Auskunft *Unbekannt.* Nach kurzem Zögern nahm ich ab.

„Hallo, Frau Roth? Hier ist die BBC, die BlueBerry Citybank. Wir müssen Ihnen eine Mitteilung machen.

Sie haben bestimmt schon von dem Skandal gehört, der heute in der Presse verhandelt wurde. Leider sind Sie davon betroffen. Bitte kommen Sie bei uns vorbei, damit wir die weiteren Schritte mit Ihnen besprechen können."

Ich schnappte nach Luft und hielt mich an der Kommode im Flur fest. Es war, als ob sich die Bretter des Fußbodenparketts hoben und senkten. „Wann?" sagte ich.

„So schnell wie möglich – jetzt gleich?" Ich schaute zur Uhr. Es war kurz nach zehn, wenn ich gleich losfuhr, würde ich mich anschließend bei Nine ausweinen können.

„In unsere Hauptfiliale in Eppelheim, Hauptstraße 13 und bringen Sie Ihre Unterlagen mit."

Ich wollte schon auf die rote Taste drücken, da war es mir, als ob ich einen geladenen Elektrozaun berührt hätte: „Moment mal – in Eppelheim? Ich dachte, Ihre Bank ist in der Weststadt?"

Einen Wimpernschlag lang keimte Hoffnung in mir auf: Hansis Bank lag doch in der Weststadt! Es ist alles ein riesiger Irrtum!

„Unsere Adresse ist Hauptstraße 13, Eppelheim, wir erwarten Sie in einer halben Stunde." Die Stimme klang wie ein Roboter, metallisch und unpersönlich, sie ging überhaupt nicht auf meine Frage ein.

Die Verträge steckten in eine Klarsichtfolie und waren ordentlich in einen Leitzordner unter *Finanzen* abgeheftet. Ein Griff und sie lagen vor mir auf meinem Schreibtisch. Ein Blick genügte und ich gab mir Entwarnung: BlackBerry CityBank. Also doch, ich hatte mich nicht getäuscht. Die Adresse war Römerstraße 13 in Heidelberg und nicht Hauptstraße 13 in Eppelheim. Möglicherweise hatte diese Bank mehrere Filialen, das war normal bei großen Banken. Also zuerst nach Eppelheim und anschließend zu der zweiten Filiale in die Weststadt. Ich musste mich beeilen, eine halbe Stunde brauchte ich locker, um nach Eppelheim zu fahren.

Der Berufsverkehr hatte sich aufgelöst, doch jedes Mal, wenn ich zu einer Ampel kam, sprang sie auf Rot. Bei jedem erzwungenen Halt, sprang meine Gedankenschleuder an. Weststadt? Eppelheim? – Auf einmal war ich mir nicht mehr sicher, ich konnte mich nicht mehr richtig auf den Verkehr konzentrieren und meine Hände schwitzten.

Vor der Bäckerei Mantei lenkte ich meinen Golf auf den Kundenparkplatz, stellte den Motor ab und kramte meinen Vertrag aus dem Rucksack. Ich hätte schreien können vor Wut! *BlackBerry CityBank* stand auf meinem Formular – aber die Eppelheimer Bank, wie hieß die? Doch irgendetwas mit *Berry*? Ich zog mein Smartphone hervor und googelte CityBank Eppelheim. *Meinten Sie BlueBerry-City Bank,* wurde ich gefragt. Mist! Die Eppelheimer Bank hieß *BlueBerry-City Bank,* mit dieser Bank hatte ich offensichtlich einen Vertrag abgeschlossen, ohne dass ich es gewusst hatte. Hansi hatte mich betrogen. Mit weichen Knien und Schwindel im Kopf lenkte ich meinen Golf auf die Hauptstraße zurück.

Wenig später saß ich im Nebenzimmer der Bankfiliale und hielt mich an einem Glas Sprudelwasser fest.

Hansi hatte mich nach Strich und Faden übers Ohr gehauen. Nicht nur mich, sondern noch einige andere Frauen auf dem Leierhof und den anderen Reiterhöfen in der Umgebung, aber was half es mir? Es machte alles nur noch schlimmer.

„Er ist immer nach demselben Muster vorgegangen. Er hat sich einen größeren Betrag geben lassen und jenseitige Zinsen versprochen, die er auch wirklich ausgezahlt hat. Von dem Geld hat er jeweils die Hälfte zur Seite geschafft und mit der anderen Hälfte hat er weitere Zinsen bezahlt. In den Reitställen gibt es eine Menge Frauen, die auf diese Masche hereingefallen sind. Die Verträge waren gefälscht und ungültig, obwohl er sie eigenhändig unterschrieben hat. Der Bank ist durch dieses Schneeballprinzip Gott sei Dank kein größerer Schaden entstanden."

„Und was ist mit meinem Geld?", fragte ich.

„Ja, Frau Roth, es tut uns leid – von Ihren 5000 Euro sind noch zweitausend Euro Einlage übrig. Sie hatten Glück, Sie waren eine der letzten, die in den zweifelhaften Genuss seiner Finanzgeschäfte kam. Sie erhalten den Betrag möglicherweise zurück, aber erst, wenn das Verfahren gegen Herrn Helm beendet ist. Das kann noch eine Weile dauern. Im Moment ist er wieder auf freiem Fuß."

„Wirklich?"

„Er wurde gegen eine Kaution freigelassen. Die Zinsen müssen Sie natürlich zurückzahlen. Und zwar bald. Und der Kredit ist natürlich auch hinfällig. Aber es ist ungewiss, ob sie eine Rückzahlung Ihrer noch verbliebenen Spareinlage bekommen." Vor ein paar Sekunden hatte ich mich noch gefreut, dass wenigstens nicht alles verloren war; aber jetzt saß ich wie ein Bündel nasses Stroh auf meinem Stuhl und die junge Bankerin betrachtete mich mitleidig.

„Haben Sie irgendwelche Sicherheiten?", fragte sie.

Ich wusste nur zu gut, was diese Frage bedeutete. „Es steht in meinem Vertrag", sagte ich leise. Selbst wenn der Vertrag ungültig wäre, würde ich Nine verkaufen müssen. Ich brauchte Geld, um mich über Wasser zu halten.

Ich verließ die Bank wie eine geschlagene Kriegerin.

Nach dieser Niederlage brachte ich es nicht fertig, mich bei Nine auszuweinen. Es wäre mir wie Verrat vorgekommen.

31

Wieder zu Hause schnappte ich mir einen großen Bogen Karopapier und einen Bleistift und schrieb die einzelnen Posten, in monatlichen Raten untereinander. Obwohl ich nur die größten Ausgaben beachtete, war das Ergebnis niederschmetternd. Zum ersten Mal las ich schwarz auf weiß, was ich jeden Monat für mein Pferd ausgab.

Boxenmiete:	350 Euro
Schmied	100 Euro
(Alle 6-7-Wochen)	
Tierarzt	50 Euro
(Klinikaufenthalte extra)	
Koppel	12 Euro
Führmaschine	10 Euro
Führservice Koppel	20 Euro
Chiropraktiker	10 Euro
Zähneraspeln	100 Euro
(1mal)	

Schon allein diese Posten überstiegen locker 550 Euro im Monat und dabei hatte ich die horrenden Kosten für all die Sommer-, Winter-, Abschwitz-, Fliegen- und Übergangsdecken, die Springgamaschen und die Transportgamaschen, die Stallhalfter und Knotenhalfter, das Sattelzeug, die Schabracken, die Lammfellsattelunterlagen, das Putzzeug, die Reitgerten, die gestohlen oder verlegt wurden, die Longier-Peitschen, die regelmäßig zu Bruch gingen, weil ein Pferd darauf trat, die gerissenen Longen, die Sporen, den Reithelm und die Reithandschuhe und die Ganzlederreithosen in Sommer- und Winterausstattung gar nicht mitgerechnet. Ich brauchte ein Auto, um in den Stall zu fahren, und dieses Auto fraß Benzin ohne Ende, und Benzin war gerade unglaublich teuer. Dass auch ich etwas essen musste, nicht nur Reithosen, sondern auch Kleider fürs Büro brauchte und manchmal ein Buch lesen oder ins Kino gehen wollte, hatte ich natürlich nicht aufgeschrieben. Aber das war ja noch nicht alles! Bald würde auch Alles Paletti auf dem Leierhof stehen und ich musste die ohnehin schon astronomische Summe mit zwei multiplizieren. Immer wieder starrte ich auf die Zahlen auf dem Karopapier, nein, addieren brauchte ich sie wirklich nicht, es war auch so klar: *Ich war am Ende.*

In meiner Not wählte ich Helmuts Nummer – mit wem sonst hätte ich in meiner Lage denn reden können? Ich musste das Ungeheuerliche loswerden, sonst würde ich jämmerlich vor Kummer sterben: Ich musste Nine verkaufen.

„Hallo, hier ist die Nummer 178 000 532." Der Anrufbeantworter half mir nicht weiter. *Helmut, ich muss Nine verkaufen, wo bist du, ich will mich an deiner Schulter ausweinen,* so was konnte man einem AB nicht anvertrauen.

Also fuhr ich doch in den Stall. Tom lief mir als Erster über den Weg.

„Wie siehst du denn aus?", fragte er.

Ich brachte keinen Ton heraus. Er fasste mich beim Arm und zog mich ins Reiterstübchen. Wir setzten uns an den Tisch und Tom schob mir ein Taschentuch hin. „Behalt es", sagte er. „Was ist los?"

„Ich bin pleite!", sagte ich leise.

Tom war nicht besonders überrascht. „Da bist nicht die Einzige."

„Wer denn noch?", fragte ich interesselos.

„Wenn es so weiter geht, bin ich der Nächste." Tom zuckte resigniert mit den Schultern. „Spaß beiseite! Mascha zum Beispiel und Marlen. Sie waren beide dermaßen begeistert von Hansi, von dem Kerl sprichst du doch? Kann es mir denken!"

Ich schnäuzte mir kräftig die Nase. Pienzen kam bei Tom nicht gut an, aber ich konnte einfach nicht anders: „Ich bin am Ende, Tom. Ich muss Nine verkaufen."

„Was?" Tom fasste mich am Arm und schüttelte mich. „Vera! Unmöglich! Doch nicht Nine! Das wirst du bereuen! Wenn du ein Pferd verkaufst, dann Fango!"

„Fango gehört Gerson und Gerson hat sich von mir getrennt."

„Oh nein! Das habe ich nicht gewusst."

„Siehst du! Ich muss Nine verkaufen."

Er schwieg und starrte vor sich auf den Tisch. Dort putzte eine Stubenfliege ihre Flügel und versuchte vergeblich in die Höhe zu kommen.

„Naja, wenn es so ist ..." Er sprach nicht weiter und schaute der Fliege zu, die jetzt regungslos auf der Tischplatte saß. Dann sagte er: „Ich wollte es euch schriftlich mitteilen, aber jetzt, wo du da bist ..."

„Was?"

„Ich muss die Boxenmiete erhöhen. Die Box für Fango schlägt 50 Euro auf. Und wenn du Nine ..." Er schaute mich ratlos an.

„Was Fango betrifft, musst du dich an Gerson wenden", sagte ich kurz. „Und Nine – hast du eine Idee? Ich muss sicher sein, dass sie es gut hat, sonst ...", ich konnte nicht mehr weitersprechen.

„Naja, eine Anzeige im Quoka-Pferdemarkt vielleicht? Aber setz den Preis nicht zu niedrig an – Nine ist ein gutes Pferd."

Ich musste mit den Tränen kämpfen. „Quoka, ist das etwa dieser kostenlose Online-Shop? Da kommt doch jeder rein! Ich muss sicher sein, dass es Nine gut hat, verstehst du", sagte ich noch einmal, und es klang wie eine magische Beschwörung.

An den Preis hatte ich noch gar nicht gedacht. Jeder Gedanke an Geld in Bezug auf Nine war mir zuwider. Nine war für mich unbezahlbar.

Tom verfiel in dumpfes Brüten. Ich wischte mit der Hand über die Stirn. Die Fliege schwirrte um meinen Kopf herum. Sie hatte es geschafft, aber ich war mir nicht mehr sicher, ob es nicht eine andere war.

„Hey, Vera, da kommt mir eine Idee! Da ist doch diese neue Frau auf dem Hof. Sie will ein Fohlen. Vielleicht kauft sie Nine als Zuchtstute?"

„Wie heißt sie?"

Tom zögerte, dann sagte er: „Tamara Bamm. Ich könnte ihr eine Box anbieten, möglich wäre auch, dass Nine in ihrer alten Box stehenbleiben könnte. Aber warte lieber noch! Ich habe sie heute husten hören, Nine meine ich. Kann sein, dass sie eine Pollenallergie hat. Wenn der Husten schlimmer wird, könnte er den Preis drücken."

Tamara Bamm hatte immer schon ein Auge auf Nine geworfen, erinnerte ich mich. Damals, als Iris sie mir wieder auf den Leierhof gebracht hatte, war die Bamm um Nine herumgeschwänzelt und hatte sie über den grünen Klee gelobt. Tamara Bamm, TB, wie ich sie nannte, das war diese korpulente, zupackende Reiterin im blauen Overall, die sich um Tissas Mausi gekümmert hatte, als sie Kolik hatte. Ganz vernarrt war sie in meine Stute gewesen. Ich hatte die Frau in den letzten Wochen selten gesehen, wahrscheinlich, weil sie zu anderen Zeiten in den Stall kam, wie ich.

Aber nur zu oft hatte ich in Nines Krippe Karotten- und Apfelstücke gefunden und trockenes Brot, was mir nicht gefallen hatte. Ich konnte es nicht leiden, wenn fremde Leute mein Pferd fütterten, ohne mich um Erlaubnis zu fragen. TB war der Ansicht, Nine sei zu mager, das hatte sie mir unmissverständlich zu verstehen gegeben und deshalb tat sie alles, um Nine in meiner Abwesenheit aufzupäppeln.

Ich würde wohl oder übel Kontakt zu ihr aufnehmen müssen. Vielleicht konnte Nine ja tatsächlich auf dem Leierhof bleiben, dachte ich hoffnungsvoll. Doch in demselben Moment fiel mir ein, dass ich, wenn Nine der Bamm gehören würde, gar nichts mehr auf dem Hof verloren hätte, es sei denn, Tom würde mich als Stallknecht anheuern. Aber um mich ging es ja gar nicht – die TB musste Nine ein gutes Zuhause bieten, das war das Wichtigste. Und wenn sie meinen Vorstellungen trotz allem nicht entsprechen sollte, konnte ich ja immer noch Nein sagen.

Meine Stiefel fühlten sich an wie mit Blei ausgegossen; Nine kam mit gespitzten Ohren zu mir heraus und schaute mich an. Ihre Arglosigkeit tat mir weh. Mir war, als ob sie mich trösten wollte; dabei hätte es doch genau umgekehrt sein müssen. Es war ein wunderschöner Morgen. In den grünen Apfelbäumen tschilpten die Spatzen und über dem Leierhof lag eine beinah sonntägliche Ruhe. Ich führte Nine auf die Koppel und löste den Strick vom Halfter. Doch statt loszustürmen oder sich zu wälzen, blieb sie bei mir stehen und legte mir den Kopf auf die Schulter. Ich hab dich verraten, dachte ich.

Zu Hause klappte ich meinen Laptop auf. Auf der Quoka-Seite, der Anzeigenseite des früheren „Sperrmüll", gab es einen großen Pferdemarkt. Es konnte nicht schaden, da einmal hinein zu klicken. Vielleicht suchte jemand eine Zuchtstute? Auf diese Weise hätte ich eine Alternative, wenn mir die TB nicht gefiele. Enttäuscht scrollte ich die Seite nach unten. Die meisten Leute suchten ein kostenloses Beistellpferd für ihren heißblütigen Vierjährigen, oder versuchten ihre alten Turnierpferde an die Frau zu bringen. Doch da fiel mein Blick auf eine vielversprechende Überschrift: „Der Traum vom eigenen Pferd." Aus reiner Neugier klickte ich die Annonce auf. Da wollte jemand ein eigenes Fohlen großziehen! Gute Idee, dachte ich, dazu brauchte man eine Zuchtstute. Stall und Weiden waren vorhanden, der Ort lag im Odenwald, nicht weit von uns entfernt. Es stand eine Telefonnummer dabei, die ich kurzentschlossen anrief. Eine Frau meldete sich, ihrer Stimme nach zu urteilen war sie so um die Vierzig. Wenn ich von meiner Nine erzählte, kam ich immer richtig ins Schwärmen, und wie ich es nicht anders erwartet hatte, ließ sich die Frau schnell von mir begeistern. „Erzählen Sie weiter", sagte sie erregt; vor meinem geistigen Auge sah ich die hektischen roten Flecken, die sich auf ihrem Dekolleté bildeten. „Genau so ein Pferd suche ich. Es ist gar nicht einfach, eine passende Stute zu finden."

„Gute Zuchtstuten sind rar", stimmte ich ihr zu. Am anderen Ende der Leitung wurde es still.

„Oh nein", sagte sie. „Es gibt eine ganze Menge."

„Warum haben Sie dann noch keine gefunden?"

„Naja, der Preis muss halt stimmen." Auf einmal wurde ich hellhörig.

„Genau! Wir müssen über den Preis sprechen", sagte ich. Am anderen Ende der Leitung trat bedeutungsvolles Schweigen ein. Was wollte die Frau eigentlich?

„Ich denke an so etwas wie Leihmutterschaft!", rückte sie heraus.

„Das müssen Sie mir erklären!"

„Ganz einfach. Sie stellen mir die Stute zur Verfügung und ich gebe sie zurück, wenn das Fohlen da ist. Es ist eine Win-win-Situation! Ich bekomme ein schönes Fohlen und Sie sparen sich die Kosten für mindestens ein Jahr. Die Tierarztrechnung übernehme ich natürlich auch." Nach diesem aufschlussreichen Gespräch sparte ich mir die Mühe, selbst eine Anzeige aufzugeben. Also doch TB, ich muss mit der Bamm sprechen, dachte ich.

Am nächsten Tag stellte mich Tom Tamara Bamm vor.

„Sie müssen Ihre Stute verkaufen?", fragte sie. Wenigstens heuchelt sie kein Mitgefühl, dachte ich.

„Ihre Stute gefällt mir, obwohl sie immer noch ein

bisschen mager ist. Aber das kriege ich hin. Ich will sie reiten und ein Fohlen."

„Und wo wollen Sie sie unterbringen?"

„Na, erst mal bleibe ich hier. Da können Sie uns ab und zu besuchen." Wieso uns? Die Bamm schien sich ihrer Sache ziemlich sicher! Ich versuchte, mich zu beruhigen, doch es gelang mir nicht. Ich muss Nine verkaufen, *VERKAUFEN*, hämmerte es hinter meiner Stirn, während mein Herz keine Ruhe gab: *Tue es nicht, Nine ist das Liebste, was du hast.* Aber mein Verstand brüllte meine Gefühlsregungen einfach nieder: DU MUSST! Es gibt keinen anderen Ausweg. Glücklicherweise stand Tom bei mir, bereit einzugreifen, wenn ich die Fassung verlieren würde. Ich musste sie wirklich verkaufen, denn ich war schon jetzt pleite. Wie um mich selbst davon zu überzeugen, zählte ich mir alles noch einmal auf:

Ich wagte nicht, mich arbeitslos zu melden, würde also nicht einmal Arbeitslosengeld bekommen. In zwei Wochen war die Miete für Mai fällig. Von meinen Ersparnissen war nichts mehr da und von dem mickrigen Betrag, der auf meinem Girokonto lag, konnte ich keine größeren Sprünge machen. Umwege über Babettes Gärtnerei verboten sich von selbst und ich würde im Discounter einkaufen müssen. Ich musste es mir immer wieder sagen: Ich war hier, um einen möglichst hohen Preis für mein bestes Pferd zu erzielen!

Wir standen an Nines Box. Sie ließ den Kopf hängen und schien an etwas herum zu kauen. Dann hörten wir ein entsetzliches Keuchen, dem ein heftiger Hustenkrampf folgte. Aus ihrer Nase floss ein zäher, gelblicher Schleim. Ich ging zu ihr hinein und streichelte ihre Stirn. Tamara, die Nine mit stechenden Augen fixierte, sagte: „Ist das etwas Chronisches?"

Tom schüttelte den Kopf. „Kleine Erkältung – kein Wunder bei dem Wetter, sie schwitzen und dann ..."

Tamara unterbrach ihn. „Kein Wunder, so mager, wie sie ist. Und abends keine Decke, bei dem Regenwetter neulich. Jemand hat mir gesagt, die Stute hätte einen chronischen Husten. Wenn es stimmt, dann lass ich lieber die Finger weg."

„Sie können ja eine Ankaufsuntersuchung machen lassen", sagte Tom betont sachlich.

„Zusätzliche Kosten." Sie schwieg eine Weile und schaute zu Boden. „Wieviel?", fragte die Bamm auf einmal ohne Vorwarnung und schaute mich herausfordernd an.

Ich zögerte. Tom, der hinter TB getreten war, hob die Hand. Das bedeutet fünf, dachte ich, also legte ich noch einen Riesen drauf.

„Sechstausend."

„Hab ich mich verhört?"

„Sechstausend", sagte ich noch einmal und hatte Mühe, die Tränen zurückzuhalten.

„Mit diesem gefährlichen Husten? – Und Koliken hat sie auch manchmal! Das kommt natürlich von zu viel Hafer! Hafer kann auch Husten verursachen, haben Sie das gewusst? Man hat es mir gesagt - ich habe mich erkundigt. Nein – unmöglich, mein Limit ist zweitausend. Mehr ist nicht drin in ihrem Zustand. Das Risiko ist mir zu hoch. Wenn Sie jetzt einschlagen, nehme ich sie. Tom hat mir eine Box angeboten."

„Drei!"

Tom hob die Schultern und drehte die Handflächen nach oben. Was so viel bedeutete wie: Was soll man machen? Er hatte recht, für Pferde gab es keinen Listenpreis, auch nicht für hochklassige Zuchtstuten. Man bekam immer nur das, was die Leute einem geben wollten. Ich war in einer Notsituation, der Gedanke, dass ich demnächst mein Sparkonto geplündert haben würde, brachte mich in die Nähe einer Panikattacke. Ich brauchte das Geld, dringend! Und die Bamm wusste es. Eine Sekunde verging, noch eine, ich würde schweigen, bis ...

„Drei." Tamara Bamm streckte fordernd ihre Hand aus. Ihre Geste war mir durch und durch zuwider, doch was blieb mir anderes übrig? Widerwillig schlug ich ein.

„Abgemacht." Tamara Bamm schüttelte meine Hand und grinste. „Also dann bis morgen, von mir aus auch bis übermorgen, wenn es Ihnen lieber ist", sagte sie. „Ein mündlicher Kaufvertrag unter Zeugen reicht Ihnen doch?", setzte sie hinzu.

Tom ging mit mir zur Sattelkammer. „Das mit der Kolik hat ihr Tissa gesteckt!", murmelte er.

„Tissa?"

„Ach, ich dachte, du weißt es – Tamara hat sich um Mausi und die anderen gekümmert, sie war doch Tissas Reitbeteiligung?"

Mir stockte der Atem. „Die Bamm war ihre Reitbeteiligung? Warum hast du mir das nicht vorher gesagt?", presste ich heraus. „Ich dachte, sie hat ihr nur mal ausgeholfen als Mausi krank war – und jetzt steckt sie mit Tissa unter einer Decke!"

„Vera, sie ist mindestens schon einen Monat auf dem Hof. Sie hat Tissas Pferd gepflegt, als es krank war. Besser wahrscheinlich als die Besitzerin."

„Tom, das ist nicht fair!" Ich konnte mich gerade noch zurückhalten, einen miesen Fluch auszustoßen.

„Vera, brauchst du das Geld? Die Frau ist in Ordnung! Hätte ich sie dir sonst empfohlen?" Ich zuckte die Achseln, sicher war ich mir da nicht mehr. Tom wollte seine Box vermieten, das war einfach zu durchschauen. Ich fühlte mich hundeelend, doch jetzt war es zu spät, ich hatte eingeschlagen. Das Einzige, was mir zu tun übrig blieb, war, Nine jeden Tag zu besuchen, so oft ich wollte, das hatte mir die Bamm zugesichert. Für eine endgültige Trennung fühlte ich mich weniger denn je bereit.

Nine benahm sich wie immer. Als ich zu ihr kam, blies sie mich mit ihrem warmen Atem an. Morgen oder übermorgen, dachte ich, ob sie überhaupt nichts ahnte? Nimm es nicht so schwer, flüsterte sie mir zu, Hauptsache, wir sind zusammen. Jetzt.

Fangos Boxentür stand offen; ich schaute hinein und scheuchte die Spatzen von den frischen Pferdeäpfeln auf, seine Box war leer. Doch dort unten im Stroh lag etwas, ein Tuch vielleicht? Ich bückte mich; es war kein Tuch, es war Gersons blauer Schal in der Farbe seiner Augen, den er sich immer um den Hals band, wenn er Schnupfen hatte oder einfach nur so, und er roch unverkennbar nach Green Orange. In diesem Augenblick sehnte ich mich so sehr nach Gerson und fühlte mich so verzweifelt und allein, dass mir der Duft, der mich noch vor kurzem zu Ekelattacken und Wutausbrüchen gebracht hatte, vollkommen gleichgültig war. Green Orange hin oder her, ich nahm den Schal, zupfte die Strohhalme aus dem Gewebe und schlang ihn mir um den Hals. Er war weich und warm und ich fühlte mich irgendwie getröstet.

32

„Frau Roth?"

Ich schreckte auf, vor mir standen Oberkommissar Tobias Töpfer und seine Kollegin Flora Schandin. „Wir möchten Sie bitten, mit uns auf die Wache zu kommen. Wir müssen etwas mit Ihnen besprechen."

„Gibt es Neuigkeiten?", fragte ich.

Kommissarin Schandin zog ihre Nase kraus und schnüffelte. „Ich rieche, rieche ... was rieche ich da?"

Meinte sie die Pferdeäpfel in Fangos Box? Sie beugte sich zu mir herüber und zeigte auf meinen Hals: „Ihr Schal, wonach riecht der?"

„Green Orange, glaube ich."

„So, glauben Sie?"

Oberkommissar Töpfer beendete das befremdliche Frage- und Antwortspiel und sagte: „Wir fahren vor und Sie kommen sobald wie möglich zu uns in die Römerstraße."

Irgendetwas musste vorgefallen sein, sie verfolgten eine neue Spur, dachte ich gespannt wie ein Flitzbogen. Ich nahm mir nicht einmal Zeit mich umzuziehen und setzte mich in Reithosen und Stiefeletten, an denen noch jede Menge Stalldreck klebte, hinters Steuer. Mir jedenfalls konnte niemand vorwerfen, dass ich nach Green Orange stank.

Die Parkplatzsuche in der Weststadt brachte mich fast zur Verzweiflung. Das Bergheimer Viertel hatte sich in den letzten Jahren belebt. Wegen des Umzugs der Wiso-Fakultät der Universität in die ehemalige Krehlklinik hatten sich viele neue Kneipen und Restaurants in der Nachbarschaft angesiedelt. Die beliebte Stadtbücherei zog zusätzlich Besucher an, die in ihren Kleinwagen kamen und die wenigen Parkplätze besetzten, die sie erst nach Stunden wieder freigaben. Es half nichts, ich musste ein Ticket für die Tiefgarage lösen.

Mit einiger Mühe fragte ich mich zur Kriminalpolizei durch. Oberkommissar Töpfer empfing mich mit Handschlag. Den Kaffee, den mir die Kommissarin anbot, schlug ich aus.

„Wir haben das Halstuch untersucht", sagte Flora Schandin.

Sie machte eine bedeutungsvolle Pause. „Herrn Helm gehört es jedenfalls nicht. Wir konnten es anhand von Genmaterial überprüfen, weil er kurzzeitig unser Gast war."

„Ach so?"

„Aber mir ist etwas anderes aufgefallen, das Parfüm an Ihrem Schal und das Parfüm an dem Halstuch, das wir im Wald gefunden haben riecht verteufelt ähnlich."

Wir? Ich hatte doch das Bandanna gefunden! Die Polizei sollte doch eigentlich bei der Wahrheit bleiben, denn dass sie meine Person in dieses *wir* einschlossen, konnte ich nicht glauben.

„Ja, und?"

„Darf ich?", sagte sie und streckte begehrlich die Hand nach meinem Hals aus. Ich löste den Schal und gab ihn ihr. Kommissarin Schandin versenkte ihre Nase in dem Tuch und schnupperte.

„Na bitte, die gleiche Duftnote! Lassen Sie uns das Teil bitteschön noch hier."

„Er gehört nicht mir – es ist der Schal meines ..."

Ich stockte. Lieber nicht weiterreden, dachte ich.

„Wem gehört das Teil?", setzte Töpfer nach und mir war klar, dass ich mich jetzt nicht um eine Antwort drücken durfte, aber was sollte ich sagen – Freund, Exfreund, Partner? Ich entschied mich für: „Meinem Freund Gerson."

„Wo können wir ihn erreichen?"

„Ich weiß es nicht. Er ist ausgezogen."

„Weil er keine Spülmaschine kaufen wollte? Und das sollen wir Ihnen glauben?", fragte Flora Schandin schnippisch.

Ich zuckte die Achseln. Dann eben nicht, dachte ich. Mir stand der Sinn nicht nach Späßchen.

Die Kommissarin konnte es nicht lassen: „Haben Sie sich getrennt?", fragte sie kiebig.

Ich biss mir auf die Lippe, auf so eine Frage brauchte ich nicht zu antworten, sie betraf meine

Privatsphäre.

Zumindest Töpfer zeigte einen Funken Verständnis für meine Gefühlslage, indem er sie einfach überging: „Den Schal bekommen Sie wieder, sobald sich die Spurensicherung damit beschäftigt hat", sagte der Kommissar. „Es kann sein, dass wir Sie noch einmal einbestellen müssen."

Warum?, wollte ich fragen, doch wahrscheinlich wussten sie die Antwort selbst nicht. Stattdessen sagte ich: „Haben Sie die Tatwaffe schon gefunden?"

„Nein", sagte Oberkommissar Töpfer, das war alles. Es kam ihm bestimmt darauf an, das Wort wirken zu lassen, warum hätte er sonst so systematisch schweigen sollen?

„Sind Sie damit einverstanden, dass wir eine Fangschaltung an Ihrem Telefon installieren?", setzte er endlich hinzu.

Es blieb mir nichts anderes übrig, als Ja zu sagen, obwohl ich mir denken konnte, dass sie es auf Gerson abgesehen hatten.

33

„Deinen Spind kannst du erstmal behalten", sagte Tom, als ich am nächsten Tag auf den Leierhof kam. Er hatte Mitleid mit mir, und diese kleine Gefälligkeit war seine Art und Weise, es mir zu zeigen. Ich nahm sein Angebot gerne an, obwohl ich den Spind ja nicht allein benutzte. Ich hatte zwar kein Pferd mehr, aber wo hätte ich die vielen Dinge verstauen sollen, die meinen Golf immer mehr in ein Gebrauchtwarenlager für Reitbedarf verwandelten, neuerdings bewahrte ich sogar Fangos Winterdecke und die schmutzigen Schabracken dort auf; ich musste immer einen günstigen Moment abpassen, um sie in unsere Waschmaschine zu schmuggeln, denn Gerson wurde fuchsteufelswild, wenn er Pferdehaare in der Maschine entdeckte, obwohl ich natürlich niemals seine Unterhemden zusammen mit den Pferdedecken gewaschen hätte. Aber immerhin gab es seit seinem Auszug vor vier Tagen keine nervigen Streitereien über hygienische Standards mehr.

Mitleid, egal von wem, forderte sonst immer meine Abwehrkräfte heraus, aber heute tat mir Toms Geste gut, weil sie sich so wohltuend von dem schroffen Verhalten meiner Stallnachbarinnen abhob.

„Du hast Nine verkauft?", fragte Mascha und es klang, als ob ich mein eigenes Kind auf den Sklavenmarkt geschickt hätte. Ich konnte es ihr nicht einmal übelnehmen. Ich fühlte mich ja selbst, als ob mir mein Herz herausgerissen worden wäre. In meiner Brust klaffte eine schreckliche Wunde, die nicht aufhören wollte, zu bluten und die entsetzliche Leere, die die Trennung von Nine in mir hinterlassen hatte.

Vor allem setzte mir zu, dass ich mit keinem Menschen mehr sprechen konnte. Nicht einmal mit Iris, die schon seit über einer Woche wieder im Jura war, eine Zeit, die mir wie eine Ewigkeit vorkam. Sie hätte mir kein Wort geglaubt. Ich kannte mich selbst nicht mehr, alles um mich herum erschien mir merkwürdig unwirklich und ich fühlte mich nicht in der Lage, am Telefon mit Iris über meine schreckliche Tat zu reden.

Am nächsten Morgen händigte mir Tamara Bamm die dreitausend Euro in 30 grünen Einhundert-Euroscheinen aus. Wenn ich sie bei unserer Verkaufsverhandlung als korpulent wahrgenommen hatte, so merkte ich jetzt, dass diese Beschreibung eine gelinde Untertreibung war. Die Bamm brachte bestimmt das Doppelte meines Körpergewichts auf die Waage und überragte mich noch dazu um einige Zentimeter. Und diese Frau will Nine reiten, dachte ich verzweifelt. Sie kam mir übernächtigt vor und stank nach abgestandenem Zigarettenrauch, als sie mir vor meinen Augen die Scheine abzählte und in einen Umschlag steckte. Der Handel fand vor Nines Box statt, das hatte die Bamm so gewollt. Nachdem ich die Scheine nachgezählt und den dicken Umschlag, der sich wie ein kleines Kissen anfühlte, in meine Jackentasche gesteckt hatte, streifte ich Nine das Halfter über und übergab der Bamm den Strick. Sie griff wortlos und hastig zu, schnalzte mit der Zunge und verließ mit ihrer Beute den Stall. Damit war der Kauf besiegelt. Nine folgte ihrer neuen Besitzerin bereitwillig ins alte Stallgebäude. Warum fletschte sie nicht die Zähne und blieb wenigstens kurz stehen und sah sich nach mir um? In ihrem neuen Stall würde sie nicht einmal einen Paddock haben! Doch was blieb Nine anderes übrig? So energisch, wie die Bamm vorwärtsschritt, wäre jeder Widerstand zwecklos gewesen.

Mein Pferd! Ich brachte es nicht übers Herz, sie anders zu nennen. Ich schluckte meine Enttäuschung hinunter und folgte den beiden. Vor der neuen Box stand ein voller Sack Bio-Dyn-Plus. Ich konnte mir nicht verkneifen zu sagen: „Der ist doch hoffentlich nicht für Nine?"

„Für wen denn sonst? Ein Geschenk von Tissa. Wenn ich reiten will, dann braucht die Stute was für den Muskelaufbau." Tamara riss den Sack auf, und schüttete eine große Schippe davon in Nines Krippe.

„Wieso reiten? Ich dachte ..." Es war mir so herausgerutscht, obwohl ich es nur zu gut wusste. Aber die Bamm hatte mir gar nicht zugehört und füllte die Schippe ein zweites Mal. Das Futter sah schlammig aus und roch so stark nach Minze, dass es mir fast schlecht davon wurde. Wahrscheinlich war es durch und durch verdorben und der Kaugummiduft sollte den Schimmelgestank übertönen. In meinen Ohren pulsierte das Blut. Wenn ich nur wüsste, wo Tissa diese Zeug herstellen ließ! Doktor Abnemer hatte mir immer noch nicht die Ergebnisse der Laboranalyse mitgeteilt, und deshalb konnte ich immer noch nichts unternehmen.

„Nine bekommt von dem Zeug eine Kolik", sagte ich heiser.

Tamara lachte laut auf. „Lächerlich! Die Kolik kommt vom Kraftfutter, das ihr Tom gibt. Und von zu wenig Bewegung. Er füttert viel zu viel von diesem ungesunden Zeug. Würdest du mich jetzt bitte mit meinem Pferd allein lassen?"

Ach so war das? Der Kauf war perfekt und jetzt war Höflichkeit nicht mehr angesagt. Mein Kopf brummte, gleich würde er platzen. Schnell weg hier, sonst würde ich der Unverschämten vors Schienbein treten, um mir Luft zu machen. Morgen früh, bevor die Bamm auftaucht, komme ich wieder zu dir, flüsterte ich Nine zu. Es kam kein Wiehern, nicht einmal ein zustimmendes Brummeln. Nine stand an ihrer Krippe und kaute genüsslich an dem teuflischen Bio-Dyn herum.

Ich ging noch in die Sattelkammer, um meine Gerte, die auf der Reithallenbande lag, in den Spind zu stellen. Wozu brauchte ich die Sachen eigentlich noch? Ich hatte mein bestes Pferd verkauft, eine Stute wie Nine würde ich in meinem ganzen Leben nicht mehr bekommen. Brauchte ich überhaupt noch einen Spind? Ich durfte ja nicht einmal mehr Fango reiten. Meine Reitsachen konnte ich demnächst bei *ebay* annoncieren.

Beim Öffnen des Schrankes flog mir ein Briefumschlag entgegen. Ein Blick genügte, um mir Herzrasen zu verschaffen. Der Brief trug das wohlbekannte Logo der Tierklinik von Doktor Abnemer. Mit einem Ratsch riss ich den Umschlag auf. Es war die Laboranalyse und eine Rechnung über 60 Euro. Zuerst las ich die Ergebnisse für Bio-Dyn-Plus. Das Futter enthielte Spuren der schwach giftigen Hyazinthe. Schon kleine Mengen könnten Koliken und Hustenallergien zur Folge haben, hieß es dort. Bei schwachen, alten und kranken Pferden führten die Koliken sogar gelegentlich zum Tode. Wie bei dem alten Elan, dachte ich. Das *normale* Futter dagegen sei einfach nur minderwertig, es enthielte so gut wie keine Nährstoffe. Wenn es ein paar Tage offen herumstehe, finge es an zu schimmeln. Auf einem zweiten Blatt hatte der Doc noch etwas mit Bleistift geschrieben: „Nach Auskunft der Mühle Gebert holt eine Dame regelmäßig größere Mengen Abfälle aus der Mühle ab. Für ihre Hühnerfarm, wie sie sagt, sie verwendet die Abfälle als Hühnerfutter."

Jetzt hatte ich den Beweis in der Hand! Ohne Zweifel handelte es sich bei der erwähnten *Dame* um Tissa. Tom musste ihr endlich das Handwerk legen. Stallverbot, fristlose Kündigung der Boxen, eine Anzeige bei der Polizei und als Krönung einen saftigen Artikel im Reiterjournal. Den konnte ich ja selbst schreiben, Zeit genug hatte ich ja. Die Pferdebesitzer in der Region mussten dringend vor dieser Betrügerin gewarnt werden. Dann sollte Tissa zusehen, wie sie ihre Säcke an den Mann bringen würde!

Aber wo war Tom? Ich hatte schon seit einer Weile keinen Dieselmotor mehr tuckern hören, wahrscheinlich gönnte er sich gerade seine Frühstückspause.

Ich fand ihn vor seinem Kaffee sitzend im Reiterstübchen; er verspeiste in aller Ruhe eine Brezel. „Willst du auch einen?", fragte Tom und deutete auf seine Espressotasse.

Ich wehrte ab. „Wir müssen endlich was tun, Tom", rief ich aufgeregt und schwenkte meinen Brief.

„Post vom Doc, ich weiß! Ich hab dir den Brief vorhin in den Spind gelegt."

„Hör's dir an!", sagte ich und begann das Schreiben vorzulesen. Tom brach ein Stück von der Brezel ab, tauchte es in seinen Kaffee und schob es bedächtig in den Mund.

„Und?", sagte ich. „Was sagst du dazu? Was wirst du jetzt tun?"

„Nichts."

„Wie – nichts?"

„Ich habe es dir schon einmal gesagt: Ich will nicht, dass du die Pferdebesitzerinnen gegeneinander aufhetzt. Es ist die Sache jeder Einzelnen, was sie ihrem Pferd füttert. Wenn sie dem Futter nicht trauen, können sie es untersuchen lassen. Da braucht es keine Geheimnistuerei, Vera. Es wird ja niemand gezwungen, es zu füttern."

Hatte ich richtig gehört? „Das Futter ist giftig! Es enthält Spuren der Hyacinthe, hast du das vergessen?", schrie ich ihn an.

„Aber nur, wenn dein Pferd einen Zentner davon verdrückt! Hör mal, ich will nicht, dass du dich hier auf dem Hof als Gesundheitspolizistin aufspielst. Gerade jetzt nicht, wo du ziemlich fest in der Klemme sitzt!"

„Oh, Shit! Das ist doch nicht dein Ernst!" Ich ließ mich auf einen Stuhl plumpsen und sprang ebenso schnell wieder auf. „Du fällst mir in den Rücken, das hätte ich nicht von dir gedacht!"

„Okay, es geht dir um Nine. Aber das hättest du dir vorher überlegen müssen", sagte Tom und widmete sich weiter seiner Brezel.

Um ein Haar hätte ich seine Kaffeetasse genommen und sie ihm an den Kopf geworfen, aber sein Becher war aus Plastik. Dummerweise stand meine Tasse von Tissa mit dem Stieraufdruck in meinem Spind; gerade die hätte ich in diesem Augenblick am liebsten klirren hören.

34

Ein Blick in unseren Kühlschrank genügte: Außer einer angebrochenen Dose geschälter Tomaten und einem halben Glas Senf war nichts Essbares drin. Gerson war für den Einkauf von Spaghetti zuständig gewesen und jetzt wohnte er wahrscheinlich bei dieser Hexe, die mit ihrem Futter Pferde umbrachte und meine Nine ins Visier ihrer Attacken genommen hatte. Es ist nicht mehr unser Kühlschrank. Gersons Stimme. Genau! Danke für den Hinweis! Es blieb mir nichts anderes übrig, ich musste einkaufen gehen. Und zwar sofort. An Bargeld mangelte es mir augenblicklich nicht. Eine Schrecksekunde lang überlegte ich, wo ich den Geldumschlag hingesteckt hatte, dann fand ich das Polster in der Innentasche meiner Reitjacke.

Als ich vollbeladen mit unverderblichen Lebensmitteln und zwei Flaschen Rotwein wieder nach Hause kam, klingelte das Telefon. Schnell stellte ich die Einkaufstaschen ab und griff nach dem Mobilteil, das auf der Basisstation im Flur lag, und hielt es mir ans Ohr.

„Hallo?" War das wieder diese Bankangestellte, die eine Computerstimme imitierte? Nein, die Stimme klang noch verzerrter, beinah metallisch, so als ob der Sprecher auf keinen Fall erkannt werden wollte.

„Mit wem spreche ich?" Die Polizei hatte mir eingeschärft, alle Anrufe zu beantworten, ohne meinen Namen zu nennen und möglichst lange die Verbindung aufrecht zu halten, ganz gleich, wie merkwürdig mir die Anrufe vorkämen. Aber dieser Anruf war nicht nur merkwürdig, er war gruselig.

„Hören Sie auf, hinter Tissa her zu spionieren. Verstanden?"

„Wer sind Sie?"

„Noch mal: Hören Sie auf, hinter Tissa her zu spionieren, wenn Ihnen das Leben von Gerson lieb ist!"

„Wo ist Gerson?", schrie ich ins Mikrofon, doch ich hörte nur ein hämisches Lachen und ein Knacken, jetzt kam mir die Stimme eher wie die eines Mannes vor. Doch er hatte aufgelegt.

Oh Göttin! Irgendetwas Schreckliches war geschehen. Hatten sie Gerson als Geisel genommen? Aber wer waren *sie*? Oder war die Drohung reiner Bluff und möglicherweise Gerson selbst der Anrufer? Das Blut wich mir aus dem Kopf und ich konnte keinen klaren Gedanken mehr fassen. Ich legte den Hörer zurück und bemerkte meine umgefallene Einkaufstüte. Alle Dosen, Packungen und Flaschen lagen auf dem Fußboden herum. Fluchend sammelte ich sie wieder ein. Die Spaghetti, den Rotwein und das rote

Pesto räumte ich in die Speisekammer, der Appetit war mir gründlich vergangen. Als ich den Parmesankäse in den Kühlschrank legte, wurden meine Augen feucht. Ich hatte eingekauft, als ob mir Gerson den Einkaufszettel geschrieben hätte. Vielleicht war ihm etwas passiert und ich hatte keine Ahnung, wo er sich gerade befand. Warum hatte ich ihn nicht dazu gebracht, mir seine Adresse zu geben?

Allmählich begann mein Kopf wieder normal zu funktionieren und mir kam eine Idee. Wenn die Polizei die Fangschaltung tatsächlich abgehört hatte, dann hatten sie womöglich den Anrufer identifizieren können. Ob es wirklich Gerson war? Oder sie hatten zumindest sein Handy und den Ort, von dem aus er telefoniert hatte. Ich glaubte es nicht, aber wenn die Anrufer Gerson gekidnappt hätten, dann gab es vielleicht Hinweise, wo genau sie Gerson festhielten.

Ich überlegte kurz, ob ich bei Kommissar Töpfer anrufen sollte, doch dann entschied ich mich dafür, gleich aufs Kommissariat zu fahren. Wenn ich bei ihnen im Büro stand, konnten sie mich nicht einfach hinauswerfen, oder mich abhängen, wie bei einem Telefonanruf.

Auch diesmal machte ich Gersons Mountainbike startklar. Er hatte es an der Hauswand stehen lassen, ohne es abzuschließen. Vorsichtshalber setzte ich meinen Fahrradhelm auf – der Radweg auf der Ernst-Walz-Brücke war eine Rennbahn, auf der andere Verkehrsregeln galten, als die, mit denen ich groß geworden war. Überholt wurde von rechts und links gleichzeitig. Zwei, drei Radfahrer hintereinander, im Weg stehenden Laternenpfählen wichen sie auf dem Gehweg aus. Den verschreckten Fußgänger blieb nichts übrig, als sich ans Brückengeländer zu drücken. Heute kam mir dieses Höllentempo gerade recht. Ich gönnte mir keinen Blick zum Neckar, keinen Blick zum Schloss, es wirkte ohnehin unwirklich wie eine Kulisse, die nur für Touristen aufgestellt war.

Nach zehn Minuten lehnte ich das Bike schweißgebadet an eine Mülltonne vor dem Polizeigebäude in der Römerstraße.

Kommissar Töpfer schien mich schon erwartet zu haben. „Ach Sie sind es! Das ging aber schnell", sagte er gutgelaunt.

„Wieso? Ich habe Ihnen doch nicht verraten, wann ich zu Hause weggefahren bin?"

„Unser Trick mit der Fangschaltung."

„Ja, und?", sagte ich hoffnungsvoll.

„Wir wissen jetzt, von wem der Anruf kam. Ich meine, wem das Handy gehört. Raten Sie mal!"

„Tissa!", sagte ich, ohne auch nur eine Sekunde zu überlegen.

„Falsch, das Handy gehört Hansi Helm. Was noch nicht viel besagt. Es könnte schließlich auch ein anderer benutzt haben. Es liegt jetzt jedenfalls ein Haftbefehl gegen Helm vor, wegen Fluchtgefahr und Mordverdacht. Er war gegen eine Kaution freigelassen worden und ist sofort untergetaucht."

„Das haben Sie bereits gesagt! Und Gerson?"

„Wollen Sie uns nicht endlich verraten, wo sich Ihr Freund aufhält?"

„Das wollte ich von Ihnen wissen!"

Die Tür ging auf und Flora Schandin kam herein. In der Hand hielt sie Gersons Schal. „Sie können ihn wiederhaben. Auf dem Schal und dem Halstuch, das wir im Wald sichergestellt haben, befanden sich Hautpartikel, die von derselben Person stammen."

„Von Gerson?" Mir zitterten die Knie, war Gerson jetzt auch in den Mordfall verwickelt? So wie sich die Dinge entwickelten, musste ich mit allem rechnen.

„Wir glauben es nicht, obwohl wir es erst sagen können, wenn wir die Person gefasst haben." Ich atmete auf; gleichzeitig wurde mir bewusst, dass ich Gerson tatsächlich eine Sekunde lang für den Täter gehalten hatte. Es war absurd, aber wer hätte denn sonst seinen Schal tragen sollen?

„Gibt es denn Hinweise, wer der Täter sein könnte?", fragte ich schnell.

„Es sind Zeugen aufgetaucht. Vom Hotel neben der Raststätte aus wurde beobachtet, wie sich jemand an den Reifen von Massimo Auditis Wagen zu schaffen gemacht hat. Der Wagen stand auf dem Parkplatz."

Allmählich wurde es wirklich spannend! „Die Reifen waren doch platt!", entfuhr es mir. „Der Täter hat die Luft herausgelassen!"

„Die Täterin!", sagte Flora Schandin. „Massimos Exfrau Nanina zum Beispiel – Sie kennen sie doch?"

Ich schüttelte den Kopf. „*Kennen* ist zu viel gesagt. Ich habe ihre Bekanntschaft erst nach dem Mord gemacht. Sie können meinen Freund Helmut fragen, wenn sie mir nicht glauben."

„Ihren Freund Helmut? Ach – was Neues? Geben Sie mir bitte seine Adresse?" Während sie schrieb, murmelte die Polizistin: „Trafohäuschen am Stauwehr? Hochspannung – Umspannung – Entspannung – sehr interessant!"

Das war alles und damit war unser unergiebiges Gespräch beendet. Ich arbeitete mit ihnen zusammen und hatte ihnen einige wichtige Informationen geliefert, hätten sie da nicht ein bisschen gesprächiger sein können? So zugeknöpft waren die Beamten nicht einmal in den Tatortkrimis, die im Mannheimer Hafen spielten. Was Gerson anging, würde ich weiterhin meine eigenen Erkundigungen einziehen müssen.

Jetzt war ich froh, dass mir die Bamm ausdrücklich erlaubt hatte, Nine zu besuchen. So hatte ich einen Grund, auf dem Leierhof aufzutauchen, wann immer ich wollte. Wenn schon Tom nichts gegen Tissa unternehmen würde, dann musste ich sie umso fester im Auge behalten. Und sollte Nine Bauchkrämpfe bekommen, würde ich sofort Doktor Abnemer verständigen, obwohl ich nicht mehr ihre Besitzerin war. Mit der Bamm würde ich schon einig werden.

35

Am nächsten Morgen wurde mir klar, was hinter ihrer freundlichen Einladung steckte: Eine Aufforderung zum Stallausmisten. Denn, dass Nines neue Besitzerin nichts von körperlicher Arbeit hielt, zeigte mir der atemraubende Zustand von Nines Box. Der Boden glich einem stinkenden Misthaufen. Er sah aus wie ein Acker, den eine Herde Wildschweine eine Nacht lang durchgewühlt hatte. Die Box war leer und die Bamm hatte wahrgemacht, was sie angedroht hatte: Sie war ausgeritten! Die schwere Bamm, mit ihren gefühlten zehn Zentnern – war mein Sattel überhaupt groß genug für ihren dicken Hintern? Eine schneidend kalte Windböe peitschte mir ins Gesicht und riss mich aus meinen schwarzen Gedanken. Auf das Blechdach der Außenboxen prasselten Regentropfen. Ein Wolkenbruch, der Wind trieb Blätter und abgebrochene Äste vor sich her; es donnerte, jetzt hagelte es auch noch, es schüttete Hämmer und Nägel Dann konnte sie nicht ausgeritten sein und auch nicht draußen auf dem Dressurplatz reiten.

Blieb nur die Halle. Ich zog den Kopf ein und

kämpfte mich unter dem vorstehenden Dach der Außenboxen zur Reithalle vor. Doch dort trieb sich nur ein kampflustiges Taubenpaar herum. Als ich die Tür aufschob, spreizten sie kreischend ihre Flügel und suchten im Tiefflug das Weite. Und wenn die Bamm Nine auf die Koppel gestellt hatte? Bei diesem Wetter? Zuzutrauen war es ihr. Mist! Meine Regenjacke lag im Auto. Es schüttete immer noch wie aus Kübeln. Ich zog mein Sweatshirt über den Kopf und hastete mit gesenktem Blick Richtung Parkplatz.

„Wo willst du denn hin?" Tom stand wie eine Mauer vor mir, an ihm kam ich nicht vorbei.

„Lass mich durch, ich muss zu Nine!"

„Wo willst du hin, habe ich gefragt!" Ich hatte es ihm doch gesagt, aber Tom benahm sich stur wie ein altes Pony, er hatte mir nicht zugehört.

„Ich muss zu Nine auf die Koppel!"

„Koppel? Da kannst du lange suchen!"

„Ist mir egal. Ich muss sie finden, bei dem Wetter! Lass mich bitte endlich vorbei!" Er rührte sich nicht vom Fleck, stand unbeweglich da wie ein Betonklotz.

„Vera, hör mir zu!"

Irgendetwas stimmte nicht. Hatte ich wieder mal etwas nicht mitbekommen? Ich schaute auf.

„Schnell, ich hab keine Lust durchzuweichen. Komm mit ins Stübchen", sagte er.

Er hatte eingeheizt, knisternde, rote Flammen züngelten hinter der Glasscheibe des schwedischen Holzofens, doch die Wärme drang nicht zu mir. Tom stellte sich mit dem Rücken zum Ofen, um sein nasses Zeug zu trocknen. Ich blieb stehen, ich wollte so wenig Zeit wie möglich verlieren.

„Wo ist sie?", fragte ich vor Zorn bebend. Ich wollte wissen, wo Nine war, alles andere interessierte mich nicht.

„Sie sind fort! Die Bamm und Tissa mit ihren drei Pferden.

„Und Fango?"

„Wieso Fango? Der steht in seiner Box." Toms Falten auf der Stirn und die Furche zwischen seinen Augenbrauen glichen Gletscherspalten. Er verlor selten seine Fassung, aber jetzt blitzte es aus seinen Augen und er ballte seine Faust. „Sie ist ausgezogen. In aller Herrgottsfrühe. Lucy hat nicht gebellt und deshalb habe ich nichts gemerkt."

Ich wusste nicht genau, wen er meinte, Tissa oder die Bamm, aber in diesem Moment interessierte mich nur die letztere.

„Alle beide!"

„Sie sind zusammen abgehauen? Und wohin?", fragte ich entgeistert.

„Wieso zusammen? Keine Ahnung! Und wohin? Ja, meinst du denn, Tissa hätte mir einen Brief mit ihrer Adresse und Handynummer dagelassen?"

„Oh, shit!"

„Tissa hat seit Monaten keine Boxenmiete mehr überwiesen. Hat mich immer wieder vertröstet. Und jetzt das! Ich habe sie angezeigt."

„Oh nein! Warum hast du mir nichts gesagt?" Tissa, immer wieder Tissa! Die Bamm war also ihre Komplizin und dieser Frau hatte ich Nine verkauft! Aber ich musste wissen, wo die Bamm mit Nine hin war! Warum sagte Tom mir nicht, wo sie steckte?

„Tom! Sie haben Nine entführt! Jetzt füttern sie Nine bestimmt dreimal am Tag Bio-Dyn-Plus. Wo ist Nine?"

„Wenn sie ihr überhaupt was füttert!", sagte Tom. „Betrug und Unterschlagung – und vielleicht noch Schlimmeres", setzte er hinzu.

In meiner Magengrube rumorte es, mir wurde schwach und ich zog mir einen Stuhl heran.

Tom versuchte mich zu beruhigen: „Sorry, ich habe gerade Bullshit geredet. Ja, ich habe Tissa geglaubt und mich von ihr immer wieder vertrösten lassen – wir wollten doch den Offenstall bauen und Hansi – ach, vergiss es!"

Er schlug mit der Faust auf den Tisch. Etwas ruhiger setzte er hinzu. „Nine ist jedenfalls nicht bei Tissa. Ich habe keine Ahnung, wo die Bamm jetzt ist, aber das weiß ich genau: Sie hat Nine, bevor sie verduftet ist, auf den Pagelhof gebracht. Von unserer Koppel aus, kannst du den Schuppen sehen – er bricht demnächst zusammen, aber bis dahin hat der Pagelbauer preisgünstige Boxen anzubieten."

Ich stützte meine Ellbogen auf den Tisch und strich mir die nassen Haare aus der Stirn. Mir wurde immer kälter – nicht wegen meiner tropfenden Kleider – die

Kälte kam von innen. „Bist du sicher?"

„Der Bauer hat mich vorhin angerufen und hat sich nach der Bamm erkundigt", sagte Tom. „Eines ist sicher: Er füttert bestimmt kein Bio-Dyn!"

„Jetzt sind beide weg! Gerson ist vor einer Woche ausgezogen und ich weiß nicht, wo er ist."

„Es tut mir leid! Ich weiß, es klingt blöd, aber du kannst auf mich zählen, Vera. Ich glaube, du hast was bei mir gut. Das mit dem Futter und Tissa ..."

„Glaubst du, ich traue dir noch über den Weg?", sagte ich. Wenn er doch nur früher auf mich gehört hätte, dachte ich. Warum sind alle auf diese Tissa hereingefallen?

„Vera, kann ich irgendetwas für dich tun? Es tut mir leid, hörst du?", sagte er und riss mich aus meinen Gedanken.

Was nützten jetzt Vorwürfe? Es ging um Nine und um Gerson, ich hatte beide verloren und musste alles daran setzen, sie wiederzufinden.

Der große Kerl ließ die Schultern hängen und den Kopf sinken. „Wie kann man sich nur so verarschen lassen!", murmelte er. „Von einer Frau!"

„Hilft uns das jetzt weiter?" Ich konnte nicht anders, als mich mit all meiner Kraft seinem machomäßigen Selbstmitleid entgegenzustemmen.

„Ich mach uns erst mal einen Espresso." In so einer vertrackten Situation war es immer gut, etwas zu tun, und wenn es nur ein Druck auf den Knopf einer Kaffeemaschine war. Als ich mit zwei dampfenden Tassen Espresso zurückkam, sagte er: „Weißt du, manchmal denke ich an dein Horoskop, Vera."

Meinte er etwa die Saturnrevolution? Von dieser Schreckensvision hatte ich Tom doch gar nichts erzählt!

„Weißt du nicht mehr, diesen Zettel, den dir Tissa geschenkt hat?" Meinte er das Tageshoroskop, das mir Tissa vor einiger Zeit zugesteckt hatte? Ich hatte es Tom vorgelesen, wir hatten uns darüber lustig gemacht und es sofort wieder vergessen. Jetzt wunderte ich mich, wie mühelos ich den Satz ins Gedächtnis zurückholen konnte: *Vermutlich stoßen Sie auf Hindernisse und müssen diese mühsam aus dem Weg räumen. Ihr Vorgehen hat Konsequenzen.*

„Und das fällt dir gerade jetzt ein?"

„Ja, keine Ahnung warum."

36

Es klopfte an die Tür. Wenige Leute auf dem Leierhof klopften am Reiterstübchen an, und wenn es doch jemand tat, dann war es mit Sicherheit ein Fremder.

„Ja, bitte!", knurrte Tom, weil sich nichts rührte. Doch jetzt wurde die Tür vorsichtig geöffnet.

„Nanina!", rief ich erstaunt. „Was machst du denn hier?"

Sie kam auf mich zu, gab mir die Hand und betrachtete Tom neugierig von oben bis unten. „Tom, kennst du Nanina Auditi – äh … Grandola, Massimos Exfrau?", stellte ich sie vor.

Tom hob die Achseln und runzelte die Stirn. „Wir haben uns vielleicht schon mal gesehen, aber …"

Nanina gab ihm die Hand. „Sie erinnern mich an jemanden!"

Tom grinste. „Gut möglich!"

In seiner Freizeit tingelte er manchmal als Bud Spencer-Double durch die Lande; während der Original-Bud inzwischen ein alter Herr geworden war, der kaum noch Ähnlichkeit mit dem Westernhelden von früher hatte, sah der kräftige, dunkelhaarige Tom dem jungen Bud zum Verwechseln ähnlich.

„Als mein Ex sein Pferd auf den Leierhof brachte, waren Sie noch nicht hier!"

Tom grinste erleichtert: „Keine Ahnung – ich dachte schon, mein Gedächtnis lässt mich im Stich."

Ich zapfte noch einen Espresso. „Setz dich Nanina".

„Hast du Zucker?", fragte sie. Tom nickte.

„Zwei Stückchen, bitte." Sie rührte sorgfältig um und trank den kleinen Schwarzen auf einen Zug aus. „Schmeckt gut! Lavazza ist das nicht?"

„Nein, aber wollten wir über Kaffeemarken reden?"

Nanina lächelte verlegen. „Ach wo! Ich wusste nur nicht, wie anfangen. Kann ich noch einen Kaffee haben?"

Diesmal stand Tom auf und brachte ihr einen doppelten. „Vier Stück Zucker?"

„Gern! Zucker löst so manches Problem, finde ich, aber euren Kaffee könnte ich auch gut ohne trinken." Sie schob ihre Tasse zurück. „Spaß beiseite, die Polizei hat mich angerufen. Sie haben Neuigkeiten."

„Ach, wirklich", sagte ich so beiläufig wie möglich. Doch es gelang mir nur schlecht, meine Spannung zu verbergen.

„Sie haben einen Tatzeugen. Jemand aus dem Hotel, glaube ich. Der Typ hat eine Frau beobachtet, wie sie vom Rücksitz einer schweren Maschine abstieg und im Wald verschwand. Der Zeuge dachte, sie schlägt sich in die Büsche, um schnell mal zu verschwinden, ihr wisst schon, warum. Nach einer Weile kam ein Auto und ein Mann stieg aus. Der Motorradfreak hat auf ihn gewartet und ihn auf den Rücksitz genommen."

„Und die Frau?", fragte ich atemlos.

„Blieb verschwunden. Der Zeuge hatte wohl so eine Art Kontrolltick, und weil ihm die Geschichte komisch vorkam, ist er am Fenster stehengeblieben."

„Nanina, kein langes Drama, erzähl weiter!", sagte Tom.

„Ich sage nur, was die Polizei mir gesagt hat."

Da waren die beiden aber gesprächig gewesen, dachte ich. Mir erzählten sie nur das Nötigste und selbst da hielten sie sich noch zurück.

„Also weiter, er hat beobachtet, wie die Frau wieder aus den Büschen kam und sich an den Reifen des Autos zu schaffen machte."

„Ach nee! Und dann?"

„Nichts *und dann*. Der Zeuge arbeitet im Burger King und seine Bratschicht fing gerade an. Er musste los. Er ging runter, und als er auf die Straße kam, war die Frau verschwunden. Er war in Eile, deshalb ist er nicht mehr zu dem Auto gegangen, aber die Geschichte hat ihm keine Ruhe gelassen. Vor allem, als er dann in der Zeitung über den Mordfall gelesen hat."

„Nanina – ist dem Mann irgendetwas aufgefallen? Ich meine, wie die Frau ausgesehen hat, beispielsweise?"

„Das ist es ja. Er hat eine ziemlich genaue Beschreibung abgeliefert. Ungefähr 170 cm groß, schlank, lange Beine. Er hat sogar ihr T-Shirt beschrieben. Auf dem Rücken war ein riesiges Insekt gedruckt. Ziemlich geschmacklos, wie er fand. Einen Motorradhelm trug sie übrigens nicht."

Mir blieb der Mund offen stehen. „Aber, das ist doch – sag du es, Tom!"

Tom nickte. „Ich glaube, du hast recht, Vera."

„Ohne Worte?" Nanina guckte von mir zu Tom und wieder zurück. „Geht es ein bisschen deutlicher?"

„Nanina, mal ehrlich, hat dir das wirklich die Polizei erzählt? Ich glaub es nicht."

Ich hatte einen Volltreffer gelandet. Nanina wurde knallrot und auf ihrem Hals bildeten sich hektische Flecke.

„Okay." Sie wirkte auf einmal nervös und schaute auf ihre Armbanduhr. „Okay, es hat ja keinen Zweck."

Tom und ich schwiegen eine Weile, um ihr Zeit zu geben ihre Gedanken zu ordnen, aber von ihr kam nichts. „Nanina, mach es nicht so spannend, du kannst ja später mal einen Krimi schreiben. Aber jetzt sag uns bitte: Woher weißt du das alles?"

„Na ja – ich war selbst ..." Sie ließ sich jedes einzelne Wort aus der Nase ziehen.

„Ja?"

„Ich war selbst dort im Hotel. Nicht allein – mit einem Mann. Wir kennen uns von der Rennbahn. Er arbeitet im Burger King. An diesem Nachmittag hatte er frei."

Tom sah mich mit einem vielsagenden Blick an und ich hoffte inständig, dass er jetzt kein falsches Wort sagte. Tom verfügte über ein loses Mundwerk und konnte manchmal ziemlich taktlos sein.

„Und du hast der Polizei nichts erzählt?"

„Nein, ... mein ... äh ... Freund ... wollte nicht in die Sache hineingezogen werden, er hat so ein paar kleinere Diebstähle auf dem Kerbholz ... Na ja, ihr wisst schon."

„Wir kennen die Frau", sagte ich, um das Gespräch abzukürzen, das immer peinlicher wurde. „Glauben wir jedenfalls. Es ist Tissa. Sie ist heute Morgen abgehauen, mit ihren Pferden über alle Berge."

„Was?" Nanina schnappte nach Luft. „Das darf doch nicht wahr sein! Wenn es stimmt, was ihr vermutet, dann ...! Aber weit kann sie nicht sein. Passt auf: Tissa", sie warf einen hektischen Blick auf ihre Armbanduhr, „hat sich genau in einer halben Stunde mit mir in der Holzofenbäckerei verabredet. Tissa Krell, so heißt sie doch?"

„Ja, das ist ihr Nachname", sagte ich.

„Gibt es in dieser Bäckerei ein Café?", fragte Nanina. „Sie hätte irgendwelche Nachrichten für mich, sagte sie. Keine Ahnung, worum es geht – vielleicht will sie mir was von Massimo erzählen? Sie war ja mal mit ihm liiert, früher. Oder es hat irgendetwas mit Norwegen zu tun?"

„Du willst doch nicht etwa hingehen?", japste Tom. „Das Luder ist gefährlich. Nein, Nanina, tu das nicht."

„Wir wissen nicht, ob sie wirklich was verbrochen hat", sagte Nanina.

„Aber genau das ist es! Überleg doch! Gegen ihren Partner Hansi ist Haftbefehl wegen Mordverdachts erlassen worden. Immerhin könnte sie seine Komplizin sein!" Es war, als ob Bud Spencer persönlich das Wort ergriffen hätte.

„Ich habe das Gefühl, dass sie Massimo irgendetwas heimzahlen wollte", sagte Nanina ungeduldig.

„Massimo ist tot, sie kann ihm keinen Schaden mehr zufügen", sagte ich. „Aber was will Tissa von dir, Nanina?"

Irgendetwas stimmte nicht an Naninas Drama. Die Buchstaben auf Massimos Zettel hatten MAFIA ergeben – was, wenn er damit tatsächlich Nanina gemeint hätte? In diesem Moment stand Nanina auf.

„Halt! Eins versteh ich nicht, Nanina."

Nanina setzte sich ganz vorne auf die Stuhlkante. „Ich muss los, was ist denn noch?"

„Wenn du alles von Anfang beobachtet hast, dann hättest du doch deinen Exmann erkennen müssen?"

Nanina schwieg verlegen.

„Du hast gesehen, wie er in seinem Auto ankam, ausstieg und wie ihn der Typ hinter sich aufs Motorrad genommen hat?"

Sie fasste mich am Arm. „Vera, du musst mir glauben! Massimo und ich hatten früher einen Panda." Nanina rutschte auf ihrer Stuhlkante nach vorn und der Stuhl kippelte gefährlich. Dann rückte sie damit heraus: „Es ist mir peinlich; ich habe den ersten Teil der Geschichte gar nicht selbst beobachtet." Sie holte tief Luft, so als ob sie Mut schöpfen wollte und sagte: „Mein Freund und ich waren zusammen im Bett, dann bin ich unter die Dusche. Als ich fertig war, hat er mir alles erzählt. Ich habe mich schnell angezogen, hinter dem Vorhang vorgelugt und dabei die Frau beobachtet, wie sie um das Auto herumschlich."

Tom-Bud rollte mit den Augen und schüttelte sachte den Kopf. *Glaub ihr nicht*, war es das, was er mir sagen wollte? Oder eher das Gegenteil – hör mit der Fragerei auf, wir müssen handeln?

„Was hatte die Frau an dem Auto zu schaffen? Als ich das Hotel verließ, um nach Hause zu fahren, sah ich gerade noch, wie sich eine Gestalt in die Büsche schlug. Ich muss wissen, ob sie es war!"

Nanina würde sich nicht davon abbringen lassen, diese Frau zu treffen, das fühlte ich – aber war die Frau, die sie treffen würde, auch wirklich Tissa?

„Ich geh jetzt los. Ihr wisst ja, wohin. Wenn ich nach einer Stunde nicht zurück bin, oder angerufen habe, müsst ihr was unternehmen."

Sie eilte davon, die Tür fiel ins Schloss. Tom und ich sahen uns ratlos an.

„Eine Stunde warten? Das ist zu lange. Ich ruf lieber gleich die Polizei an." Ich griff zu meinem Handy und stellte das Mikro an. Tom sollte mithören, was wir miteinander sprachen. Schon nach dem ersten Läuten nahm Flora Schandin ab.

„Hat sich ihr Freund gemeldet?", fragte sie.

„Nein, hat er nicht. Bitte hören Sie mir zu. Es geht um Leben oder Tod." Nanina war in Gefahr, und ich hatte keine Lust um den heißen Brei herumzureden. „Sie müssen zur Holzofenbäckerei auf den Kurpfalzhöfen kommen, sofort."

Flora Schandins Reaktion überraschte mich. „Auf den Kurpfalzhöfen?", sagte sie. Dann nahm ihr der Oberkommissar Töpfer den Hörer ab. „Ganz kurz, worum geht es?"

Ich brauchte keine zwei Sekunden, um ihm die Lage klar zu machen. „Vermutlich hat sich Tissa Krell auf den Kurpfalzhöfen mit Massimos Exfrau Nanina verabredet", sagte ich. Zum ersten Mal, seit wir miteinander zu tun hatten, unterbrach er mich nicht.

„Frau Roth, bleiben Sie, wo Sie sind. Hören Sie? Warten Sie im Reiterstübchen auf uns." Ich wollte gerade mein Handy zuklappen, da fügte er hinzu: „Wir haben die Tatwaffe gefunden." Dann war das Gespräch weg.

Tom hatte alles mitgehört. Ich drückte auf die rote Taste. „Sie haben die Tatwaffe! Und wenn sie die Tatwaffe haben, dann wissen sie doch auch, wem sie gehört! Ich kann unmöglich hier sitzenbleiben und Däumchen drehen! Es ist garantiert Tissa und ich muss unbedingt wissen, was sie von Nanina will", sagte ich. „Du kannst hier ja die Stellung halten, Tom!"

Bevor mich Tom zurückhalten konnte, war ich aus

der Tür und hörte gerade noch, wie er mir nachrief: „Vera, du bist verrückt! Bleib hier, was willst du denn dort?"

Ich rannte zu meinem Golf, warf die Regenjacke auf den Rücksitz und startete durch. Ich wusste selbst nicht, was ich dort wollte und meine kritische innere Stimme flüsterte mir zu: *Du begibst dich wissentlich in die Höhle des Wolfs.* Wenn Tissa so gefährlich war, wie ich sie einschätzte, dann wäre ich bestimmt nicht in der Lage, Nanina vor ihr zu schützen. Ich hatte keine Ausbildung in Selbstverteidigung und nicht einmal ein Schweizer Taschenmesser, das ich hätte ausklappen können. Und natürlich dachte ich überhaupt nicht daran, dass Tissa und Nanina vielleicht alte Rechnungen zu begleichen hätten, die mich überhaupt nichts angingen. Keine Ahnung, jedenfalls fühlte ich mich von dem Ort magisch angezogen. Unruhig im Reiterstübchen sitzen zu bleiben und mit Tom über mögliche Täter nachzugrübeln, hätte ich nicht ausgehalten.

37

Der Platzregen hatte auf der holprigen Feldstraße riesige Pfützen hinterlassen. Immer öfter musste ich meinen Golf herunterschalten und im Schritttempo durch das braune Wasser steuern, das bis zu den Seitenfenstern hinaufspritzte. Glücklicherweise waren heute Morgen keine Reiter und Traktoren unterwegs, die mir den Weg hätten versperren können. Im Nebel, der sich im Sonnenschein allmählich auflöste, dampften die Wiesen. Während ich im Schneckentempo dahinschlich, rasten meine Gedanken mit Lichtgeschwindigkeit voraus. Vermutlich hatte Tissa die Luft aus den Reifen von Massimos Auto gelassen, sich dann im Gebüsch versteckt und auf ihn gewartet; aber hatte sie auch geschossen? Ich konnte es nicht glauben, denn nach dem Mord, hatte sich Tissa immer wieder auf dem Leierhof gezeigt, so als ob nichts geschehen wäre. War sie wirklich so cool wie es aussah? Hatte sie tatsächlich Massimo hinterrücks ins Genick geschossen? Der Einzige, der es mit einiger Sicherheit wusste, war Hansi.

Schneller als erwartet erreichte ich die Kurpfalzhöfe. Ich stellte meinen Wagen auf dem Parkstreifen vor dem Hofeingang ab und war gerade dabei, die Wagentür zu öffnen, als mich so etwas wie ein Blitz aus meinen Spekulationen riss. Es war ungefähr so, als ob mir irgendwo auf der Autobahn eingefallen wäre, dass ich vergessen hatte, die Herdplatte mit dem Milchtopf abzustellen. Gleich darauf meldete mein Handy *Matters of the heart*, und diesmal wusste ich, dass es niemand anders als Iris sein konnte.

„Vera!", sagte sie irgendwie irritiert, „brauchst du mich gerade?"

Ahnte sie etwas? Ich spürte ihre unausgesprochen sorgenvollen Fragen und war auf einmal unglaublich froh. Unsere Verbindung war nicht abgerissen und es tat unendlich gut, sie wieder so nah bei mir zu spüren. Dass Iris gerade in diesem Augenblick an mich dachte, erfüllte mich mit einer ungeahnten Kraft.

„Du weißt, dass ich für dich da bin, wenn du mich brauchst", sagte sie.

„Danke Iris! Ich kann jetzt nicht mit dir reden. Ich hab's eilig!" Schnell klickte ich auf den roten Telefonhörer und hoffte nur, sie würde es mir nicht übelnehmen.

Atemlos löste ich meinen Sicherheitsgurt und schälte mich hinter dem Lenkrad hervor. Im Laufschritt hetzte ich über den holprigen Feldweg, vorbei an den dort abgestellten PKW. Einer davon gehörte Mascha, sie gönnte sich wahrscheinlich einen Cappuccino mit einem Stück Käsekuchen, um sich für ihre Reitstunde zu stärken. Vor dem Schuppen stoppte ich, dahinter befand sich das alte Bauernhaus mit der Backstube. Ob es von hier aus einen Durchgang zum Laden gab? Ich wollte auf keinen Fall durch den Hof gehen. Wenn Tissa und Nanina im Café saßen, hätten sie mich gesehen und das musste ich vermeiden. Vorsichtig tastete ich mich durch den düsteren Schuppen, es muffelte nach Staub und altem Holz, gewürzt von einem verführerischen Duft nach frischem Brot. Ich wollte schon umkehren, da stieß ich auf eine Tür. Ich drückte die Klinke so leise wie möglich hinunter, machte einen Schritt, und befand mich in der Backstube. Niemand war in dem Raum, alles war sauber und aufgeräumt, in einem hohen Regal stapelten sich frischgebackene Brote, in einem anderen prangten kleine, runde Käsekuchen. Plötzlich erschien Karoline, die Bäckersfrau. Bei meinem Anblick blieb sie wie festgenagelt stehen.

„Was machen Sie denn hier?", kreischte sie, der Schrecken stand ihr aschfahl ins Gesicht geschrieben, sie hatte hier mit keinem Fremden gerechnet.

„Pst!", ich legte den Finger über die Lippen und zog sie nach hinten in den Raum. Jetzt erkannte sie mich.

„Warum nimmst du die Hintertür wie ein Einbrecher?", fragte sie noch einmal.

Flüsternd versuchte ich es ihr zu erklären. Ich weiß nicht, ob sie mich wirklich verstand, sie hatte ja keine Ahnung von den Verstrickungen, die sich über mir zusammengezogen hatten und es war einfach zu kompliziert, ihr in wenigen Sekunden alle Einzelheiten darzulegen. Die Zeit drängte, und ich wollte möglichst viel von dem Gespräch zwischen Tissa und Nanina belauschen. Irgendwie hoffte ich, endlich etwas darüber zu erfahren, was Tissa im Schilde führte und was sie dazu antrieb.

„Komm mit!", sagte Karoline. Sie führte mich zu einem Wandschrank. „Er steht vor einer dünnen Sperrholzwand. Auf der anderen Seite ist ein kleines Regal angebracht. Die Cafébesucher können die provisorische Wand nicht sehen. Die zwei sitzen genau vor uns", setzte sie hinzu und schob mich in den Schrank.

Mit dem linken Ohr an der Wand verstand ich jedes Wort, das die beiden wechselten. Ich war genau zum richtigen Zeitpunkt gekommen.

„Massimo war mir etwas schuldig", sagte Tissa. Gespannt wartete ich darauf, dass sie Nanina anvertraute, was genau Massimo ihr schuldig war, doch diesen Gefallen tat mir Tissa nicht. „Dann kam dieses Biest dazwischen, diese Hexe. Sie hat mir den Job weggeschnappt und ich war fortan Luft für ihn. Er hat mich zum zweiten Mal betrogen!"

Dieses Biest, meinte sie damit etwa mich? Sprach sie von dem Job, den Massimo *mir* damals angeboten hatte? Aber warum hatte mir Massimo kein Wort davon verraten, dass er Tissa den Job versprochen hatte?

Gerade da stellte Nanina eine Frage, die mir schon die ganze Zeit im Kopf herumspukte: „Was kann Vera dafür? Sie wusste doch nichts über eure Abmachungen?"

Aber Tissa hatte sich in Rage geredet und jetzt brach eine wahre Suada aus ihr heraus. Warum erzählt Tissa das alles, dachte ich und warum erzählte sie es ausgerechnet Nanina?

„Madame Vera! Sie hatte alles! Job, Pferd, Mann, Freunde, sah gut aus und verdrehte allen Männern den Kopf!" Ich konnte es nicht glauben – meinte sie wirklich mich? Für mich klang es eher so, als ob sich Tissa selbst beschrieben hätte!

„Ich stand plötzlich mit nichts mehr da!", schrie sie. „Wieder einmal mit NICHTS." Die beiden schwiegen, dann fing Tissa noch einmal an und ihre schrillen, erregten Töne vibrierten in meinem Ohr. „Ha, aber jetzt hat sich das Blatt gewendet! Das Biest kommt auf keinen grünen Zweig mehr, sie ist fertig, sie kann nichts mehr tun! Es steht in ihrem Horoskop. Es ist ihr Schicksal und ich helfe ein bisschen nach. Ich stehe jetzt endlich auf der Gewinnerseite. Kennst du dieses Gefühl, Nanina, beim Pferderennen endlich mal eine Nasenlänge voraus zu sein?" Nanina wollte etwas sagen, das spürte ich, doch Tissa ließ sich nicht unterbrechen. Und auf einmal wurde mir klar, warum sich Tissa hier mit Nanina verabredet hatte.

„Ich will, dass du ihr alles erzählst, alles, hörst du – Wort für Wort! Also pass auf: Gerson küsst mir jeden Morgen die Füße und dankt mir, dass ich ihn von dieser Zicke befreit habe! Wir werden miteinander ins

Ausland gehen. Ihr Pferd, diese zickige Stute, wird bald zu nichts mehr zu gebrauchen sein. Dafür habe ich gesorgt. Es ist mir eine Genugtuung, dass sie die Mähre nicht mehr bei sich hat. Ich bin stolz auf meinen Partner Hansi, er hat ganze Arbeit geleistet. Alle sind ihm auf den Leim gegangen, diese Lackaffen. Nur in einer Beziehung hat er versagt, der Schlappschwanz!"

Ich ballte meine Fäuste: Na los, Tissa, heraus damit, worin hat er versagt? Doch in diesem Augenblick gelang es Nanina, sich Gehör zu verschaffen. „Warum hasst du Vera so sehr, du kennst sie doch kaum?", fragte sie.

Jetzt prallte ein Vulkanausbruch an aufgestauter Wut gegen die dünne Wand: „Das fragst du noch? Sie war es doch, die mich von Anfang an gehasst hat. Sie hat mich als ihre Rivalin angesehen und mich vor Gerson und den Leierhöflern schlecht gemacht. Sie wollte meine berufliche Existenz vernichten und mich vom Hof vertreiben! Aber daraus wurde nichts! Mir kamen nämlich die Sterne zu Hilfe, das Biest hatte keine Chance vor dem Schicksal, das wurde mir sehr schnell klar. Ich hatte mit ihr leichtes Spiel und ich muss mit ihr Schluss machen, bevor ich endgültig Leine ziehe."

Ich hörte Nanina keuchen, sie war unfähig, etwas zu entgegnen. Tissa lachte hektisch, es klang irgendwie verrückt, als wäre sie gerade dabei, die Kontrolle über sich zu verlieren.

„Mit Massimo war es anders!", sagte Tissa noch, dann vernahm ich Stühlerücken. Jemand stand hektisch auf. Eine Tür wurde aufgerissen und knallte wieder zu. In dieser Sekunde, wo sie zur Sache kommen wollte! Mist! Irgendetwas Geheimnisvolles musste zwischen Massimo und Tissa vorgefallen sein. Sag es, Tissa, mach schon, sag es endlich! In diesem Augenblick hörte ich das Martinshorn, sie waren da!

Türenschlagen, dann drang Geschrei aus dem Laden. „Die Polizei soll verschwinden!" Es war Tissa und ihre angstverzerrte Stimme überschlug sich.

Die Bäckersfrau sah mich entsetzt an. „Hast du eine Ahnung, wer die Polizei gerufen hat?"

Hoffentlich rastet Tissa jetzt nicht völlig aus! Karoline spähte durch ein kleines Fenster in einer Tür zum Laden und winkte mich zu sich. Was ich sah, ließ mir das Blut in den Adern gefrieren. Im Laden stand Tissa, sie hatte den Arm um den Hals einer Kundin gelegt, in der anderen Hand hielt sie das große Brotmesser, mit dem die Bäckerin die Roggenlaibe zerteilte. Tissa hatte eine Geisel genommen!

„Oh Gott, das ist doch eine Reiterin, wo kommt die denn her?" flüsterte Karoline. Jetzt machte Tissa eine Vierteldrehung zur Seite, und ich erkannte die Frau: Es war Mascha. Sie hatte sich beim Bauern gegenüber mit Gemüse versorgt und war ins Café gekommen, um Brot zu kaufen und einen Espresso zu trinken. Nanina redete hektisch auf Tissa ein. Ich verstand nicht, was sie sagte, sie wollte die Geiselnehmerin bestimmt beruhigen, aber offensichtlich hatte sie damit keinen Erfolg. Tissa, die Mascha das Messer an die Gurgel hielt, schrie: „Die Polizei soll abhauen! Sonst bringe ich sie um. Weg mit der Polizei." Tissa drehte uns wieder den Rücken zu und beobachtete das Polizeiauto durch die offene Tür. Der Skorpion auf ihrem T-Shirt signalisierte ihre Angriffsbereitschaft.

Ich lief zum Fenster, das auf den Hof hinausging. Der Oberkommissar saß hinter dem Steuer, soviel konnte ich erkennen, aber wo war seine Kollegin? Der Polizist startete den Motor, er schien der Aufforderung der Geiselnehmerin Folge zu leisten. Tissas Aufmerksamkeit war immer noch ganz nach draußen gerichtet. Dann hörte ich, wie die Bäckersfrau tief durchatmete, durch ihren Körper schien eine Welle kaltblütiger Entschiedenheit zu fließen und ihre Muskeln strafften sich. Auf einmal ging alles sehr schnell. Sie schob die Tür zum Laden auf, war mit einem katzenhaften Sprung draußen und verpasste Tissa mit der bloßen Hand einen Schlag ins Genick. Ein spitzer Schrei, Tissa ließ das Messer fallen und ging zu Boden. Als ob sie sich abgesprochen hätten, war Nanina über ihr, bog ihr den Arm zurück und drehte sie auf den Rücken. Unter Naninas mächtiger Gestalt auf den Boden gedrückt, wirkte Tissa wie ein kleines Mädchen.

Mascha stand am Fenster und stützte sich mit einer Hand auf das Fensterbrett.

„Geht es dir gut?", fragte ich. Sie nickte tapfer, doch sie zitterte wie ein Fetzen Stoff im Wind und ihre Zähne schlugen aufeinander. Ich griff ihr unter den Arm und führte sie zu einem Stuhl. Kaum saß sie da, schlug sie die Hände vors Gesicht und fing hemmungslos zu schluchzen an.

In diesem Augenblick erschien Flora Schandin in der Tür, mit gestrecktem Arm die Pistole schussbereit vor sich, dicht hinter ihr der Oberkommissar. Ich glaube, Nanina und Karoline waren froh, dass sie Tissa endlich loslassen konnten, denn sie schlug wild um sich und versuchte verzweifelt, Nanina abzuschütteln. Tissas Festnahme dauerte keine zwei Sekunden. Die beiden Polizisten führten die Geiselnehmerin, die trotzig vor sich hinstarrte und uns keines Blickes würdigte, in Handschellen ab.

„Das war knapp!", sagte ich.

„Ich kann es einfach nicht glauben!", murmelte Mascha, die sich ihren Hals rieb, der mit vier roten Streifen verziert war. „Aber noch mal gutgegangen!", fügte sie hinzu. Allmählich kehrten ihre Lebensgeister wieder zurück.

Durch die offenstehende Tür sah ich, wie die Beamten Tissa zum Polizeiauto schoben und auf den Rücksitz bugsierten. Flora Schandin setzte sich neben sie und kettete sie schnell an der zweiten Handschelle an, die an ihrem Handgelenk baumelte.

Oberkommissar Töpfer kam noch einmal zurück um Maschas Personalien aufzunehmen. „Sollen wir

Sie zum Arzt bringen?", fragte er.

Doch sie schüttelte energisch den Kopf. „Nein, ich wohne nicht weit. Ich kann zu Fuß nach Hause gehen. Ein bisschen durchschnaufen, das tut mir gut. Mein Freund wartet auf mich."

„Wo hast du diesen Handkantenschlag gelernt?", fragte ich Karoline voller Bewunderung.

„Hier draußen weiß man nie, wer an die Tür klopft, oder einfach so durch die Hintertür hereinkommt. Ich trainiere seit ein paar Wochen an der Wim-Sum Akademie Selbstverteidigung", sagte sie stolz.

„Alle Achtung!", sagte Töpfer zu Karoline. „Ihr Schlag war nicht von schlechten Eltern!"

„Ich wusste, dass ich es schaffen würde. Das Skorpion-T-Shirt – es hat mir Mut gemacht."

Oberkommissar Töpfer legte seine Stirn in Falten, offensichtlich wusste er mit Karolines Antwort nichts anzufangen.

„Skorpione haben Angst, aber wenn sie *deine* Angst riechen, stachelt es ihre Kampfbereitschaft an und du bist verloren", erklärte sie. „Die einzige Chance, die man ihnen gegenüber hat, ist Kaltblütigkeit."

„Das muss ich mir merken", sagte Töpfer. „Nur dumm, dass nicht jeder Schurke so ein T-Shirt trägt."

War das wieder sein berühmt-berüchtigter schwarzer Humor?

Doch der Kommissar wurde sofort wieder ernst. „Kommen Sie gleich zu uns aufs Polizeirevier", sagte Töpfer zu Nanina. „Und Sie auch, Frau Roth. Wir brauchen Ihre Aussagen zu der Geiselnahme. Sie beide haben uns Einiges zu berichten, wie ich annehme."

Wenig später hörten wir das Klopfen des Diesel-Motors und das Knirschen von Kies. „Tissa sind wir jedenfalls los!", sagte ich erleichtert. „Für's erste wenigstens."

38

„Wir setzen uns an den Tisch dort drüben", sagte Karoline und deutete auf einen der kleinen Bistro-Tische im Vorraum der Bäckerei. Drei Kaffeetanten, die gemütlich den Vormittag verplauderten, diesen Eindruck würden wir auf jeden Gast machen, der hereinkäme. „Ich mach uns einen Kaffee."

Nanina warf mir einen um Unterstützung heischenden Blick zu: „Wie wär's mit etwas Stärkerem?" Karoline grinste und ich nickte; sie verschwand hinter der Theke, kramte in ihrem Wandschrank und kam mit einer Whiskeyflasche zurück. „Du meinst sicher *etwas Stärkendes*?"

„Genau!"

Sie schenkte jeder von uns einen Fingerbreit ein und hob das Glas: „Auf uns tapfere Frauen!"

„Cheers!" Ich nahm einen Schluck und dann noch einen. Eine angenehme Wärme kroch in meine Wangen und ich streckte mich wohlig, da fiel mir ein. „Ihr beiden kennt euch doch gar nicht?"

Karoline und Nanina schüttelten den Kopf. „Dann stelle ich euch vor. Karoline, das ist die tapfere Nanina! Nanina, das ist die tapfere Karoline."

„So schnell kommt man zu einer Auszeichnung", sagte Karoline.

Nanina und ich schwiegen lächelnd. Keine von uns schien Lust auf Small Talk zu haben, also prosteten wir uns einfach zu. Karoline wollte noch einmal einschenken, doch ich winkte ab: „Wir müssen aufs Revier! Aber vorher muss ich noch etwas von dir wissen, Nanina!"

Sie schaute mich gespannt an: „Was wollte Tissa Krell eigentlich von dir?"

„Du meinst, warum sie mich ins Café bestellt hat? Wenn ich das wüsste! Zuerst dachte ich, sie wollte Geld von mir, da sie ja wusste, dass ich mit Hansi Geschäfte gemacht habe; das Geld benutzt sie dann um abzuhauen, hab ich mir überlegt."

Karoline und ich hörten gespannt ihren weiteren Ausführungen zu. „Klingt nicht besonders plausibel, das sehe ich an deinem Gesichtsausdruck, Vera. Spätestens als Tissa mit dem Horoskop anfing, habe ich gemerkt, dass meine Vermutung falsch war. Sie ist verrückt! Vollkommen durchgeknallt. Sie hielt sich für die Vollstreckerin deines Schicksals, Vera. Und ich sollte ihr als Botin dienen! Ich sollte dir erzählen, was Gerson und sie vorhatten, um dich fertigzumachen, und was sie mit Nine anstellen würde. Du bist für sie ein rotes Tuch, ihre Rivalin, die sie mit allen Mitteln zu beseitigen wollte und ich sollte ihr dabei helfen."

„Da war noch etwas, Nanina. Als mich Karoline

hinter die Pappwand führte, habe ich Tissa sagen hören, dass Massimo ihr etwas schuldig geblieben wäre. Hast du eine Ahnung, was das sein könnte?"

Nanina schüttelte sich, als ob sie eine schmerzliche Erinnerung loswerden wollte. Doch gerade, als sie anfangen wollte zu reden, rutschte Karoline unruhig auf ihrem Stuhl herum. Abwechselnd schaute sie von Nanina zu mir und seufzte: „Ich verstehe kein Wort! Wäre es euch möglich, mich aufzuklären?"

Erst da fiel mir ein, dass Karoline keine blasse Ahnung von den schicksalshaften Verstrickungen des Falls hatte, der gerade in ihrer Bäckerei zu einem vorläufigen Ende gekommen war.

„Ich will's versuchen", sagte ich. Doch wo anfangen? Bei Tissa, die vor ein paar Monaten auf dem Leierhof erschienen war und uns alle verhext hatte? Mit dem Horoskop, das mir Claire geschickt hatte? Oder noch früher, als Gerson und ich Fango adoptiert hatten? Aber waren diese Einzelheiten wirklich wichtig? Es hatte doch alles noch viel früher angefangen, mit Luis und mir, denn wenn ich mich nicht unsterblich in Luis verliebt hätte, hätten wir Claire in Montmirail nicht kennengelernt und Gerson und ich hätten niemals Fango übernommen! Vielleicht war auch das nicht der Anfang und ich musste zuerst erzählen, wie ... Karoline riss mich plötzlich aus meinen Grübeleien.

„Vera, ein bisschen Tempo! Denk dran, dass wir noch zur Polizei müssen. Ich kann nicht ewig mit euch hier sitzen bleiben!"

„Es fing alles mit Tissa an", sagte ich kurzentschlossen und wunderte mich, wie ein Wort dem anderen folgte, nachdem der Anfang gemacht war. „Gleich, nachdem sie auf den Hof gekommen war, machte sie Gerson schöne Augen."

Kaum hatte ich meinen Mund aufgemacht, rückte Karoline ihren Stuhl zurecht und lehnte sich zurück, als ob sie in einem Kinosessel säße. Das gefiel mir und ich fuhr fort: „Er ließ sich ein neues Futtermittel andrehen, das sie angeblich selbst produzierte. Dieses Futter machte die Pferde krank. Ich habe Tissa von Anfang an nicht getraut, aber Gerson verliebte sich in sie. Zuerst glaubte ich an eine belanglose Liebelei, doch als Tissa mir gegenüber immer unverschämter wurde, und Gerson sie mehr und mehr in Schutz nahm, wurde ich eines Besseren belehrt." Ich hielt inne und klopfte nervös mit den Fingern auf den Tisch.

„Und weiter?", sagte Karoline.

„Gerson hat mich verlassen und ist zu dieser Hexe gezogen, ein paar Tage nachdem mein Chef Massimo tot in seinem Auto aufgefunden worden. Jemand hatte ihn hinterrücks erschossen, das hat die Polizei aufgedeckt. Doch weil die Beamten so gut wie nichts unternommen haben, um den Mord aufzuklären, wenigstens kam es mir so vor, habe ich meine eigenen Nachforschungen angestellt. Mein ehemaliger Kollege Helmut half mir dabei. Mein Verdacht fiel auf Hansi

Helm, Tissas Partner. Bitte frag mich nicht, wie ich das herausgefunden habe, eine Erklärung würde jetzt zu weit führen. Nur so viel, es war jede Menge *Green Orange* im Spiel, ein Duft, mit dem Tissa den Männern noch mehr den Kopf verdrehte. Hansi und Tissa waren ein gutes Team. Hansi hat sich die Frauen vorgenommen, die ihm Tissa auf dem Leierhof zugeführt hat. Er hat die Reiterinnen mit faulen Krediten versorgt und als seine Machenschaften aufflogen, ist er abgehauen. Das Merkwürdige ist, dass die Polizei immer noch den Mörder von Massimo sucht. Sie tappen offensichtlich im Dunkeln, aber ich vermute, dass dieses Duo Infernal dahintersteckt. Gut möglich, dass Tissa Hansis Komplizin war und dass sie ihn gedeckt hat."

Karoline unterbrach mich und hielt mir ihre Armbanduhr unter die Nase. „Vera, es wird Zeit, ich muss wieder an die Arbeit, und vorher haben wir noch eine Verabredung mit der Polizei! Jedenfalls weiß ich jetzt ein bisschen mehr über die Geschichte, obwohl mir eines nicht klar geworden ist: Warum hätte Hansi Helm mit Tissa als Komplizin deinen Chef Massimo umbringen sollen?"

Ich musste zugeben, dass mir die Frage nach dem Motiv seit ein paar Minuten selbst im Kopf herumging, ohne dass ich darauf eine Antwort fand.

Karoline nahm ihre Jeansjacke vom Haken und suchte in ihrer Handtasche nach dem Ladenschlüssel. Nanina und ich folgten ihr nach draußen.

„Ich glaube nicht, dass Tissa die Täterin ist", sagte Karoline, als sie die Tür des Cafés absperrte. „Sie ist doch erst ausgerastet, als das Martinshorn ertönte; sie hat auf einmal die Nerven verloren, warum ist mir nicht klar. Sie war vollkommen außer sich, hat im Affekt zum Brotmesser gegriffen und dann die Frau als Geisel genommen."

Nanina stimmte ihr zu: „Du hast recht – es war eine Affekthandlung, völlig ungeplant und irgendwie grundlos. Ganz anders der Mord an Massimo, der war sorgfältig geplant, wie mir scheint."

„Siehst du, genau das spricht für meine Vermutung!", warf Karoline ein. „Wäre sie cool geblieben, hätte sie eine reelle Chance gehabt davonzukommen. Dann hätte die Polizei überhaupt keinen Anlass gehabt, sie festzunehmen."

Hatte Karoline etwa Mitleid mit Tissa? Es klang beinah so, und widerwillig musste ich mir eingestehen, dass ich mich ihrer Ansicht nicht ganz entziehen konnte.

39

Knapp eine halbe Stunde später nahm der Kommissar unsere Aussagen zum Verlauf der Geiselnahme auf und seine Kollegin Schandin eröffnete uns, dass es sich bei der Tatwaffe um eine Glock handelte, deren Waffenschein auf Hansi Helm ausgestellt war.

„Seht ihr, ich habe doch recht", frohlockte Karoline. „Tissa war es nicht."

Ich stieß sie unsanft in die Seite, denn die Kommissarin redete einfach weiter. „Hansi hatte die Pistole vor einem Jahr in einem Mannheimer Waffengeschäft im Jungbusch gekauft."

„Und wo?", fragte ich.

„Irgendwo in den Quadraten, warum interessiert sie das?"

„Wo die Waffe gefunden wurde, meine ich."

„Reiter haben sie im Wald, nahe beim Tatort entdeckt."

„Gehört sie Tissa?", fragte ich.

„Sie hat keinen Waffenschein", sagte die Kommissarin.

Ich hatte das Gefühl, als ob der Boden unter meinen Füssen schwankte. „Aber ...", stammelte ich, „das ist doch nicht möglich!"

„Das Projektil in der Leiche war mit der Patrone aus der Glock identisch, wie die ballistische Untersuchung gezeigt hat. Dieser Hansi Helm ist gefährlich. Passen Sie gut auf sich auf, Frau Roth. Melden Sie sich sofort, wenn irgendetwas nicht stimmt. Ist Ihr Freund wieder aufgetaucht?"

„Nein", sagte ich.

„Sobald Sie Nachricht von ihm haben, rufen Sie uns an, ja?"

„Sehr witzig, ich weiß nicht einmal, ob er überhaupt noch telefonieren kann", sagte ich matt.

„Eben drum!", sagte Töpfer. „Also kooperieren Sie mit uns!"

Beim Verabschieden nahm mich der Kommissar zur Seite. „Es geht um einen Mordfall, Frau Roth, das ist nichts für Amateure wie Sie. Dass wir Tissa Krell festnehmen konnten, haben wir zwar Ihnen zu verdanken, doch ersparen Sie uns bitte weitere Aktionen solcher Art. Sie verschwenden nur unsere Steuergelder!"

Nanina, die ihren Wagen vor der Bäckerei im Feld hatte stehen lassen, würde mit Karoline in deren Lieferwagen zurückfahren. Als wir uns verabschiedeten, kramte die Bäckerin in ihrer Handtasche und hielt mir etwas hin, das aussah wie ein Feuerzeug.

„Pfefferspray", sagte sie. „Vielleicht kannst du es

brauchen. Es hilft, wenn es einmal brenzlig wird, du musst es einstecken!"

Mein alter Golf war zwischen zwei Toyota-Limousinen vor dem Polizeirevier eingeklemmt. Das Halteverbotsschild sah ich gleich beim Einsteigen, aber den Strafzettel bemerkte ich erst, als ich den Motor angelassen hatte. Es regnete schon wieder Katzen und Hunde, doch es half alles nichts, ich musste aussteigen und das aufgeweichte Papier von der Windschutzscheibe abziehen. 15 Euro und alles nur, weil ich der Polizei wichtige Hinweise gegeben hatte!

Die Bremsleuchten der Autos verschwammen vor meinen Augen. Für den Bruchteil einer Sekunde wusste ich nicht, wo ich mich befand. Das Stadtviertel kam mir unbekannt und unwirklich vor, so als wäre ich noch nie durch die Bergheimer Straße zum Bismarckplatz gefahren. Der Verkehr lief vor meinen Augen wie ein Film ab, mechanisch tat ich, was ich tun musste, gab Gas, wenn sich die Autoschlange in Bewegung setzte und trat auf die Bremse, wenn sie wieder stoppte. Ich hörte ein stetiges, dumpfes Pochen, dessen Quelle mir nicht klar war. Erst als ich auf der Brücke den wolkenverhangen-grauen Himmel über dem Neckar sah, wusste ich, dass mir mein eigener Puls in den Ohren dröhnte.

Das Gespräch mit der Polizei hatte nicht einmal eine halbe Stunde gedauert, aber diese kurze Zeitspanne reichte aus, um alle meine Überzeugungen wie eine morsche Holzhütte unter einem Abrissbagger in sich zusammenstürzen zu lassen. Eingeklemmt hinter meinem Lenkrad war ich nahe daran durchzudrehen. Möglicherweise hatte ich Tissa mit meinem Mordverdacht und meinem vorschnellen Anruf bei der Polizei erst zu einer Straftat veranlasst, zu der es ohne mein Eingreifen nicht gekommen wäre. Wie kam ich eigentlich dazu, Tissa als Massimos Mörderin abzustempeln? Immer wieder ging ich im Geiste unser Gespräch auf dem Kommissariat durch. Nanina hatte sich ausführlich darüber geäußert, wie es zu der Geiselnahme gekommen war, aber sie hatte so gut wie nichts darüber gesagt, wo und wann sie Tissa kennengelernt hatte. Mir kam es so vor, als ob sie nur das unbedingt Notwendige und irgendwie Naheliegende gesagt hatte.

Die Verkehrsampel in der Brückenstraße sprang auf Rot und zwang mich, scharf zu bremsen. Genau gegenüber lag unser verwaistes Reisebüro. Als mein Blick das Schaufenster streifte, tauchte Nanina vor meinem inneren Auge auf, wie sie neben mir im Café gesessen hatte. Wieder war mir, als ob sie eine schmerzliche Erinnerung abschütteln und uns etwas Wichtiges hatte mitteilen wollen. Die Ampel sprang auf Grün und ich lenkte meinen Golf vorsichtig durch die Straßenbahntrasse und weiter geradeaus, bis ich an der nächsten Kreuzung in unsere Straße abbog. Es hatte aufgehört zu regnen, ich fühlte mich so müde wie nach einem langen Tag harter Arbeit im Stall. Als ich durch den Flur in unserer Wohnung ging, hallten meine Schritte und das Wohnzimmer kam mir unwirklich und kalt vor.

Ich legte mich gleich ins Bett, nicht nur wegen der Müdigkeit. Ich konnte die Leere, die in unserer verwaisten Wohnung gähnte, nicht ertragen. Ich grübelte darüber nach, wo Gerson sein könnte und fühlte eine unsagbare Angst. Trotzdem fiel ich sofort in einen tiefen Schlaf und träumte schwer.

Beim Aufwachen am nächsten Morgen stand mir mein Traum in jeder Einzelheit vor Augen, es war, als ob ich einen Film aus meiner Kindheit gesehen hätte, in dem ich die Hauptrolle spielte.

Ich befand mich am Meer. Eine Welle erfasste mich und hüllte mich in eine bodenlose Traurigkeit. Meine Tränen benetzten das Glas meiner Taucherbrille und trübten meine Sicht. Alles Feste in mir wollte zerfließen und meine Knochen schienen sich in grünen Wackelpeter zu verwandeln. Ich musste tiefer tauchen, irgendetwas zog mich nach unten. Tiefer und immer tiefer hinab, bis auf den Meeresboden. Dort ragte eine große, schwarze Eisentür aus dem Algenschlamm hervor. Sie stand einen Spaltbreit offen. Ich fühlte mich von einer starken, harten Hand gepackt, jetzt tauchte ich nicht mehr, die schwere Eisentür fiel ins

Schloss. Ich wusste nicht, wo ich mich befand.

Es war die tiefste Dunkelheit, die ich je erlebt hatte. Es war schwarz um mich und stank nach kaltem Rauch. Wenn ich meine Zehen bewegte, fühlte ich trockenes, kaltes, staubiges Zeug, das mir bis zum Knöchel ging. Wie eng und stickig es hier war. Ich stieß mir die Ellenbogen wund, als ich versuchte, mich gegen die Tür zu stemmen. Ich schrie, so laut ich konnte, Tränen liefen mir die Backen hinunter, meine Kehle war so trocken und rauchig, dass ich würgen musste. Mein Herz blutete aus einer tiefen Wunde. Meine Knie zitterten und ich rutschte auf den Boden. Tastend streckte ich meine Hände aus.

Wo war mein Kätzchen? Wie es bei mir gelegen hatte und schnurrte, ich hörte sein kleines Herz klopfen, wie es an meinem Herzen lag. Mein schwarz-weißes Kätzchen, das Liebste, was ich je hatte. Wo war es?

Ich schluchzte auf. Es half kein Rufen! Nur Dunkelheit und Enge um mich herum und niemand hörte mein Schreien. Die böse Großmutter, ich hörte sie husten. Sie hatte mein weiß-schwarzes Kätzchen umgebracht, sie hatte ihm den Kopf abgehackt, wie sie allen Tieren den Kopf abhackte, dem Huhn, das kopflos weiterhüpfte, dem Stallhasen mit den großen braunen Augen. Sie hatte mir das Kätzchen aus dem Arm gerissen, und mich in die Räucherkammer

gesperrt. Ich konnte ihm nicht helfen, es war
mir weggenommen, meine Liebe, mein Herz
waren mir geraubt.

Schweißgebadet taumelte ich halbwach in die Küche,
um mir einen Tee zu machen. Immer noch war es
mir, als ob ich es erst gestern erlebt hätte. Ich war
vier Jahre alt und bei meiner Großmutter auf dem
Dorf. Dort verbrachte ich die Ferien und spielte mit
Lämmern, Hühnern, Pferden und Kühen, Kälbern und
Hunden. Das Kätzchen hatte Mohrle geheißen und zu
meinem größten Kummer durfte ich es nicht mit ins
Haus nehmen. Meine Großmutter litt an Asthma und
die Katzenhaare verschlimmerten ihren Husten. In
meinem Traum war mir die Großmutter, wie eine
böse Hexe erschienen und mein Paradies war mir zur
Hölle geworden.

Das Liebste? Hatte ich nicht vor kurzem eine ähnli-
che Geschichte gehört, von einem Mädchen, dem man
ihr Liebstes genommen hatte? Ich schlug mir mit der
Hand an die Stirn. Dieses Mädchen war niemand anderes als Tissa, es ging um ihren jungen schwarzen
Hengst und Gerson hatte mir diese rührende Geschichte erzählt.

Beinahe hätte ich meinen Pfefferminztee umge-
stoßen, ich war auf einmal hellwach. Was bedeutete
diese Geschichte? Gab sie eine Antwort auf meine
drängende Frage, die immer stärker meine Gedanken
beherrschte? Wer hatte Tissas Herz herausgerissen?

Wenn ich darauf eine Antwort finden würde, könnte ich vielleicht zu der eigentlichen Frage vordringen, die in mir gärte und die ich loslassen konnte: War Tissa eine Mörderin?

Aber dann dachte ich, dass es zu nichts führte, wenn ich mich zu sehr und ausschließlich mit Tissa beschäftigte. Vielleicht musste ich mir mehr Gedanken über das Opfer machen? Wer war eigentlich Massimo, ich wusste rein gar nichts über ihn.

40

Ich nahm mir keine Zeit zum Frühstücken und schwang mich auf Silver. In der Nacht hatte es geregnet, aber die Morgensonne hatte die Straßen getrocknet, und als ich die Berliner Straße überquerte und ins Handschuhsheimer Feld einbog, hatte ich beinah vergessen, dass ich nicht zu meinem Vergnügen unterwegs war. Doch meine Ausflugstimmung hielt nicht lange an. Da, wo sich früher Obstgärten und Felder erstreckten, hatten sich Supermärkte und Discounter angesiedelt. Vor jedem dieser Gebäude dehnten sich Parkplätze, so groß wie Fußballfelder. Der Reitverein lag nur wenige Meter davon entfernt.

Es gab dort einen Stall mit ein paar Paddock-Boxen, einen großen Reitplatz, der von Platanen gesäumt war, ein Dressurviereck und eine dunkle, nach Dieselabgasen und Moder stinkende Reithalle. Hier hatte ein Mädchen namens Tissa einmal einen schwarzen Hengst geritten. Es müsste mit dem Teufel zugehen, wenn sich noch jemand an sie erinnerte. Es waren Pfingstferien und die Mütter, die ihre Mädchen zum Ponyreiten gebracht hatten, lehnten plaudernd am Geländer des Reitplatzes. Ich stellte mich zu ihnen, obwohl ich mir sagte, dass mir diese Frauen bestimmt keine Antwort geben konnten, vor 15 Jahren hatten sie ja selbst noch in den Kinderschuhen gesteckt. Während ich die kleinen Mädchen beobachtete, die ihre Ponys in die Bahn führten, erschien die Reitlehrerin auf dem Platz und winkte zu den Müttern herüber.

„Reiten Sie auch?", fragte ich die Frau neben mir.

„Nein", sagte sie, ganz so, wie ich es erwartet hatte. „Aber meine Freundin Bella reitet, sie hat fast ihr ganzes Leben hier zugebracht."

„Ach wirklich?" Die Frauen schienen froh über eine Abwechslung und Bella, eine schlanke Frau in den Vierzigern ließ sich nicht lange bitten: „Ja, es stimmt. Ich bin hier groß geworden. Als Kind haben mir meine Eltern ein Pony gekauft. Mein Vater war selbst Reiter und meine Mutter hat mit Leidenschaft Pferde geputzt! Wissen Sie, wenn man einmal mit dem Pferdevirus infiziert worden ist, dann lässt er einen nicht mehr los!"

„Das kommt mir irgendwie bekannt vor", sagte ich.

„Und Sie?"

Ich nickte. „Ich habe mein Pferd auf dem Leierhof in Eppelheim stehen." Hatte ich wirklich *stehen* gesagt? Vera, du lügst, dachte ich.

„Wirklich? Eine ehemalige Jugendfreundin hat dort seit kurzem ihre Pferde untergestellt. Sie kennen sie vielleicht? Tissa Krellic?"

Ich atmete tief durch. Der Nachname befremdete mich, aber ich ging nicht darauf ein, weil ich mich nicht an Einzelheiten festbeißen wollte. „War diese Tissa hier mit Ihnen zusammen im Handschuhsheimer Reitverein?", fragte ich.

„Sie kam mit 11 Jahren, ich war zwei Jahre älter als sie und ritt damals schon recht gut. Sie war unglaublich begabt!"

„Hatte sie ein eigenes Pferd?"

„Ja, das hatte sie, obwohl ihre Eltern jeden Pfennig sparen mussten und überhaupt nicht an Pferden interessiert waren." Einmal ins Reden gekommen, war Bella nicht mehr zu bremsen und sie erzählte mir eine Geschichte, die ich jetzt schon zum zweiten Mal hörte. „Das Pferd und sie waren die besten Freunde, die man sich denken kann und dieses Pferd hat man ihr genommen."

„Es muss schrecklich für das Mädchen gewesen sein", sagte ich. „Weiß man eigentlich, wer ihr das Pferd weggenommen hat?"

„Jemand von der Immobilienfirma, denke ich. Sie wollten den Platz räumen und den kleinen Stall abreißen." Sie zeigte auf den großen Discounter, dessen Logo man vom Reitplatz aus leuchten sah.

„Dort drüben war es!"

„Wissen Sie zufällig noch den Namen dieser Firma?", fragte ich, ohne große Hoffnung, dass sie mir weiterhelfen könnte.

„Das ist zu viel verlangt, ich war damals noch ein

Kind, das sich für Pferde interessierte! Aber ich erinnere mich, dass es immer derselbe Mann war, der mit Tissa gesprochen hat, das weiß ich noch." Bella hielt inne, dann sagte sie: "Warum wollen Sie das alles so genau wissen?"

Ich wunderte mich über mich selbst, über meinen Einfallsreichtum und meine Schlagfertigkeit, als ich erwiderte: „Ich bin Geographin und beschäftige mich mit der Morphologie des Handschuhsheimer Feldes". Der spontan erfundene Ausdruck klang gut, obwohl ich nicht wusste, was er bedeutete, und schon gar nicht, ob der Zusammenhang, in welchem ich ihn gebraucht hatte, irgendeinen Sinn ergab. Seinen Zweck erfüllte er jedenfalls, Bella wünschte mir viel Erfolg für meine Studien und gab mir ihre Telefonnummer. „Für weitere Fragen", sagte sie.

Die Kinder auf ihren Ponys hatten sich in der Mitte der Reitbahn aufgestellt.

„Die Stunde ist zu Ende, ich muss meiner Tochter beim Absatteln helfen", meinte Bella entschuldigend.

Ich verabschiedete mich von ihr.

„Und einen schönen Gruß an Tissa Krellic, ich würde mich sehr über einen Besuch freuen!", rief sie mir hinterher.

41

Silver übernahm die Pedale und ich versank in einem Nebel von Gedanken. Vielleicht gab es diese Immobilienfirma noch und jemand erinnerte sich an den Agenten und verriet mir seine Adresse? *Krellic*? Aber sie heißt doch Krell, dachte ich, dieser Name war ihr auf den Leib geschnitten. Krell passte zu ihr, aber *Krellic,* das klang irgendwie slawisch. Hatte ich diesen Namen nicht schon einmal gehört, in einer Radiosendung vielleicht, da brachten sie in letzter Zeit viel über Flüchtlinge aus dem Balkan. Meine Hände krampften sich um die Lenkstange, und plötzlich war die Sorge um Gerson wieder da.

Ich blickte auf, weil ich einen sanften Wind spürte, der mir um die Nase strich. Silver hatte ganze Arbeit geleistet, ohne dass ich es bemerkt hatte befand ich mich am Neckarufer. Die tiefstehende Sonne stach mir in die Augen, so dass ich für einen Wimperschlag lang nichts als schwarze Punkte sah. Doch Silver suchte sich munter seinen Weg durch die Jogger und Spaziergänger, wir hielten auf das Trafohäuschen zu und unsere Fahrt endete am Gartenzaun. Eigentlich hatte ich gleich nach Hause fahren wollen, um meine Ermittlungen weiter zu verfolgen, aber jetzt dachte ich noch stärker an Gerson und irgendwie hatte ich das Gefühl, dass mich Silver zum richtigen Ort gebracht hatte.

Von drinnen tönte laute Musik, viel zu laut für meinen Geschmack. Mit Helmuts neuer Künstleridentität ging offensichtlich auch eine neue Musikrichtung einher. Früher hatte Helmut eher auf Klassik gestanden, höchstens mal Beatles aufgelegt, aber das, was ich jetzt hörte, war *Heavy Metal* pur.

Weil ich nirgends einen Klingelknopf entdecken konnte, klopfte ich noch einmal lauter und diesmal mit der ganzen Faust. „Helmut", rief ich, „Mach auf, ich bin's, Vera!"

Ein heftiges Rumpeln, aber keine Antwort. War Helmut beim Möbelrücken? Dann ging die Tür auf und er stand schnaufend vor mir; das Hemd hing ihm aus der Hose, seine Ärmel seines Hemdes waren aufgekrempelt und auf seiner Stirn glänzten Schweißperlen.

„Sorry, ich habe gerade aufgeräumt", sagte er.

Er zog mich hinein und verriegelte die Tür hinter uns. „Sicher ist sicher", sagte er. „Einen Tee oder was anderes?"

„Was anderes", sagte ich, „ich muss mit dir reden!"

„Dann setz dich schon mal, ich mache uns trotzdem einen Tee. Wie wär's mit *Green Emotion*?"

„Wie du willst." Wenn es sich um grünen Pfefferminztee handelte, hatte ich nichts dagegen.

Ich ließ mich auf die Sitzpolster fallen, auf denen verschiedene Kissen in Zweiergruppen angeordnet waren. Fehlte gerade noch der Knick in der Mitte – ich konnte kaum glauben, dass Helmut dieses ästhetische Wunderwerk selbst vollbracht hatte. Die Musik dröhnte noch immer aus den Lautsprecherboxen.

„Was dagegen, wenn ich die Musik abstelle?“, rief ich in die Küche hinein.

„Was? Ich verstehe nix, könntest du bitte mal die CD leiser drehen?“

Oh Mann, Helmut, dachte ich. Er konnte seinen Beruf ändern, sooft er wollte, und er würde doch immer derselbe Helmut bleiben, authentisch, praktisch, gut, *for ever and ever.* Auf dem kleinen Glastisch lag die Fernbedienung für den Ghettoblaster und daneben ein aufgeschlagenes Taschenbuch; was für einen Roman Helmut da wohl las? Ich schaute auf das Cover und hätte vor Schreck beinahe vergessen, die Lautstärke zu regeln. *Half Broke Horses,* von dieser amerikanischen Autorin. Gerson hatte es neulich gelesen und Tissa hatte es ihm ausgeliehen. Wie kam dieses Buch zu Helmut? Hatte er es etwa auch von Tissa? Was um Himmelwillen hatte Helmut mit Tissa zu schaffen, war er jetzt auch in ihre Fänge geraten?

Helmut kam mit einem Tablett zurück mit einer Teekanne und zwei Tassen und ein paar eingewickelten Zuckerstückchen. Er goss Tee ein und ich beschloss, das Buch lieber nicht zu erwähnen, Helmut sollte nicht denken, dass ich in seiner Abwesenheit bei ihm herumschnüffelte. Wenn das Buch wirklich Tissa gehörte, dann hätte er es mir bestimmt nicht auf die Nase gebunden. Und davon abgesehen gab es von Büchern immer mehrere Exemplare. Ich nippte an meinem Pfefferminztee, der kein bisschen nach Kaugummi roch, und so grün schmeckte, wie ich es mir gewünscht hatte.

„Du warst schon lange nicht mehr hier, Vera, hast du etwa einen neuen Job gefunden", sagte Helmut.

„Ach wo", sagte ich. „Einen gefühlten Monat, aber ich glaube, es war nur eine Woche!"

„Ich bin auf dich angewiesen", sagte Helmut. „So wie du aussiehst, bist du genau das Modell, das ich brauche."

„Wie sehe ich denn aus?", fragte ich und scannte insgeheim mein Outfit durch. Hatten meine Jeans Löcher? Beim Friseur war ich schon lange nicht mehr gewesen, ich musste mir meine Ponyfransen ständig aus den Augen wischen. Immerhin hatte ich heute Morgen geduscht und das frische T-Shirt mit dem coolen Aufdruck *They come back* angezogen.

„Dein Gesicht hat so einen sorgenvollen Ausdruck, tief traurig, schwer beladen – Vera bitte: Ein Foto! Das darfst du mir nicht abschlagen."

„Wie – soll ich wieder so tun, als ob ich von der Brücke springen wollte?"

Helmut zog sein Handy aus der giftorangen Hülle. „Brauchst du nicht." Er hielt das Teil mit ausgestreckten Armen vor sich und knipste wild drauflos, eine ganze Serie voll.

Nach ungefähr zehn Aufnahmen hatte ich die Nase voll. Ich musste mit Helmut reden, durfte keine Zeit verlieren und er sollte mir endlich zuhören.

„Helmut, es sind schreckliche Dinge passiert, seit dem wir uns nicht mehr gesehen haben", sagte ich ungeduldig. Sofort setzte er sich neben mich auf die zerschlissenen Polster und sagte so mitfühlend, wie es ihm nur möglich war: „Dann schieß mal los, ich höre!"

Darauf war ich nicht gefasst, wie aus geöffneten Schleusen schossen mir die Tränen aus den Augen und ich musste mich dem Strom einfach hingeben. Helmut stand auf und kam mit einer Tücherbox zurück.

„Hier, schnäuz dir erst mal die Nase, dann geht's bestimmt besser."

„Helmut", schluchzte ich. „Ich mache mir solche Sorgen um Gerson. Ich habe Angst, dass er gekidnappt worden ist, vielleicht haben sie ihn schon umgebracht."

Helmut blieb neben mir sitzen und schaute stumm vor sich hin.

„Ich glaube, ich liebe Gerson wirklich", schluchzte ich.

„Und woran merkst du das? Weil du dabei bist, ihn zu verlieren?"

„Vielleicht – ich wäre jetzt sogar bereit, diese

scheußliche Musik, die du vorhin gespielt hast, noch lauter zu drehen, nur weil er es wollte. Ich wäre bereit, alles für ihn zu tun, glaube ich."

„Wirklich alles?"

„Glaubst du mir nicht? Ich würde ihm mein bestes Pferd geben, wenn er mich darum bäte."

Helmut schaute überrascht auf. „Du würdest ihm Nine geben?"

Ich nickte stumm. Auf einmal fiel mir ein, dass ich mein bestes Pferd gar nicht mehr hergeben konnte.

„Was ist los mit dir, Vera, erzähl schon!", sagte Helmut und verfiel wieder in Schweigen. Es irritierte mich, dass er kein Wort sagte, ich versuchte nicht darauf zu achten und begann mit meiner Schilderung. Selbst als ich zu dem Show-Down in der Holzofenbäckerei kam und mich bemühte, die Szenen möglichst lebendig und spannend auszuschmücken, rührte er sich nicht. Ich stieß ihn an. „Make listening noises", flehte ich, weil ich befürchtete, dass ihm gleich die Augen zufielen.

„Hm, hm", das war alles, was er über seine wie zu geleimten Lippen brachte.

„Und dann?", sagte er."

Gerade als ich die aufgefundene Tatwaffe erwähnen wollte, hörte ich es klopfen. Zweimal kurz, dann eine Pause, dann dreimal kurz, den Rhythmus kannte ich aus Dokumentarfilmen über die 1968er Demos der Studentenbewegung. Helmut sprang auf.

„Nicht jetzt!", rief er, als ob er den Eindringling mit

seiner Stimme zurückhalten wollte. Jetzt klopfte es noch lauter und energischer, aber statt die Tür zu öffnen griff Helmut zu seinem Handy. Er tippte eine Nummer. „Nicht jetzt", sagte er noch einmal, das war alles. Er horchte einen Augenblick, dann sagte er: „Ja, gut!"

Schon bei seinem ersten Wort hatte das Klopfen aufgehört und jetzt vernahm ich eilige Schritte, die sich entfernten.

„Sorry", sagte Helmut. „Ein Schüler von mir. Mein Kumpel Matthis ist noch in Neuseeland und der Typ wohnt gerade bei mir." Helmut deutete auf die Sofakissen. „Deshalb ist es hier so aufgeräumt."

Die Ordnung war mir schon die ganze Zeit aufgefallen, Helmut war von Natur aus ein Messi und als Sammler allergisch gegen freie Flächen und leere Regalbretter. Gerson war da ganz anders, dachte ich wehmütig.

„Helmut, ich bin noch nicht fertig. Stell dir vor, die Tatwaffe gehört Hansi. Reiter haben sie im Wald gefunden. Sie war geladen! Ein Pferd ist mit dem Huf daran gestoßen." Das war frei erfunden. „Überleg mal, wenn das Ding losgegangen wäre!"

Wie kommst du auf diese Idee? Die Stimme in meinem Kopf versuchte mir, die Schau zu stehlen. Dabei musste ich doch alles tun, um Helmut bei der Stange zu halten! „Dieser Hansi läuft frei herum. Wahrscheinlich hat er Massimo umgebracht. Und deshalb habe ich solche Angst um Gerson. Hansi war bestimmt eifersüchtig auf ihn, weil er ihm seine Partnerin weggenommen hat. Was soll ich tun, Helmut?"

Kaum hatte ich meinen Satz zu Ende gesprochen, kamen mir schon wieder die Tränen.

„Das ist der Schock", sagte Helmut. „Du hast ein Trauma. Es war alles zu viel für dich." Er rückte näher zu mir und hob seinen Arm.

Nein, ich wollte mich nicht trösten lassen. Und schon gar keine Umarmung, nicht schon wieder, nicht von Helmut. Ich sprang auf, meine Verzweiflung war echt. „Was soll ich tun, habe ich dich gefragt?"

„An deiner Stelle würde ich jetzt einfach nach Hause gehen", sagte Helmut. „Was anderes kannst du im Augenblick nicht machen."

Ich nickte mutlos. „Okay, du weißt, wo ich bin – ich meine, falls Gerson irgendwie bei dir vorbeikommen sollte, oder so", fügte ich hinzu, weil mir plötzlich wieder einfiel, dass Gerson nicht besonders gut auf Helmut zu sprechen war, und er sich bei ihm zu allerletzt melden würde, wenn er Hilfe brauchte. In meiner Verzweiflung kam ich auf die verrücktesten Ideen. Helmut begleitete mich zur Tür und schob den schweren Eisenriegel zurück. Warum starrte er eigentlich dauernd auf meine Brust? Schon befürchtete ich, dass er mich wieder in die Arme schließen wollte, doch da sagte er: „Cooles T-Shirt. *They come back,* meine ich". Es klang wie eine Entschuldigung.

42

Benommen ging ich auf dem Plattenweg durch den kleinen Vorgarten des Trafohäuschens. Helmut hatte in den Beeten rechts und links Bananenstauden angepflanzt, den Gartenzaun vom Rost befreit und mit einer Schutzfarbe angestrichen. Hoffentlich klebte keine Farbe an Silvers Lack, das würde Gerson mir nie verzeihen. Wo war das Rad nur? Aufgeregt und verwirrt wie ich war, hatte ich vielleicht das Rad unabgeschlossen an den Zaun gelehnt und jemand hatte es gestohlen! Aber am Zaun hatte ich es doch bestimmt nicht abgestellt? Wo sonst? Ich lief um das Haus herum; Knöterich überwucherte die blühenden Holunderbüsche und die knorrigen Rosenstöcke standen in einem Brennnesselmeer. Mein Fuß stieß an etwas Weiches, das sich beim näheren Hinsehen als eine gebrauchte Windel entpuppte. Helmut würde hier noch *Vieles* beiseiteschaffen müssen, bis das Gärtchen vorzeigbar wäre. Die Dämmerung brach herein, von Silver keine Spur, der Weg am Fluss entlang war unbeleuchtet, es waren kaum noch Spaziergänger unterwegs, doch es blieb mir nichts anderes übrig, als mich zu Fuß auf dem Heimweg zu machen. Mein mulmiges Gefühl verstärkte sich, als ich unter der Brücke hindurchging. Die Graffitigestalten an der Wand – Skelette in allen möglichen Positionen – winkten mir höhnisch zu. Ein schwarzer Totenkopf richtete seine blicklosen Augen auf mich. Die Neckarwellen schwappten drohend gegen die Ufermauer und mir stieg ein faulig-metallischer Geruch in die Nase. Zum Glück fühlte ich Karolines Pfefferspray in meiner Jackentasche. Ich wusste zwar nicht, wie ich es anwenden musste, und ob es überhaupt gegen die Knochenmänner etwas ausrichten könnte, doch das Gefühl etwas Derartiges in der Hand zu haben, gab mir Mut und Selbstvertrauen zurück.

Dieses Gefühl der Stärke hielt so lange vor, bis ich unser Gartentürchen öffnete und Silver an der Hauswand lehnen sah. Sauber und glänzend, als wollte er mich zu einer lustigen Radl-Tour überreden. Richtig unheimlich wurde es mir, als ich in meiner Hosentasche nach dem Haustürschlüssel kramte und den Fahrradschlüssel zu Tage beförderte. Ich hatte das Rad also doch abgeschlossen! Aber warum stand es jetzt also quietschvergnügt an der Hauswand? *They come back*? Der Aufdruck auf meinem T-Shirt! Ich hatte das Hemd auf einem Krimi-Flohmarkt erstanden und die Aufschrift war nichts anderes als der Titel eines Horrorromans von Stephen King. Ich hatte mir nie Gedanken darüber gemacht, was *they come back* bedeutete, doch jetzt dämmerte mir, dass es etwas mit meiner Wohnung zu tun hatte, dort oben erwartete mich nichts Gutes.

Mit einer leichten Übelkeit im Bauch stapfte ich die Treppen hinauf. Vielleicht war Hansi zurückgekommen, um sich an mir zu rächen? Meine Hand krampfte sich um das Pfefferspray. Ich ermahnte mich zur Ruhe, dann schloss ich vorsichtig die Wohnungstür auf, doch bevor ich eintrat, hielt ich mein Ohr an das Glasfenster und lauschte. Nichts. Auch im Flur hörte ich keine verdächtigen Geräusche. Ich knipste die Deckenbeleuchtung an, eine Glühbirne, die in einem taubenähnlichen Vogelkörper mit weit ausgebreiteten Flügeln steckte, die mir jetzt wie Krähenflügel vorkamen, und drehte den Dimmer auf. Alle Ecken waren jetzt taghell ausgeleuchtet. Er hatte sich womöglich in der Speisekammer versteckt! Da war auf einmal die grelle Stimme in meinem Ohr, Tissas Stimme, und ihre Schimpfworte, die sie Hansi entgegengeschleudert hatte. Der Feigling !

Hier im Flur war er nicht, aber die Stimme gab keine Ruhe.

Du feiger Schlappschwanz, hörte ich sie jetzt überdeutlich. Ich schlich in die Küche, wo sich der säuerliche Mundgeruch Fräulein Mieles ausgebreitet hatte, das schmutzige Geschirr in ihrem Bauch bekam ihr nicht. Mit dem Pfefferspray im Anschlag öffnete ich die Speisekammertür. Entwarnung!

Es war alles nur Einbildung, meine Phantasie, die

sich nach dem mörderischen Showdown in der Bäckerei aufgeheizt hatte, war immer noch nicht zur Ruhe gekommen. Zischend öffnete ich eine Sprudelflasche und trank mit hastigen Schlucken. Der Feigling!

Im Kühlschrank stand immer noch die angebrochene Dose Tomaten; wenn es stimmte, dass das Innere des Kühlschrankes Rückschlüsse auf den Seelenzustand der Besitzerin zuließe, dann sah es in meinem Innern wie in einer Eiswüste aus. Ich kam nicht dazu, den Inhalt der angebrochenen Tomatendose mit dem Rest gebackener Bohnen in einen Topf zu schütten, denn die Stimme in meinem Kopf, die unablässig auf ordinäre Art und Weise du feiger Schlappschwanz, du feiger Schlappschwanz tönte, wollte keine Ruhe geben. Ich schüttelte meine Hand, schnäuzte meine Nase, zog an meinen Ohrläppchen und schließlich stöpselte ich mir die Ohrhörer meines MP3-Players ein und stellte *Matters of the heart* an, doch nicht einmal Tracy konnte die Stimme übertönen.

Vor lauter Verzweiflung flüchtete ich mich in mein Arbeitszimmer und begann aufzuräumen. Zuerst fuhr ich mein Laptop hoch, um die aufgestauten Spammails zu löschen, doch es waren so viele, dass meine Geduld schnell zu Ende war. Dann widmete ich mich meinem Schreibtisch, auf dem es aussah, als ob ein starker Windstoß darüber gefahren wäre. Auch damit kam ich nicht voran, schon das erste Blatt Pa-

pier, das ich zusammenknüllen wollte, um es wegzu-
werfen, erregte meine Aufmerksamkeit. Ich strich es
glatt, las es, setzte mich auf meinen Schreibtischstuhl,
legte das Blatt auf den Tisch und las es noch einmal.
Es waren die Lyrics von *Norwegian Wood*, dem Beatles Song, dessen Text mir Massimo unter meine Papiere im Büro geschmuggelt hatte. Er hatte ein paar
Buchstaben rot unterstrichen, ich hatte sie entziffert
und *MAFIA* daraus zusammengesetzt. Ich wusste
nicht warum, aber ich starrte darauf, als ob hinter
den Buchstaben eine zweite Schrift erscheinen müsste, wenn ich meinen Blick nur lange genug festhielt.
Als meine Augen anfingen zu schmerzen und die
Buchstaben anfingen zu verschwimmen, nahm ich
eine Lupe, mit der ich in meinem Job an der Uni die
vertracktesten Handschriften entziffert hatte und
hielt sie mir vor die Nase. Und tatsächlich, das Ver-
größerungsglas offenbarte mir etwas, was ich bisher
noch nicht bemerkt hatte. Eine Reihe von Buchstaben
war grün unterstrichen, das hatte ich in meiner Eile
und Aufregung beim ersten Lesen übersehen. Die
grünen Striche befanden sich alle in der dritten Stro-
phe. *I sat on a rug biding my time / Drinking her wine
/ We talked until two and then she said / It's time for
bed.*
   Eine versteckte Botschaft konnte ich diesen Versen
nicht entnehmen, aber als ich die unterstrichenen
Buchstaben zusammenfügte, staunte ich. Das M in
time, das A in *talked* und das S in *she,* die drei genüg-

ten und ich wusste alles. Wirklich? Das Wort hieß MASSIMO! Aber was sollte es bedeuten? Das andere Wort mit den rot unterstrichenen Buchstaben hatte MAFIA ergeben und ich hatte es natürlich auf Nanina bezogen, nicht grundlos, wie sich herausgestellt hatte. Von Nanina hatte ich erfahren, dass auch Massimo keine weiße Weste hatte, was seine Beziehungen zur Mafia anging. All das war mir nicht neu; vielleicht wunderte ich mich deshalb so sehr über meine Entdeckung. Ich hatte das Gefühl, dass es hier nicht um die Geldwäscherei ging, an der Massimo angeblich beteiligt war, wie Nanina behauptet hatte. Wenn ich ihr glauben durfte, dann hatte er sich aus diesen schmutzigen Geschäften erfolgreich gelöst; also musste sich der zweite Hinweis auf etwas anderes beziehen, möglicherweise auf ein Ereignis, das noch vor Massimos Einstieg in das Reisegeschäft lag. Wie auch immer, eines wurde mir jedenfalls klar: Ich durfte nicht länger warten. Ich nahm das Mobilteil, tippte die Nummer ein, die ich inzwischen auswendig kannte.

„Hallo Frau Roth? Hat sich Ihr Freund bei Ihnen gemeldet?", sagte Kommissar Töpfer, noch bevor ich mein Anliegen loswerden konnte.

„Nein, immer noch nicht", sagte ich. „Aber ich muss eine Aussage machen." Ich hatte Glück, die Beamten hatten eine Nachtschicht eingelegt. „Es geht um Hansi Helm und um Massimo", sagte ich noch schnell. Auf einmal spürte ich, wie die Stimme des Kommissars vor Erregung vibrierte.

„Kommen Sie sofort vorbei", sagte er. „Wir warten auf Sie."

Auf meinem Bildschirm befanden sich immer noch unzählige ungelesene E-Mails und jede Menge Spam. Kurzentschlossen markierte ich sie alle zusammen und klickte auf Löschen. Dann klappte ich mein Laptop zu. Die gebackenen Bohnen mit Tomatensoße würden noch warten müssen.

Ich schwang mich auf Silver und raste durch die gespenstisch leeren Straßen ins Polizeipräsidium. Die beiden erwarteten mich schon, rissen die Tür zu ihrem Büro auf und dirigierten mich auf den Besucherstuhl.

„Erzählen Sie, kurz und knackig, spannen Sie uns nicht auf die Folter." Ich tat ihnen den Gefallen, berichtete über meinen Ausflug nach Handschuhsheim und hielt auch mit meinen Überlegungen und Schlussfolgerungen nicht hinterm Berg. Diesmal ließen sie mich ausreden, ohne mich ein einziges Mal zu unterbrechen.

„Frau Roth, wir sind Ihnen sehr dankbar", sagte die Kommissarin, als ich fertig war und sah mich beinah liebevoll an. Möglicherweise lag es an der späten Uhrzeit und daran, dass die beiden Beamten endlich Feierabend machen wollten. Eigentlich hatte ich ihnen doch gar kein Geheimnis verraten. Was ich gesagt hatte, war etwas, womit die externen Ermittler, die sogenannten *Profiler* in allen kniffligen Kriminalfällen arbeiteten, das wusste ich aus den Tatortkrimis. Um an den Täter heranzukommen, sollte man sich das Opfer ansehen, hieß es. Und genau das hatte ich getan, als ich mich in Handschuhsheim umgeschaut hatte, freilich ohne dass es meine Absicht war, das musste ich ehrlicherweise zugeben. Trotzdem kam ich mir in diesem Augenblick irgendwie richtig professionell vor. „Ihre Aussage bringt uns weiter. Sie passt zu dem, was uns Hansi Helm gesagt hat."

„Sie haben ihn erwischt?"

„Ja, haben wir." Das war eine ziemlich knappe Auskunft, aber diesmal wollte ich mich nicht einfach so abspeisen lassen. „Wo haben Sie ihn festgenommen? Und was hat er ausgesagt?"

„Gestern, an der Schweizer Grenze. Er wollte sich absetzen. Als er hörte, dass wir Tissa Krell verhaftet hatten und sie ihn des Mordes an Herrn Auditi beschuldigte, hat er geredet."

„Ja? Und was?"

„Sie werden verstehen, dass wir Ihnen jetzt noch nichts verraten dürfen. Nur so viel: Er hat die Krell schwer belastet. Denken Sie doch einfach darüber nach, was Sie uns gerade erzählt haben. Da könnte Ihnen etwas aufgehen." Die beiden standen auf und Töpfer hielt mir demonstrativ die Hand hin. „Auf Wiedersehen Frau Roth!"

Es war elf Uhr nachts und jetzt wollten sie wirklich das Licht ausknipsen.

Auf der Ernst-Waltz-Brücke hielt Silver an, ich hatte mich an seine Eigenmächtigkeiten bereits gewöhnt, stieg ab und schaute über das Brückengeländer. Unter mir glänzte schwarz der Neckar, das Licht des vollen Mondes tanzte silbern auf den Wellen. Neckaraufwärts schwebte das rotglühende Schloss über der Alten Brücke. Das Bild war mir vertraut und tröstlich, was immer auch geschehen würde, diese Ruinen dort oben waren da, seit ich mich erinnern konnte und dort würden sie bleiben; vielleicht krümelte hier und da der rote Sandstein ein wenig, oder ein Ziegel fiele mal vom Dach, und ein Stein würde aus einer Mauer brechen. Aber die Ruine als Ganzes würde bleiben, und das war doch etwas, in diesen aufgeregt rasenden Zeiten.

43

„Nett, dass du mir mein Fahrrad wiederbringst!"

Er stand vor mir im fahlen Licht der Straßenlaterne, war aufgetaucht aus dem Nichts, ein Schatten, schwarz wie die Nacht. „Gerson!"

Ich ließ Silver einfach fallen, und drehte mich zu ihm.

„Ja", sagte er.

Ich wusste nicht, wie mir geschah. Sachte schob er seine Hand in meine, ich fasste sie, und wir stapften Hand in Hand die Treppe hinauf. „Ich habe auf dich in der Eckkneipe gewartet", sagte Gerson. „Du bist noch einmal weggegangen. Ich wollte nicht vor dir in die Wohnung gehen."

Ich war froh, dass ich mich an einfachen Verrichtungen festhalten konnte: Ich schloss die Wohnungstür auf, brachte den Vogel unter der Flurdecke zum Leuchten, der jetzt wieder einer weißen Taube glich, zog meine Schuhe aus und hängte meine Jacke an den Kleiderständer. Gerson kickte seine Stiefeletten in die Ecke, dann blieben wir unschlüssig im Flur stehen.

„Soll ich einen Pfefferminztee machen?", fragte ich,

weil ich doch etwas sagen musste und mir nichts Besseres einfiel.

„Gute Idee." Gerson sah blass aus, er hatte ein paar Kilo weniger auf den Rippen und sich seit mindestens drei Tagen nicht mehr rasiert. Dafür verströmte er einen dezenten Schweißgeruch, gemischt mit einem wohlbekannten Duft, die jede Pferdefreundin magisch angezogen hätte: Eine Mixtur aus Stall, Heu, Pferdeäpfeln und Fango, den er erst vor kurzem gestriegelt hatte. Ich nahm seinen Duft in mich auf, und wusste: Mit Green Orange ist es jetzt vorbei.

Wenig später saßen wir zusammen auf unserem blauen Sofa im Wohnzimmer, beinahe wie in alten Zeiten und tranken Pfefferminztee mit viel Zucker. Als mir das Umrühren und Schlucken und Tassenklirren unerträglich wurde, rang ich mir ein: „Ich war gerade ...", ab, doch Gerson sagte im selben Augenblick: „Vorhin war ich ..." Wir schauten uns an und lachten, das Eis war gebrochen.

„Fang du an, Vera, ja?"

Gerson goss Pfefferminztee nach. Und auf einmal sprudelten die Worte nur so aus mir heraus.

„Ich beginne beim Ende", sagte ich. „Beim vorläufigen wenigstens. Als du in der Kneipe gewartet hast, war ich allein in unserer Wohnung. Ich hatte tierische Angst, Hansi Helm könnte sich irgendwo verstecken und hielt Karolines Pfefferspray im Anschlag. Dann bin ich zur Polizei und habe eine Aussage gemacht. Da war diese Stimme in meinem Kopf, die unablässig

Feigling, du feiger Schlappschwanz gebrüllt hat."

„Wer ist Karoline und seit wann benutzt du solche Ausdrücke, Vera? Die kenne ich gar nicht von dir!"

„Waren ja auch nicht meine." Ich warf Gerson einen übertrieben entrüsteten Blick zu, den er mit einem ratlosen Lächeln erwiderte.

„Es war vor ein paar Wochen auf dem Leierhof", beeilte ich mich zu erklären, „als ich unabsichtlich ein Gespräch zwischen Tissa und Hansi mitbekommen hatte." Ich zögerte, weil ich nicht sicher war, wie Gerson auf die *FÜNFBUCHSTABEN* reagieren würde, doch er sagte: „Erzähl weiter."

Jetzt konnte ich Klartext reden. „Also, ein Gespräch war das eigentlich nicht. Tissa warf Hansi Schimpfwörter an den Kopf und schrie ihn an, er hätte sie schamlos hintergangen und sein Wort gebrochen. Das habe ich vorhin der Polizei erzählt."

„Haben sie Hansi festgenommen?"

„Woher weißt du denn, dass sie ihn gesucht haben?"

„Erzähl ich dir später, jetzt bist du dran, du hast noch mehr auf Lager, glaube ich."

„Ich hätte gerne ein paar Details erfahren, aber die Polizisten sagten, dass sie mit meiner Aussage zufrieden seien, mehr dürften sie jetzt nicht verraten. Ich solle selber nachdenken. Also habe ich meine interne Such-Maschine eingeschalten."

„Vera, mach es nicht so spannend, es ist schon spät!"

„Die Tatwaffe ist aufgetaucht", versuchte ich meinen Bericht einzuleiten, doch Gerson unterbrach mich schon wieder. „Und wem gehört sie?"

„Hansi, das ist es ja! Er besitzt einen Waffenschein und er hat die Pistole in Mannheim gekauft."

„Also nicht Tissa?"

„Nein! Aber das Opfer wurde mit dieser Waffe erschossen. Und Tissa und Hansi waren zu der fraglichen Zeit beide am Tatort."

„Bitte, Vera, ich verstehe nur Bahnhof."

„Da war diese Schimpftirade, die ich mitgehört habe, aber keinem erzählen konnte. Ich musste damals alles für mich behalten, weil ich ganz allein gegen den Rest der Welt stand und mir sowieso keiner geglaubt hätte."

Gerson sah mich bestürzt an. „Ja – und?"

„Feigling, hat sie ihn genannt. Ich habe mir folgendes zusammengereimt: Tissa wollte Hansi dazu überreden, Massimo um die Ecke zu bringen. Er hatte die Waffe. Aber genau da war bei ihm eine Grenze erreicht. Er war für alles zu haben, was mit Betrügereien zu tun hatte, aber ein Mord ging ihm zu weit, da hat er nicht mehr mitgemacht. Also hat er Tissa die Waffe gegeben und deshalb ist es sehr wahrscheinlich, dass sie den Todesschuss abgegeben hat."

Gerson starrte stumm vor sich hin und spielte mit dem Teelöffel. „Bist du sicher?", fragte er.

„Nach seiner Festnahme hat er Tissa belastet, soviel haben die Polizisten rausgelassen. Na?"

„Er hofft wahrscheinlich auf eine mildere Strafe."

„Gut möglich", sagte ich.

„Ehrlich gesagt, ich traue dieser Frau alles zu!", sagte Gerson.

„Ach wirklich? Seit wann?"

„Du hast sie von Anfang an durchschaut?"

Beinah hätte ich mich an meinem Pfefferminztee verschluckt. „So würde ich es nicht gerade ausdrücken", wich ich aus.

„Du warst eifersüchtig, stimmt's?"

Ich schwieg, weil ich mir meiner Gefühle gegenüber Tissa überhaupt nicht mehr sicher war. Vielleicht sah Gerson klarer? „Erzähl doch du mal!", sagte ich.

Gerson rückte ein bisschen von mir ab und ich spürte, wie ihm alle möglichen widersprüchlichen Gedanken durch den Kopf schossen.

„Gar nicht so leicht, einen Anfang zu finden." Ich schwieg und wartete einfach ab.

„Vom Ende her", sagte er, „das ist am Einfachsten. Also: Vorhin war ich bei Helmut."

Ich starrte ihn fassungslos an. „Du? Hast *du* etwa dreimal an die Tür geklopft, mit diesem Revoluzzerzeichen?"

„Genau! Helmut hat nicht aufgemacht, sondern mich angerufen und mir zu verstehen gegeben, ich solle nach Hause gehen. Ich habe mein Fahrrad am Zaun lehnen sehen."

„Silver!", rief ich aus und Gersons Gesicht verwandelte sich in ein Fragezeichen.

„Schon gut, Entschuldigung, das ist eine andere Geschichte", beeilte ich mich zu sagen.

„Das Rad war abgeschlossen, aber ich hatte meinen eigenen Schlüssel dabei. Also bin ich nach Hause gefahren und habe in der Eckkneipe auf dich gewartet."

„Du hast das Rad nicht abgeschlossen", sagte ich vorwurfsvoll. „Jetzt weiß ich, warum Helmut auf einmal so wenig Mitgefühl mit mir zeigte! Er wollte, dass ich schnell nach Hause ginge, damit wir beide uns dort treffen! Sag bloß, du warst der pingelige Übernachtungsgast im Trafohäuschen – das gibt es doch gar nicht!"

Gerson grinste verlegen. „Ja, Helmut ist ein richtiger Künstlertyp geworden. Ich habe ihm Unrecht getan, er ist ein wirklicher Freund. Als mir so allmählich Tissas verlogenes Verhalten klar wurde – so lange hat es glücklicherweise nicht gedauert – hat mich Helmut bei sich aufgenommen. Ich wollte von Tissa nicht gleich wieder nach Hause zurück, als ob nichts gewesen wäre. Vielleicht hatte ich ein schlechtes Gewissen, aber du hast mir die Sache auch nicht leichter gemacht."

„Wieso?"

„Alles was ich von dir gehört habe, von Tom und dann auch von Helmut, war haarsträubend. Du hast Nine verkauft! Nine! Sie war doch das Liebste, was du hattest – wenigstens hast du das immer behauptet und ihr wart ein Herz und eine Seele. Das hat sogar

Tissa zugegeben. Zuerst war ich traurig und dann bekam ich Angst – wenn du dich so leicht von Nine trennen konntest, warum nicht auch von mir?"

Gerson schwieg und starrte auf seine schwarzumränderten Fingernägel.

„Aber Gerson, du bist doch ausgezogen? Und wie ich mich erinnern kann, gab es da noch jemand namens Tissa?"

„Tissa? Das war ein Strohfeuer, kurz und heftig, mehr nicht. Ohne dein verrücktes, verbohrtes Verhalten wäre es vielleicht gar nicht zum Lodern gekommen. Es fing alles damit an, dass du dir dieses Horoskop hast stellen lassen. Von da an habe ich dich nicht mehr verstanden und du kamst mir vor wie ferngesteuert."

„Aber, ich wollte doch keine Fehler machen! Ich wollte das, was das Horoskop mir prophezeit hat, mit aller Macht vermeiden." Ich hatte das unselige Horoskop völlig vergessen, es war wie ein blinder Fleck, ich konnte mich nur noch mit Mühe an Einzelheiten erinnern. Ich schlug mir die Hände vors Gesicht. „Das war doch die Saturnrevolution? Oh mein Gott! Es ist ja wirklich alles drunter und drüber gegangen!"

„Sogar Iris ist an dir verzweifelt. Sie wollte erst wieder mit dir sprechen, wenn du von deinem hohen Ross heruntergekommen wärst, hat sie zu mir gesagt."

„Habe ich mich vielleicht ein bisschen überschätzt, was die Reiterei angeht, meinte sie das?"

„Ein bisschen?"

Es folgte eine ziemlich lange Schweigeminute. Dann spürte ich eine Hand auf meiner Schulter.

„Vera?"

„Ja?"

„Weißt du, wieviel Uhr es ist?"

„Mitternacht vorbei?"

„Wollen wir es für heute gut sein lassen?", sagte er. „Ich muss morgen sehr früh aufstehen."

Ich nickte. „Morgen ist auch noch ein Tag", sagte ich und fühlte mich unsagbar erleichtert. „Aber eines versteh ich immer noch nicht: Warum hat Tissa Massimo umgebracht?"

„Ich habe mich nur nicht getraut dich zu fragen, aber genau das wollte ich schon die ganze Zeit wissen", sagte Gerson. „Ich habe keine Ahnung."

44

Ich war viel zu aufgewühlt, um gleich ins Bett zu gehen. Also räumte ich die herumstehenden Tassen in die Spülmaschine und schrubbte das Spülbecken noch schnell mit Scheuermittel ab. Warum hatte Tissa meinen Chef Massimo erschossen?

Es war merkwürdig, dass ich mir diese Frage bisher noch nicht gestellt hatte! Tissa hatte mich in Atem gehalten, ich hatte mich auf ihre Spuren gesetzt und ich hatte sie aller möglichen Straftaten verdächtigt, und ich verdächtigte sie sogar, Massimos Mörderin zu sein, aber ich hatte mir keine Sekunde lang die Frage gestellt, was sie zu dieser schrecklichen Tat veranlasst haben könnte. Um einen Mord zu begehen, brauchte man ein starkes Motiv! Auf einmal fühlte ich, wie eine bleierne Müdigkeit von mir Besitz ergriff; ich verzichtete aufs Zähneputzen und legte mich neben Gerson ins Bett. Bevor ich die Augen zu machte, schaute ich noch einmal auf die andere Seite. Dort lag Gerson mit meinem alten abgeliebten Teddy im Arm, dem Tröster in traurig-einsamen Stunden und schnarchte leise. Beruhigt und getröstet schloss ich die Augen und schlief sofort ein.

Im Morgengrauen wachte ich auf, als Gerson aufstand.

„Schlaf weiter, Vera, es ist erst sechs Uhr", sagte er.

Ich drehte mich noch einmal um, vor acht Uhr brauche ich mich heute nicht dem Tag zu stellen. Eine Stunde später riss mich das morgendliche Amselkonzert aus meinen Träumen. Ich brauchte eine Weile, bis ich meine wunderschönen und gleichzeitig furchteinflößenden Traumbilder abschütteln konnte.

Ein kraftvolles, schwarzes Pferd galoppierte mit wehender Mähne und flatterndem Schweif frei über ein dunkellila Lavendelfeld. Sein Fell glänzte, es schnaubte und versprühte weiße Schaumflocken. Kam der Hengst zu mir? Doch dann erschien das schwarzhaarige, dunkelhäutige Mädchen, es machte dem Pferd ein Zeichen, das Pferd hielt an, kniete nieder und das Mädchen schwang sich auf seinen Rücken. Kaum saß es dort, setzte sich das Pferd in Bewegung und galoppierte in den Himmel. Das Pferd wieherte und das Mädchen jauchzte vor Freude. Mein Herz wollte zerspringen, so wunderschön war dieser Anblick, die beiden schienen ein Wesen zu sein. Doch da, ein Fremder, groß und schwarz, er stellte sich den beiden in den Weg. Das Pferd strauchelte und es fiel vom Himmel herab und das Mädchen sprang von seinem Rücken und rannte durch das Feld, das sich in eine braune Graswüste verwandelte.

In diesem Moment schlug ich die Augen auf und ein Satz ging mir durch den Kopf, den mir Gerson vorgehalten hatte, als wir uns wegen Tissa gestritten hatten. Der Satz rollte sich wie ein Spruchband Wort für Wort aus. Die Schuld entsteht in den Köpfen der Anderen. Jetzt glaubte ich den Satz zu verstehen, aber dann verstand ich ihn auch wieder nicht, und auf einmal dachte ich an Nanina und dass sie uns etwas hatte erzählen wollen, aber nicht dazu kam. Jetzt war die Zeit da, endlich mit ihr darüber zu sprechen.

Als ich mich aus den Kissen schälte, fiel mein Blick auf mein zerknittertes T-Shirt, das über der Stuhllehne hing. *They come back*, las ich – die Schatten ließen uns nicht los; wenn wir versuchten, sie im Dunkeln zu halten, würden sie wiederkommen und uns zu Taten drängen, die wir nicht wollten.

Auf dem Küchentisch lag ein Zettel von Gerson. Er hatte mir schon einmal einen Zettel auf dem Küchentisch hinterlassen, nur um sich davonzustehlen, dachte ich misstrauisch. Ich brauchte eine Sekunde, bis ich mich traute, ihn zu lesen.

11 Uhr Leierhof, Wir stellen Fango auf die Koppel und haben Zeit zum Reden. Gerson.

Es war eine Einladung! Miteinander reden und dem

grasenden Pferd zu zuschauen, das war eine wunderschöne Vorstellung. Bis dahin blieb mir noch genug Zeit, um Nanina anzurufen.

„Vera, du bist es?", sagte sie. Mir war, als ob sie meinen Anruf sehnlichst erwartet hätte.

Ich hielt mich nicht mit langen Erklärungen auf. „Als wir im Café draußen im Feld saßen und den Showdown des Gruselfilms besprachen, den wir gerade miterlebt hatten, da wolltest du uns etwas Wichtiges mitteilen, etwas, was dir auf der Seele lag, aber dann kam es nicht dazu. Und später auf dem Kommissariat hast du dich nur an die Fakten gehalten, die jede von uns kannte, aber das, was du sagen wolltest, bist du nicht losgeworden."

Ich hörte Nanina schwer atmen, sie versuchte sich zu sammeln.

„Das hast du gemerkt?", sagte sie.

„Ja, aber es ist mir erst aufgefallen, als wir uns wieder getrennt hatten. Dann war es zu spät, dich danach zu fragen."

„Stimmt, etwas lag mir die ganze Zeit auf der Seele, aber ich hatte Angst, darüber zu sprechen. Weißt du, das ist so eine Sache mit der Schuld – die Schuld entsteht doch zuerst im Kopf der anderen Leute."

„Nanina, woher weißt du ...?", entfuhr es mir, weil ich an meinen Traum und das Spruchband dachte, das mir nach dem Aufwachen durch den Kopf gegangen war. Wir sind auf derselben Spur, dachte ich und fasste mir ein Herz. „Warum hat Tissa meinen Chef umgebracht? Ich bin immer noch zu keinem vernünftigen Ergebnis gekommen, aber heute Morgen hatte ich diesen Traum, in dem es um ein Mädchen und ein schwarzes Pferd ging, und ich hatte auf einmal das Gefühl, dass mir dieser Traum eine Antwort auf meine Frage geben könnte."

„Versprichst du, verantwortungsvoll damit umzugehen?"

Ich nickte und Nanina begann zu erzählen.

„Du weißt, dass Massimo mit der Mafia zu tun hatte?"

„Natürlich, unser Reisebüro ...", sagte ich, aber Nanina unterbrach mich.

„Darum geht es nicht. Er war schon früher in solche Geschäfte verwickelt. Als Agent einer Immobilienfirma, die krumme Geschäfte gemacht hat."

Ich hielt den Atem an, denn auf einmal wurde mir klar, dass ich über meinen ehemaligen Chef so gut wie nichts wusste. Ich kannte nur seine Schokoladenseite, den netten Pferdemann und den kollegialen Chef.

„Massimo war damit beauftragt, ein Grundstück im Handschuhsheimer Feld zu räumen", sagte sie.

Mir wurde schwindelig und ich ging mit dem Mobilteil in die Küche und setzte mich an den Tisch. „Du willst doch nicht sagen, dass Massimo einem kleinen Mädchen einen schwarzen Hengst weggenommen hat?"

„Dieses Mädchen hieß Tissa Krellic", sagte Nanina.

Für einen Augenblick lang war ich sprachlos. „Aber … aber …", stammelte ich und Nanina antwortete: „Massimo hat es mir erzählt. Wahrscheinlich hatte er ein schlechtes Gewissen, vor allem, als er dann selbst Pferdebesitzer wurde. Ich fand das, was er getan hat, furchtbar und ich habe ihm Vorwürfe gemacht. Ich habe selbst ein Pferd, das ich sehr liebe."

„Das Mädchen muss ihn gehasst haben", sagte ich."

Als ich wenig später in meinem Golf hinaus zum Leierhof fuhr, fühlte ich mich wie in einem Kahn auf hoher See.

Die Erleichterung darüber, dass ich endlich hinter Tissas Geheimnis gekommen war, mischte sich mit einem starken Mitgefühl mit dem kleinen Mädchen, das einmal Tissa Krellic hieß. Das Mädchen hatte nichts mehr mit der erwachsenen Tissa Krell gemein. Dieser Tissa hatte ich zuggetraut, dass sie aus Eigennutz und Eifersucht das Leben unserer Pferde aufs Spiel setzte. Und ich war eifersüchtig auf sie. Aber was, wenn ihre Schuld wirklich erst in meinem Kopf entstanden wäre?

Es waren merkwürdig verworrene Gedanken, die mir durch den Kopf gingen. Ich hoffte, dass mich der Ausflug auf den Leierhof auf andere Gedanken bringen würde. Endlich mal wieder mit Gerson zusammen Stallluft schnuppern, würde mir gut tun. Wir durften nichts überstürzen, aber ich hoffte, dass wir nach und nach zu unserem alten Einverständnis und zu unserer Liebe zurück finden würden. Doch wenn ich daran dachte, dass Fango jetzt da weidete, wo vor ein paar Tagen noch Nine herumgetollt hatte, fühlte ich mich unsagbar traurig.

Meine Vorfreude verpuffte, je näher ich dem Leierhof kam. Als ich am Koppelzaun vor der verwaisten Wiese stand, auf der der Löwenzahn spross und sich Scharen von Spatzen um die Beseitigung der Pferdeäpfel stritten, hätte ich losheulen können. Bei meinem Erscheinen stieben die Vögel ärgerlich piepsend auf und ihr Schwarm glich einer schwarzen Wolke, der die Sonne verdunkelte. Kein fröhliches Wiehern begrüßte mich, nicht einmal die alte Lucy kläffte mich an und die Pferde auf der benachbarten Weide drehten mir das Hinterteil zu.

Und Gerson? Unser mitternächtlicher Versöhnungsversuch erschien mir im hellen Sonnenlicht zerbrechlich. Wie es mit uns weitergehen würde, stand in den Sternen.

Unglückliche, was hast du gehofft?

Tränen vernebelten meinen Blick, die Knie wurden mir weich, ich ließ mich auf die Fersen nieder und setzte mich ins Gras.

I wish that I had the power to make these feelings stop, I lose all self control, in matters of the heart.

Ich hörte Tracys Song so klar, als ob jemand in meinem Kopf die CD abspielte, es war mein Song, ich kannte alle Strophen auswendig.

Here I sit, I'm feeling sorry for myself.

Ich war allein, musste zusehen, wie ich zurande käme, pleite, arbeitslos und erschöpft. Ich wischte mir meine Tränen mit der flachen Hand aus den Augen. Dort, wo Tom vor kurzem die Hecke geschnitten hatte, so kurz, dass sie nicht einmal für ein Pony ein ernstzunehmendes Hindernis mehr darstellte, bewegte sich etwas. Etwas kam auf mich zu, es sah aus wie eine große Kugel. Um Himmelswillen war das etwa ein Pferd? Nicht möglich! Es war in vollem Galopp, jetzt hörte ich es wiehern – es näherte sich der Hecke, setzte zum Sprung an und nahm das Hindernis wie ein unbedeutendes Stangenkreuz, routiniert und selbstbewusst. Das Pferd war Nine! Sie galoppierte schnurgerade auf mich zu, mitten durch die schimpfenden Spatzen, die fluchtartig das Weite suchten. Ich blieb sitzen, weil ich es nicht fassen konnte, zum Aufstehen und Weglaufen wäre es ohnehin zu spät gewesen, sollte geschehen, was geschehen musste. Doch ein paar Zentimeter vor mir legte sie einen Stopp hin. Sie zitterte am ganzen Körper, schüttelte sich, spitzte die Ohren, reckte den Hals und schnaubte mich an. Vorsichtig setzte ich mich auf. Ich fühlte mich puddingweich, ich konnte nicht fassen, was da gerade geschehen war.

„Nine! Wo kommst du denn her?"

Sie brummelte zufrieden, als ob wir nie getrennt gewesen wären, und stupste mich mit der Nase an. „Komm mit, grasen!"

Grasen? Was hätten wir anderes tun können als

grasen? Ich lehnte mich an ihre Schulter, sog ihren wunderbaren Duft ein, der sich mit frisch gemähtem Gras mischte und vergaß die Welt um mich herum. Alles wird gut, dachte ich. Alles.

„Vera!"

Eine vertraute Stimme rief mich zurück in die Wirklichkeit. Am Koppeleingang stand Gerson mit Fango am Führstrick. Der Wallach drängelte auf die Wiese und tänzelte aufgeregt um ihn herum. Ich gab Nine einen Klaps auf den Hals und rannte zu ihm.

„Ich mache den Koppelzaun auf, dann führst du ihn langsam rein und drehst ihn um!", sagte ich. Fango stand wie eine Eins bis Gerson ihm das Knotenhalfter abgenommen hatte. Dann drehte sich der Wallach um und galoppierte zu Nine hin. Die beiden Pferde beschnüffelten sich. Nine quietschte vergnügt und dann machten sich die beiden zu einem Wettrennen auf. „Wenn das mal gutgeht", seufzte Gerson, doch da standen die beiden schon Seite an Seite und zupften das saftige Gras. An Fangos muskulöser Seite sah Nine richtig abgemagert aus.

„Warum hast du mir nicht verraten, dass du Nine wieder geholt hast?", fragte er liebevoll.

„Weil es nicht stimmt, es war umgekehrt, Nine hat die Initiative übernommen."

„Du meinst, sie ist ...?"

„Was ? – Ausgebüchst? Ja, genau, das meine ich."

„Dann soll sie hier bleiben", sagte Gerson. „Wir werden eine Lösung finden, Vera."

Gerson legte den Arm um meine Schulter. „Ach Gerson", sagte ich. „Ich fühle mich so unglücklich!"

Er blieb vor mir stehen und schaute mich forschend an. „Das muss ich jetzt nicht verstehen – oder doch?"

„Lass uns ein paar Schritte gehen, ich muss mit dir reden."

Wir gingen die Straße an den Koppeln entlang, die gleiche Strecke, die ich vor ein paar Wochen mit Iris und Nine gelaufen war und auf der ich mir Iris' Strafpredigt hatte anhören müssen. Aber jetzt kreisten meine Gedanken um Tissa.

„Sie ist verhaftet worden", sagte ich.

„Denkst du an Tissa?"

Ich nickte.

„Man wirft ihr vor, einen Mord begangen zu haben!", sagte er.

„Sie ist noch nicht verurteilt, Gerson!"

Wir liefen schweigend nebeneinander her und bogen am Wegkreuz in den Feldweg ein. „Warum bist du plötzlich so vorsichtig? Du hast sie doch von Anfang an für die Täterin gehalten?"

„Nanina hat mir etwas über sie und Massimo erzählt, und auf einmal erschien sie mir in einem anderen Licht", sagte ich. „Und ich bin zum ersten Mal mit Massimos Schattenseiten konfrontiert worden und habe etwas über das Opfer erfahren. Das Verwirrende ist, dass diese Geschichte vermutlich erklärt, warum Tissa die Mörderin ist."

Gerson konnte mir nicht folgen. Also erzählte ich ihm die Geschichte in meinem Traum: Von dem schwarzen Pferd, dem Mädchen und dem Mann, der plötzlich auftauchte und ich berichtete davon, was Nanina mir über ihr Gespräch mit Tissa im Café gesagt hatte.

„Gerson, was wäre gewesen, wenn ich Tissa nicht kennengelernt hätte? Wenn sie nicht diese Eifersucht auf mich entwickelt hätte, weil Massimo mir den Job gegeben hat und weil sie es nicht ertragen konnte, wie vertraut ich mit meiner Nine umging. Das hat sie an ihr schwarzes Pferd erinnert. Der schwarze Mann in meinem Traum war Massimo!" Ich stockte. Ich habe sie gewarnt, zweimal, das hatte Tissa damals in der Holzofenbäckerei zu Nanina gesagt. Damit hatte sie mich gemeint. Tissa hatte die Scheibe im Reisebüro eingeschlagen und das Bild von Magalo und mir entwendet und es war Tissa, die die andere Scheibe mit schwarzem Dreck beschmiert hatte. Und sie hatte Massimo und mich damit treffen wollen.

„Ihr Trauma, das so gut versteckt war, ist wieder aufgebrochen. Und stell dir vor, eigentlich hätte ich schon ganz am Anfang darauf kommen können, als ich in Tissas VW-Bus dieses schwarze Papier gefunden hatte, aber damals hatte es noch keine Bedeutung für mich."

„Vera, willst du damit sagen, dass du Tissas Bus durchsucht hast? Ohne ihre Erlaubnis?"

Es blieb mir nichts anders übrig als es zuzugeben.

„Ich wollte Klarheit über das Bio-Dyn", sagte ich, „deshalb habe ich im Bus herumgeschnüffelt." Ich bemerkte, wie es in Gerson arbeitete, aber er sagte nichts weiter. Ich hätte mich ohrfeigen können, dass ich mit dieser dummen, nebensächlichen Geschichte angefangen hatte. Mir ging es um etwas Ernsteres. Ich wartete eine Weile, dann sagte ich:

„Ich war schuld daran! Dass sich Tissa wieder an Massimo erinnert hat, meine ich. Wenn ich sie nicht kennengelernt hätte, wäre es vielleicht nicht zu dem Mord an Massimo gekommen!"

Gerson zuckte die Achseln. „Das klingt ja wie eine griechische Schicksalstragödie! Ist das nicht ein bisschen weit hergeholt?"

„Du hast es doch selbst einmal gesagt: Sie war eifersüchtig auf mich, wegen Nine, wegen unserer vertrauten Beziehung. Und je eifersüchtiger sie wurde, desto mehr hat sie sich an ihr Kindheitstrauma erinnert und mich immer stärker gepiesackt."

„Aber Vera, deshalb bist du doch nicht an einem Mord schuld! Und außerdem ist der Fall noch nicht aufgeklärt!"

Ein Traktor tuckerte auf der Wiese vor uns. Tom war gerade damit beschäftigt, einen übergroßen Ballen Stroh aufzuladen. Als er uns sah, stellte er den Motor aus und sprang vom Bock. „Was ist denn heute los? Ist was passiert? Habe ich wieder mal was nicht mitbekommen?", fragte er mit zusammengezogenen Augenbrauen. Es schien, als ob er dem, was er sah, nicht im Geringsten trauen wollte.

„Nine ist zurückgekommen, gerade eben. Sie ist über deine frisch gestutzte Hecke gesprungen. Fango steht jetzt bei ihr, die beiden verstehen sich wie ein altes Ehepaar und sie wollen für immer zusammenbleiben."

Toms Miene hellte sich auf. „Dann kommt doch auf einen Kaffee mit ins Reiterstübchen!", sagte er. „Ich glaube, wir haben etwas zu besprechen!"

Es war wirklich schwer, auf dem Leierhof längere ungestörte Gespräche zu zweit zu führen!

„Sekunde, ich will noch einen Blick auf die Pferde werfen", sagte Gerson. Die beiden hatten sich ans hintere Ende der Weide verzogen. Sie kamen ohne uns aus und wir folgten Toms Einladung.

Tom rückte die Stühle zurecht. „Setzt euch schon mal", sagte er und machte sich an der Espressomaschine zu schaffen. Im Dämmerlicht des Reiterstübchens holten mich meine Alltagssorgen ein, die mich nur für eine kleine Weile verlassen hatten. Wie sollte ich Nines Box finanzieren? Wie einen neuen Job finden? Wie würde es mit mir und Gerson weitergehen?

„Nimmst du Zucker, Vera?" Der Duft des Kaffees riss mich aus meinen trüben Gedanken. „Zwei Stück, – Zucker löst so manches ..."

Tom grinste und schob mir zwei eingewickelte Zuckerstücke aus seiner Raritätensammlung hin. „Ich will dir deine Freude an Nines wunderbarem Erscheinen nicht nehmen, Vera", sagte er mit einem ironischen Unterton.

„Was meinst du damit?" Mir war, als ob mir eine kalte Hand ins Genick fasste.

„Ich wollte es dir gestern schon sagen, doch dein Handy war abgestellt. Die Weide auf der anderen Seite ist total abgefressen, wie die Steppe im texanischen Hochsommer. Vor ein paar Tagen hat sich die Bamm bei mir über Nine beschwert. So ein Pferd wie deine Nine hätte sie noch nicht gesehen. Sie wäre zickig und unrittig. Zu allem Übel vertrug sie das Bio-Dyn-Futter nicht und bekam einen Ausschlag. Also stellte sie die Bamm auf die Wiese. Die sah nach kurzer Zeit aus wie ein Misthaufen, Gras wächst da keines mehr. Dann wurde Tissa verhaftet und die Bamm ist von heute auf morgen von der Bildfläche verschwunden."

„Sie ist einfach abgehauen und hat das Pferd zurückgelassen?", fragte Gerson ungläubig.

„Genau. Kann sein, dass sie nicht nur Tissas Reitbeteiligung war, sondern auch ihre Komplizin. Was ich sagen wollte: Nine hat das einzig Richtige getan, wenn das Gras auf der anderen Seite des Zaunes besser ist, dann musst du den Sprung wagen!"

„Das hat sie getan!", sagte ich, aber ich spürte einen kleinen Stich – war sie wirklich nur wegen der saftigeren Weide über den Zaun gesprungen?

„Liebe geht immer durch den Magen", sagte Tom, der heute Morgen seine philosophische Ader pflegte.

Gerson nahm meine Hand. „Das mag schon sein. Aber wichtiger ist etwas Anderes: Deine Nine ist doch zu dir galoppiert, Vera. Wenn es ihr nur ums bessere Futter gegangen wäre, hätte sie gleich hinter dem Zaun stoppen und anfangen können zu grasen."

Am liebsten wäre ich Gerson um den Hals gefallen, aber Tom ruckelte ungeduldig auf seinem Stuhl hin und her. Er hatte uns zu einer Lagebesprechung eingeladen, da musste ich meinen Gefühlsüberschwang im Zaum halten.

„Ich habe eine Box frei, Vera. Ich biete sie dir an. Du kannst das Geld bezahlen, wenn du wieder einen Job hast, ich denke, das wird nicht allzu lange dauern. Und das mit der Erhöhung vergessen wir einfach."

Ich schaute zu Gerson, der übers ganze Gesicht strahlte. „Meine Aufträge laufen gerade sehr gut – die Chinesen haben ein zweites Romantikbuch über das Neckartal bestellt. Ich wäre bereit, dir unter die Arme zu greifen, unter einer Bedingung!"

„Ja?

„Du reitest Fango, wenn ich auf Foto-Tour bin!"

Tom schlug Gerson kameradschaftlich auf die Schulter, so als wolle er den Deal besiegeln. Plötzlich zog er die Nase kraus und schnüffelte. „Sag mal, dieser Duft, den du früher immer an dir hattest – ich rieche ihn gar nicht mehr, ist die Flasche schon leer?"

„Du meinst das Green-Orange?", sagte Gerson. Ich fühlte eine leichte Übelkeit in mir aufsteigen. Warum musste Tom ausgerechnet jetzt damit anfangen?

„Ich habe gegoogelt: Pulsierend, klar maskulin: ein frisch-würziger Duft, der die kreative Kraft des Mannes neu belebt! Das passt doch zu mir!"

Gerson suchte etwas in seiner Umhängetasche. „Ich wollte es nicht wegwerfen, eigentlich wollte ich es dir schenken, aber ich habe mich nicht getraut. Zu mir passt es irgendwie nicht mehr."

Er zog die *Bottle* hervor, die aussah wie eine kleine Raketenbasis, sie war noch gut drei Viertel voll. Das Strohfeuer, dachte ich, jetzt ist es vorbei. Gerson gab Tom die Flasche: „Ich warne dich – das Wässerchen könnte zu einigen Turbulenzen führen, wenn du nicht aufpasst!"

In diesem Augenblick starrten wir alle zur Tür, die sich wie von Geisterhand öffnete.

„Da seid ihr ja! Ich habe es mir gedacht!"

Tom und ich sprangen auf. „Nanina!", riefen wir unisono.

Sie hielt einen silbernen Blumentopf mit einem Deckel in den Händen.

„Hallo Vera, hallo Tom! Ist das Gerson?", fragte sie und Gerson gab ihr die Hand.

Nanina stellte den Blumentopf, oder das, was ich dafür hielt, in die Mitte des Tisches.

„Das ist Massimo", sagte sie.

„Wie meinst du das genau?", stammelte Tom.

„Da drin ist seine Asche. Ich durfte die Urne abholen."

So viele Fragen schossen mir durch den Kopf, aber

ich kam nicht dazu, sie zu sortieren.

„Massimo hat sein Testament hinterlegt. Bei einem Notar. Weil der Mordfall jetzt aufgeklärt ist, durfte ich es lesen. Er hat dir das Reisebüro vererbt, Vera. Und deshalb will ich bei dir eine Reise buchen. Sobald du alles wieder in die Gänge gebracht hast natürlich!"

Vor uns stand die matt glänzende Urne und ich konnte es einfach nicht fassen. Ich schluckte und brachte kein Wort heraus. Es ging mir alles viel zu schnell und ich wusste nicht, ob ich weinen oder lachen sollte. Das Reisebüro war in schmutzige Mafiageschäfte verwickelt gewesen und ich würde mir gut überlegen müssen, ob ich das Erbe überhaupt antreten wollte.

„Der Mordfall ist aufgeklärt?", fragte Gerson.

„Bekomme ich auch einen Espresso, einen doppelten bitte?" Nanina nahm sich Zeit für ihre Antwort und rührte ihre vier Stückchen Zucker in die dicke schwarze Flüssigkeit, dann begann sie zu erzählen. „Morgen steht es in der Zeitung, es war Tissa. Hansi hat ihr geholfen. Er war der Typ, der sich mit Massimo getroffen hat. Massimo hat seinen Wagen ganz hinten im Wald abgestellt und Hansi hat ihn auf dem Sozius seiner BMW mit zum Reitsportgeschäft Vordermann genommen. Auf dem Rückweg hat Hansi ihn wieder bei seinem Auto abgesetzt. Tissa hatte genug Zeit, das Auto zu präparieren. Massimo stieg ahnungslos ein, ließ den Motor an und wollte wegfahren, da merkte er, dass die Reifen platt waren. In diesem Moment tauchte Tissa auf und erschoss ihn durch die Rückscheibe."

„Dieses hinterhältige Miststück", zischte Tom.

„Mafiasprache", sagte Nanina. „Jemanden von hinten erschießen bedeutet: „Du Verräter hast mich hintergangen. Hansi hat sie ebenfalls hintergangen, er hat sich geweigert, Massimo den *final sting* zu setzen."

„*Final sting?* Die Scorpions, das Logo auf Hansis Motorrad und – Tissas Sternzeichen ist Skorpion", murmelte ich.

„Sie hat kein Geheimnis daraus gemacht", sagte Gerson. „*Final Sting*, damit hat sie kokettiert. Seht ihr sie nicht vor euch, wie sie mit überkreuzten Beinen dastand, den Becher mit dem Skorpion in der Hand, der immer genau auf ihr Gegenüber zeigte! Und weißt du, Vera, was mir gerade einfällt? Das gegenüberliegende Zeichen auf dem Tierkreis ist – Stier."

„Stier? Aber das bin ich doch!", sagte ich verwundert. „Woher hast du plötzlich so ein Insiderwissen? Hast du nicht immer behauptet, du hältst nichts von der Sterndeuterei?"

„Tissa ist von Beruf Astrologin", sagte Gerson, „und sie hat gerne aus der Schule geplaudert." Er lächelte verlegen.

„Wenn sie mit diesem Beruf genauso viel verdient hat, wie mit dem Verkauf ihres Bio-Dyn-Futters, hätte sie bestimmt gut davon leben können", sagte ich.

Gerson ignorierte meinen sarkastischen Unterton:

„Das muss man ihr lassen, wenn sie etwas angefangen hat, dann hat sie es auch zu Ende geführt."

Genau wie ich, ich gebe auch nicht auf, obwohl es manchmal anders aussieht, dachte ich.

„Wo war ich stehengeblieben?", sagte Nanina mehr zu sich selbst als zu uns. „Hansi hat Tissa mit dem Motorrad abgeholt. Sie ließ unbemerkt ein Halstuch zurück, dass sie in Green Orange getränkt hatte. Dieses Parfüm gehörte zu Hansi und sie wollte den Verdacht auf ihn lenken."

„Und auf Gerson", grinste Tom.

„Du solltest meine Warnung ernst nehmen", sagte Gerson mit einem schrägen Blick auf Tom und seine *Bottle*.

„Tissa hat die Waffe an einer anderen Stelle in den Wald geworfen. Dort wurde sie von Reitern gefunden."

„Aber wie kam das alles raus?", fragte ich.

„An der Waffe klebten Hautpartikel, die von Tissa stammten. Nach ihrer Festnahme hat sie Hansi verpfiffen, um die Schuld von sich abzuwälzen. Daraufhin wurde Hansi geschnappt und er hat sie seinerseits angeschwärzt. Veras Aussage war dann so etwas wie das Zünglein an der Waage. Nach meinem Telefongespräch mit Vera bin ich zur Polizei und habe alles, was ich wusste, offengelegt. Es kam zu einer Gegenüberstellung zwischen mir und Tissa. Ich war mir sicher, dass sie das Mädchen mit dem schwarzen Pferd war. Die Polizisten haben sie mit der Geschichte aus ihrer Kindheit konfrontiert. Und, was meint ihr? Sie ist zusammengebrochen und hat den Mord gestanden."

Ich hörte jedes Wort, das Nanina sagte wie von ferne, weil mein Kopf wie in Watte gepackt war. „Und ich dachte, sie hätte den Mord aus Affekt heraus begangen! Weil ein traumatisches Ereignis aus ihrer Kindheit wieder auflebte und ich an diesem Wiedererwachen nicht ganz unschuldig gewesen wäre!"

Nanina schüttelte sachte den Kopf. „So wichtig warst du nicht für sie. Es war alles vorgeplant, und zwar schon, bevor ihr euch kennengelernt habt. Vielleicht habt ihr zwei, du und Nine, sie noch zusätzlich angestachelt, das will ich nicht bestreiten. Aber so sentimental ist Tissa nicht. Massimo war ein Abtrünniger! Sie mussten ihn beseitigen und sie brauchten jemand, der die Tat ausführte. Dafür bot sich Tissa wegen ihrer Rachegelüste regelrecht an. Nach Tissas Verhaftung ist es der Polizei gelungen, einem Teil der Bande hier in Süddeutschland das Handwerk zu legen."

Gerson schaute mich an, als ob er sagen wollte: *Glaubst du es mir jetzt, Vera?* Jetzt müssen sich die Richter ein Urteil über Naninas Aussage bilden und sich über Tissas Schuld klar werden, überlegte ich, da unterbrach mich Tom: „Gerson, seit wann genau trägst du eigentlich wieder Stallgeruch pur?", fragte er.

Das hatte ich Gerson auch schon fragen wollen,

doch mir hatte der Mumm dazu gefehlt.

„Als Fango zu schnauben anfing und die Augen verdrehte! Aber ich glaube, das ist es gar nicht, was du wissen willst, Tom?"

Tom grinste zustimmend und Gerson sagte: „Und du auch nicht, Vera, stimmt's?"

„Kannst du Gedanken lesen?", sagte ich.

„Ich hatte mich in Tissa verknallt. Sie ist eine attraktive Frau, wenn ich an ihre hautengen Jeans und ihren knackigen Po denke, komme ich immer noch ins Schwärmen." Gerson hielt inne und sah mich an: „Was machst du für ein Gesicht, Vera? Oh, entschuldige, ich dachte, du wolltest die Wahrheit wissen?"

In diesem Augenblick hätte ich ihm am liebsten eine gescheuert. Aber Gerson schaute mich plötzlich so schuldbewusst an, dass ich lächeln musste. „Nichts als die Wahrheit", sagte ich. Äußerlichkeiten, dachte ich, er hat sich nur in Äußerlichkeiten verguckt. „Siehst du, ich hatte Angst, du würdest mich verlassen", fügte ich leise hinzu. Weil Tom seine Ohren spitzte und Nanina angestrengt aus dem Fenster sah, wo es rein gar nichts zu sehen gab, unterdrückte ich mein Bedürfnis nach Gersons Hand zu greifen und sie zu streicheln.

„Ich erzähle dir die ganze Geschichte mit Tissa später, das geht doch eigentlich nur uns beide was an", sagte Gerson. Über Toms Gesicht huschte eine leichte Enttäuschung. Auch Nanina schaute nicht mehr zum Fenster hinaus. Sie schien das Interesse an unseren

Enthüllungen verloren zu haben und stand auf.

„Entschuldigt mich, ich muss los, ich habe noch was zu tun." Sie griff nach der Urne, drückte sie wie einen Schatz an ihre Brust und sagte zu mir: „Vergiss es nicht, ich soll Massimos Asche auf einem norwegischen Fjord oder in den Wäldern verstreuen und diese Reise will ich bei dir buchen."

45

Am nächsten Morgen lag nur ein einziger Brief im Kasten. Ich war auf dem Weg zu Nine, doch der handschriftlich geschriebene Absender ließ mir keine Ruhe. Der Brief kam von Claire, die sich bestimmt erkundigen wollte, ob die Wirkung der Saturnrevolution bereits nachgelassen hätte. Inzwischen war ein Monat vergangen, solange hätte das Horoskop wirken sollen, und jetzt sollte ich ihr gewiss über meine Lernerfolge berichten. Mein Herzschlag beruhigte sich wieder, und ich steckte den Umschlag in meine Bauchtasche. Jedenfalls hatte alles ein Ende gefunden. Ein gutes für Nine, Gerson und mich, aber Massimo war tot und Hansi und Tissa warteten auf ihren Prozess.

Ich parkte meinen Golf nicht weit von Nines Koppel und war noch nicht ausgestiegen, als sie schon die Ohren spitzte und zum Zaun trabte. Ihre Knochen standen heraus, aber sie hatte wieder Glanz in ihren Augen und Toms Futter würde ihr schnell wieder ein paar Pfunde mehr auf ihre Rippen zaubern. Nine war alleine auf der Wiese, so konnte ich mich endlich in

Ruhe mit ihr unterhalten. Ich kroch durch den Koppelzaun und strich ihr über den Hals. Dann setzte ich mich auf einen umgestülpten Bottich und zog den Brief hervor. Ich riss den Umschlag auf und wieder fing mein Herz zu pochen an. Ich musste das Schreiben zweimal lesen, um den Sinn zu begreifen, der hinter den tanzenden Buchstaben vor meinen Augen verschwamm.

Liebe Madame Vera,

mir ist möglicherweise ein Versehen unterlaufen. Es gab noch eine zweite Anfrage aus Ihrer Gegend und meine Assistentin hat womöglich die Horoskope vertauscht. Doch zuerst meine Frage: Sind Sie Skorpion? Wenn ja, ist alles in Ordnung, wenn nein, bitte ich Sie wegen dieser Verwechslung um Verzeihung. Wenn Sie Skorpion sind, wie ich hoffe, dann lässt die Wirkung der Saturnrevolution jetzt nach einem Monat deutlich nach.

Wenn nicht, dann sind Sie Stier, das komplementäre Sternzeichen. Zufälligerweise – wenn es so etwas wie Zufall gäbe, was ich nicht glaube – handelt es sich bei dem Sternzeichen Stier um den Schatten des Skorpion und umgekehrt. Das soll keine Entschuldigung sein, ein Versehen wäre unverzeihlich, und es wäre das erste

Mal, dass mir ein solches Missgeschick passier-
te. Vielleicht hilft Ihnen mein Schreiben den-
noch weiter.

Ich hoffe, es geht Ihnen gut!
Cordialement.

Stets Ihre alte Claire.

Dann las ich den Brief noch einmal und noch einmal, immer wieder, solange bis ich gar nichts mehr verstand und ich mich nicht einmal mehr an mein Sternzeichen erinnern konnte. Widder, Stier, Löwe, Wassermann, Steinbock oder Skorpion? Nein, Skorpion auf keinen Fall, das war Tissa!

Ich ließ das Blatt zu Boden fallen, stierte vor mich hin und merkte kaum, wie Nine mich an der Schulter stupste. Ich verscheuchte sie mit einem Klaps. Ich musste nachdenken! Ein Monat war also vergangen, seit ich mir das Horoskop hatte stellen lassen? Wirklich nur ein Monat? Ich konnte es kaum glauben, aber war das wichtig? Wenn Skorpion und Stier des jeweils anderen Schatten waren, so wären Tissa und ich nach Claires Ansicht die Kehrseite ein und derselben Medaille! Was für ein Quatsch, dann hätte sie gleich behaupten können, Tissa und ich wären Schwestern! Im ersten Sturm der Entrüstung wollte ich zu meinem Handy greifen und Claire anrufen. Ich würde mein Geld zurückfordern, dachte ich. Wenigstens das Geld, denn alles andere wäre kaum wieder gut zu machen. Dann fiel mir ein, dass Claire so gut wie nie telefonisch zu erreichen war und ich steckte das Handy wieder ein.

Zwei Krähen landeten neben Nine im Gras, ohne dass sie sich durch deren aufreizendes Krächzen stören ließ. Und jetzt setzte sich sogar noch ein Spatz auf ihren Rücken. Wenn ich mich doch daran erinnern könnte, was damals in dem Fax von Claire gestanden hatte! Aber was hätte es genutzt? Ihre Erläuterungen hätten nach allem, was ich jetzt wusste, nur auf Tissa zugetroffen. Iris hatte mir damals gesagt, das Horoskop sei dazu da, dass ich daran wachsen und etwas über mich lernen sollte. Aber was denn? Mechanisch zupfte ich Grashalme aus dem Boden und steckte sie zu einem Sträußchen zusammen. Gänseblümchen, ein paar Löwenzahnblüten und weiße und lila Taubnesseln. Warum eigentlich nicht, dachte ich, habe ich etwas zu verlieren? Das Leben ist doch so verrückt wie es ist, warum sollte ich nicht aus einem falschen Text etwas Richtiges lernen können? Ich habe erfahren, dass meine Sicht der Dinge nicht die einzig Wahre ist. Und noch etwas: Meine Motive waren keineswegs so edel, wie ich angenommen hatte.

Und dann begann es in meinem Kopf wie eine Registrierkasse zu rattern und schon stürzte eine liebgewordene Überzeugung nach der anderen in sich zusammen. Alle meine Vermutungen und Verdächtigungen, mit denen ich Tissa angeschwärzt hatte, hatten sich als falsch erwiesen. Vielleicht war es das, was Gerson mit dem Satz, *Die Schuld entsteht in den Köpfen der anderen,* gemeint hatte.

Das Bio-Dyn-Feed war kein giftiges Todesfutter, sondern einfach nur von minderer Qualität. Nanina, der ich misstraut hatte, war nicht bei der Mafia, Gerson war nicht gekidnappt worden, Hansi war ein Betrüger, mein Chef Massimo, der treu zu mir gestanden und mir immer aus der Patsche geholfen hatte, war in die Verbrechen der Mafia verstrickt gewesen. Und obwohl Tissa angeblich nicht aus Affekt heraus getötet, sondern den Mord kühl und bis in alle Einzelheiten geplant hatte, verbarg sich tief in ihrem Inneren das kleine Mädchen, das ein schwarzes Pferd geliebt hatte. Und ich selbst? Nicht hehre Tierliebe, sondern Geltungsdrang und Eifersucht und eine gehörige Portion schlechten Gewissens hatten mich angetrieben. Aber ohne meinen Einsatz für Massimo und meinen festen Vorsatz, das Motiv seiner Mörder herauszufinden, wäre ich wohl kaum auf die Spur der kleinen Hexe gekommen. Und wenn ich etwas aus der ganzen Geschichte gelernt hatte, die damit anfing, dass ich mir ein Horoskop hatte stellen lassen, dann war es das: Das Schicksal ließ sich nicht in Vorhersagen zwängen, es kam immer so, wie es kommen wollte.

Die Grashalme fielen mir aus der Hand; was sollte ich mit all diesen Erkenntnissen anfangen? Ich musste etwas tun, um aus diesem Gedanken-Schlamassel herauszukommen!

Langsam stand ich auf und ging sachte, Schritt für Schritt, auf Nine zu. Sie war die ganze Zeit in meiner Nähe geblieben, der Sperling saß noch auf ihrem Rücken, doch die beiden Krähen hüpften krächzend zur Seite. Einen Schritt vor ihr blieb ich stehen.

Nine, sag mir, was soll ich jetzt machen?, sandte ich ihr meine Frage.

Ich stand da, spürte den warmen Wind über meine Wange streichen und die Sonnenstrahlen auf meinem Haar und wartete. Es war, als ob sie mich nicht beachtete, Zeit spielte keine Rolle mehr, ich war mit keinem verabredet und es gab nichts mehr zu tun. Und dann ging ein Ruck durch das Pferd, sie spitzte die Ohren, schaute mich an, und es kam mir vor wie eine Ewigkeit. Dann drehte sie sich um und begann zu grasen.

Foto: Gülay Keskin

Die Autorin

Heide-Marie Lauterer, passionierte Reiterin und Pferdebesitzerin, kennt sich aus in den Höhen und Tiefen des Reiterlebens. Mit ihrem Reiterkrimi „Mörderischer Galopp" landete sie einen Hit. In „Mörderisches Schicksal" sind Vera Roth und ihre Stute Nine Days Wonder wieder einem Verbrechen auf der Spur.

Dank

Mein Dank gilt meinen Testleserinnen, die es auf sich genommen haben, das Manuskript in einem frühen Stadium aufmerksam zu lesen. Erika Köcher, Lena Ehmer, Christina Becker, Walburga Möller, Wiebke Hartmann und Ulrike Frank verdanke ich wichtige Anregungen, die das Manuskript besser gemacht haben und zu dem Roman werden ließen, der nun „Mörderisches Schicksal" heißt.

Ulrike Dietmann und Susanne Pallagi, meinen Reisebegleiterinnen auf zahlreichen Heldenreisen, danke ich für immer neue Überraschungen und fürs gute Ankommen in der Gegenwart.

Meinem Mann Hans-Jürgen Pirner danke ich für seine leidenschaftliche Jagd nach überflüssigen Füllwörtern und für sein wachsendes Verständnis für die merkwürdigen Verhaltensweisen einer Schriftstellerin.

Und last not least gilt mein Dank meinem treuen Pelikan, der mich seit meiner Kindheit unermüdlich mit frischen Ideen versorgt und ohne den mein Schreiben hohl und leer wäre.

Heidelberg, im April 2015

www.spiritbooks.de

Bücher, die authentisch sind und Spirit haben.

*Die Bücher des Verlags erhalten Sie in allen Buchhandlungen und bei zahlreichen Online-Anbietern wie amazon.de. Sie können die Bücher auch beim Verlag direkt bestellen: **www.spiritbooks.de***

Wenn Sie direkt beim Verlag bestellen, unterstützen Sie den Verlag und die Autoren.

Die Vision des Verlags

Vertrauen in das Gespür von Leserinnen und Lesern

Bedingungslos authentische Bücher

Autorinnen und Autoren als Persönlichkeiten, die etwas Unverwechselbares zu erzählen haben.

Heide-Marie Lauterer
Mörderischer Galopp

Ein Krimi aus dem mörderischen Reitstall-Alltag, unter-
haltsam, humorvoll, gnaden-
los.

www.spiritbooks.de

Heide-Marie Lauterer
Mörderische Liebe

Im fesselnden zweiten Band
ist Vera Roth wieder einem
Verbrechen in der Reiterwelt
auf der Spur.

www.spiritbooks.de

Heike Adami
Fenster zur Freiheit

Als Stewardess hat Sophie den gutaussehenden wohlhabenden Latif kennen und lieben gelernt. Sie folgt ihm in sein Heimatland Bahrain, in ein Leben voller Luxus mit Villa, Maid, Gärtner und Driver. Nach und nach merkt Sophie, dass sie im goldenen Käfig gefangen ist...

www.spiritbooks.de

Heike Gäßler
Der leuchtende Schuh

Die Geschichte einer spirituellen Erfahrung und zugleich eine Liebesgeschichte, die uns an Schauplätze in Taiwan, Indonesien, Singapur, China, Tibet und in die Mongolei führt.

www.spiritbooks.de

Reinhold Fink
Zeitenschnur

Dominik erbt von seiner Urgroßmutter eine geheimnisvolle Kiste, deren Inhalt nicht nur sein Leben sondern auch den Lauf der Zeit verändern kann. Alte keltische Prophezeiungen dringen an die Oberfläche und rufen mächtige Gegner auf den Plan.

www.spiritbooks.de

Heide-Marie Lauterer
Das Klassentreffen

Seit ihre ehemaligen Klassenkameraden nach dreißig Jahren wieder aus der Vergangenheit aufgetaucht sind, scheinen sich Helenas Lebensträume zu erfüllen. Bis zum Tag des Klassentreffens, dem Tag der Abrechnung, an dem ein sehr gut gehütetes Geheimnis ans Licht kommt ...

www.spiritbooks.de

Ulrike Dietmann
"Das Medizinpferd –
Band I Einweihung"

Valerie erlebt unter den Nachkommen von Indianern eine spirituelle Einweihung in eine unbekannte Wirklichkeit und lernt die besonderen Fähigkeiten der Pferde kennen ...

www.spiritbooks.de

Ulrike Dietmann
"Das Medizinpferd –
Band II Unbreak my Heart"

Valerie verliebt sich in den Halbindianer Tom und muss sich mit ihrer tiefen Angst, verlassen zu werden, konfrontieren. Bei den Pferden findet Valerie unerwartete Kraft und einen Weg der Befreiung.

www.spiritbooks.de